Knaur

Über den Autor:

Thich Nhat Hanh, 1926 in Vietnam geboren und bereits mit 16 Jahren zum Mönch geweiht, gilt als einer der bedeutendsten buddhistischen Lehrer und Zen-Meister der Gegenwart. Sein unermüdliches Engagement für Frieden, Gewaltlosigkeit und soziale Gerechtigkeit haben ihn weit über buddhistische Kreise hinaus bekannt gemacht. Er lebt seit 1973 in Frankreich in der von ihm gegründeten buddhistischen Gemeinschaft *Plum Village* und hält weltweit Vorträge und Seminare.

Thich Nhat Hanh

Der Mondbambus

Aus dem Amerikanischen
von Petra Mecklenburg

Knaur

Die beiden von Vo-Dinh Mai und Mobi Ho übersetzten
Originalausgaben sind in den USA erschienen:
»The Prince Gate« im Verlag White Pine Press, Fredonia/N.Y.
und »The Moon Bamboo« im Verlag Parallax Press, Berkeley/CA.

Besuchen Sie uns im Internet:
www.droemer-knaur.de

Vollständige Taschenbuchausgabe September 1999
Droemersche Verlagsanstalt Th. Knaur Nachf., München

Umschlaggestaltung: Peter F. Strauss
Umschlagillustration: Vo-Dinh Mai
DTP-Satz und Herstellung: Barbara Rabus
Druck und Bindung: Ebner Ulm
Printed in Germany
ISBN 3-426-86228-X

2 4 5 3 1

Inhalt

Vorwort

Wenn ich Geschichten erzähle, fragen mich die Kinder oft: »Ist die Geschichte wahr? Ist das wirklich passiert?« Meistens gebe ich dann die Frage an die Kinder zurück und sage: »So wird die Geschichte seit langer Zeit erzählt. Was meint ihr?« Ich möchte, daß sie die Geschichte in ihrem Herzen halten und herausfinden, was für sie selbst wahr ist. Ich glaube, daß alle Geschichten, die aus dem Herzen erzählt werden, die aus der persönlichen Erfahrung eines einzelnen Menschen oder eines ganzen Volkes aufsteigen, immer wahr sind. Die Wahrheit wird auf verschiedene Weisen erfahren und weitergegeben, aus vielen verschiedenen Perspektiven. Es gibt eine konventionelle Art, sie zu verstehen, und eine Art des Verstehens, die aus den verborgenen Tiefen unseres Seins kommt.

Die Geschichten in dieser Sammlung verbinden diese beiden Arten, die Dinge zu sehen und zu verstehen, auf sehr ungewöhnliche Weise. Sie basieren zu einem großen Teil auf wirklichen Personen, wirklichen Unterhaltungen und wirklichen Ereignissen, aber Thich Nhat Hanh nimmt all diese realen Dinge zum Ausgangspunkt für die Reise in eine Welt der Wunder – eine Welt, in der ein Berg zu einem Knaben wird, ein Mädchen zu einem rosa Fisch und in der sich eine Frau in zwei teilt. Viele von uns halten dies für eine Welt der Kindermärchen, und es wird uns zunächst erstaunen, daß sich Thay mit diesen Geschichten genauso an Erwachsene richtet wie an Kinder. Das erinnert mich an seine Dharma-Gespräche, in denen er sich in den ersten zwanzig Minuten an die Kinder wendet und dann durch die Kinder zu den Erwachsenen spricht. Das führt die Erwachsenen zu der Art von Verständnis, die wir nur haben, wenn wir die Dinge mit der freudvollen Leichtigkeit von Kindern sehen.

Auf der Reise in das, was wir normalerweise als magische Welt bezeichnen, stellen wir plötzlich fest, daß wir in die wunderbare Welt des alltäglichen Lebens zurückgeführt werden – der vertraute Klang der mütterlichen Stimme, die die Tochter zum Abendessen nach Hause ruft, der Geschmack einer noch nicht ganz reifen Guavenfrucht, die Hand eines Kindes in der eigenen, während wir durch einen schattigen Garten wandern. Auch das sind Wunder. In der Tat, und wie Thay zu sagen pflegt: »Das wahre Wunder besteht nicht darin, auf dem Wasser zu wandeln, sondern auf der Erde zu gehen.«

Neben der universellen Weisheit, die Thich Nhat Hanh in all seinen Büchern und Vorträgen vermittelt, enthalten diese Geschichten das Erlebnis Vietnam – den Geist der vietnamesischen Erde, des Himmels und des Volkes, das in seiner jüngsten Geschichte so viel Leid erfahren hat.

Thich Nhat Hanhs Stimme ist auch die Stimme seines Volkes: »Ein Künstler kann für eine ganze Nation sprechen, indem er seine eigene Hoffnung und seinen eigenen Schmerz zum Ausdruck bringt, denn die Empfindungen eines Künstlers sind ganz im Einklang mit denen seines Volkes.« Diese Geschichten sind aus Thich Nhat Hanhs Erfahrung mit dem Krieg in Vietnam, der Flucht und dem Leben im Exil entstanden, und sie beschwören die Bilder und Symbole der vietnamesischen Mythologie.

Der goldene Vogel und der alte Mann auf dem Meeresgrund, die in der Geschichte »Tô und Steinknabe« vorkommen, erinnern uns an die Urbilder der vietnamesischen Schöpfungsgeschichte. Die Urmutter Vietnams war die Himmelsgöttin Au Co, die sich selbst in einen weißen Vogel verwandelte, um den jungen Planeten Erde zu besuchen. Als sie jedoch eine Handvoll fruchtbarer Erde schluckte, verlor sie die Kraft, nach Hause, in den sechsunddreißigsten Himmel, zurückzukehren, und die Tränen, die sie in ihrer Einsamkeit vergoß, wurden zu den nährenden Flüssen Vietnams. Au Co traf einen Meeresdrachen-Prinzen, und die beiden brachten die ersten hundert Vietnamesen hervor. Die Seele des vietnamesischen Volkes ist sowohl vom kontemplativen Geist der hohen Berggipfel erfüllt, die bis in Au Cos himmlische Wohnstatt hinaufreichen, als auch von der ungestümen Lebendigkeit des Meeres. In vielen vietnamesischen Geschichten werden Tränen des Leids zu erfrischenden Strömen der Heilung, zu Flüssen, die die Verbindung mit der Heimat, mit der Mutter, wiederherstellen.

Indem sie Phantasie und Realität miteinander verbinden, bewegen sich die imaginären Figuren in Thich Nhat Hanhs Geschichten durch das Leben und die Erlebnisse wirklicher Personen. »Tö und Steinknabe« erzählt von Angriffen auf Dörfer, von den Bedingungen in den Gefangenenlagern und vom Leid der Kinder, die auf der Suche nach ihren verschollenen Eltern sind. All dies basiert auf Ereignissen, die Thay selbst miterlebt hat oder von denen ihm aus erster Hand berichtet wurde.

Vietnamesische Leser werden eine Reihe von Personen wiedererkennen, die in dieser Geschichte vorkommen. Lebendes Vorbild für den exzentrischen taoistischen Mönch beispielsweise ist der berühmte »Kokosnußmönch«, so benannt, weil er kaum etwas anderes als Kokosnüsse zu sich genommen haben soll. Als ich von 1973 bis 1976 mit der Vietnamesischen Buddhistischen Friedensdelegation (unter der Leitung von Thich Nhat Hanh) in Paris lebte, erzählte mir mein Freund Chi Huon von diesem Kokosnußmönch. Ich erfuhr, daß er eine Katze und ein paar Mäuse hielt, die bestens miteinander auskamen, und daß er sich eine große Glocke aus Bombensplittern hatte gießen lassen. Ich sah ein Foto von der Insel, auf der er mit seinen Anhängern lebte. Sie alle trugen ihre langen Haare in einem Knoten auf dem Kopf, und wo sie lebten, gab es auch ein großes Wandgemälde, auf dem sich

Jesus und Buddha die Hand schüttelten. Wenn wir »Tô und Steinknabe« lesen, finden wir es sicherlich ganz natürlich, daß Steinknabe, der Tausende von Monden nur damit zugebracht hat, dem Gesang des Windes, der Vögel und der Bäume zu lauschen, sich mit dem Kokosnußmönch anfreundet.
Während wir Steinknabe ins Gefängnis begleiten, lernen wir die dreihundert buddhistischen Mönche kennen, die im Chi Hoa-Gefängnis einsaßen, weil sie den Kriegsdienst verweigert hatten. Der Hungerstreik dieser Mönche begann am 2. März 1974. Ich erinnere mich deutlich an ihren Brief an die Friedensdelegation, der aus dem Gefängnis geschmuggelt worden war. Drei Tage später begann der Hungerstreik, und 142 weitere Mönche wurden festgenommen. Als Antwort auf den internationalen Protest erklärte die Regierung von Südvietnam, die fastenden Gefangenen seien keine Mönche, sondern vielmehr gewöhnliche Kriegsdienstverweigerer, die sich die Köpfe geschoren und Mönchsroben angelegt hätten. Der Hungerstreik dauerte einen Monat und endete erst, als man die Mönche in verschiedene Gefängnisse verlegte, um sie von jedem Kontakt nach außen abzuschneiden. Ich bin froh, daß diese Geschichte die Erinnerung an diese Mönche wachhält.
»Ein einsamer rosa Fisch« ist eine weitere Geschichte, in der Phantasie und Wirklichkeit verschmelzen. In den späten siebziger Jahren nahm Thich Nhat Hanh mit ein paar engen Freunden an einem Projekt teil, dessen Ziel es war, vietnamesische Bootsflüchtlinge, die nirgendwo eine Landeerlaubnis bekamen, zu retten und ihnen beizustehen. Ich selbst verbrachte einige Wochen mit dieser Hilfstruppe auf einem gemieteten Schiff im Südchinesischen Meer. Wir hielten nach Flüchtlingsbooten Ausschau, die zum größten Teil von den Küsten Thailands und Malaysias vertrieben worden waren, um ihre Insassen mit dem Notwendigsten zu versorgen und ihnen bei der Suche nach Zuflucht behilflich zu sein.

Hongs Erzählungen über bestimmte Boote und bestimmte Flüchtlinge basieren auf den Berichten wirklicher Bootsflüchtlinge. Auch Shantisuk war ein wirkliches Schiff, und ich kenne ein paar der Leute, die damit unterwegs waren. Zu wissen, daß Hongs Berichte über Vergewaltigung und Mord, über Ertränken und andere Greueltaten auf den wirklichen Erlebnissen unzähliger Menschen basieren, schärft unser Bewußtsein für das Leid der Flüchtlinge. Und doch ist es der Bodhisattva Hong, der den größten Eindruck in meinem Herzen hinterlassen hat. Ich weiß, daß Hong wirklich ist, weil ich sie in den Augen so mancher Menschen gesehen habe, denen ich selbst begegnet bin.

»Der Mondbambus« und »Pfingstrosen« sind Geschichten über das Leben im Exil – über das Getrenntsein von Familie, Kultur und Heimat. Während »Der Mondbambus« sich wie ein zeitloses Märchen liest, ist »Pfingstrosen« ganz im modernen Leben verankert. Beide Geschichten beschreiben die Reise hin zu einem Bewußtsein des »Gegenseitig Seins«, einem Bewußtsein für das Verbundensein allen Lebens, das die Qualen der Trennung heilen kann. Für Mia, Doan und Tanh bietet das Leben im Exil die Gelegenheit zur vollkommenen Verwirklichung.

Die Kinder fragen: »Ist die Geschichte wahr? Ist das wirklich passiert?« Immer wieder halten die Personen in Thays Geschichten einen Moment lang inne und achten auf ihren Atem. Indem sie dies tun, kommen sie zur Ruhe und erholen sich, bringen Ordnung in schwierige Situationen und kehren zu ihrem wahren Selbst zurück. Wenn ich diese Passagen lese, stelle ich fest, daß ich, wenn ich ebenfalls innehalte und langsam drei achtsame Atemzüge nehme, eins mit der Person in der Geschichte werde und eins mit mir selbst. Sind die Geschichten wahr? Indem wir zusammen atmen, finden wir die Antwort – in unserem Herzen.

Mobi Ho März 1989

Tô und Steinknabe

Tô ließ ihre Bambusflöte sinken. Sie schmeckte die bittersüße Salzigkeit der Tränen, die ihr über die Wangen liefen, legte die Flöte in ihren Schoß und hob einen Zipfel ihres Bauernhemdes, um sich die Tränen abzuwischen.
Der Wald war frisch und kühl an diesem Aprilmorgen. Während sie dem Rascheln der jungen Frühlingsblätter lauschte, mußte Tô daran denken, wie unwiderstehlich zart und grün sie ihr einst erschienen waren. Aber ihre Farberinnerung begann schon zu verblassen, obwohl erst sechs Monate vergangen waren, seit sie ihr Augenlicht verloren hatte.
In der vergangenen Nacht hatte Tô, wie jede Nacht seit Wochen nun, vorsichtig das Gesicht ihrer Mutter berührt, in der verzweifelten Hoffnung, niemals auch nur einen einzigen ihrer Gesichtszüge zu vergessen. Wenn sie versuchte, sich das Bild ihres Vaters ins Gedächtnis zu rufen, der vor zwei Jahren gestorben war, sah sie nichts. Tô berührte ihre Flöte und dachte daran, wie ihr Vater, der Holzfäller war, ihr dieses Stück Bambus mitgebracht und ihr geholfen hatte, ein Instrument daraus zu machen. Er hatte ihr beigebracht, wie sie die Flöte mit einem trockenen Bananenblatt abreiben mußte, um ihr eine intensive Färbung zu geben, und er hatte sie gelehrt, darauf zu spielen.
Vater hatte Tô immer ein Stück ihres Schulweges begleitet; bis zu der Stelle, wo sich die Straße am Fuß des duftenden Hügels gabelte. Mit der Machete auf der Schulter war er dann im tiefen Wald verschwunden, und die kleine Tô ging noch zwei Hügel weiter zur Schule im oberen Dorf, mit ihrem hölzernen Schulranzen, der ihre Schulsachen enthielt, und ihrer Flöte, in

der Hand ein Tintenfaß schwingend, das mit einer Schnur an ihrem Finger befestigt war. Vater hatte ihren Ranzen aus dem dünnsten Holz gemacht, das er bekommen konnte, und er war sehr leicht zu tragen. Nach nur einigen Monaten war das Holz bereits nachgedunkelt und glänzte wie das Holz der Flöte. Jeden Tag, wenn Tô aus der Schule kam, aß sie mit ihrer Mutter zu Mittag. Am Nachmittag kam dann ihr Vater nach Hause, den Rücken schwer mit Holz beladen, und nach dem Abendessen machten Tô und ihr Vater dann in aller Muße einen Spaziergang am Fluß entlang oder durch den Wald. Mittwochs stand immer die ganze Familie bei Sonnenaufgang auf, und dann gingen sie auf den Markt im unteren Dorf, den großen Karren mit Feuerholz hinter sich her ziehend. Wenn sie schließlich das obere Dorf erreichten, waren Tôs Beine schon müde, und der Vater hielt den Karren an und ließ sie ganz oben auf dem Holzstoß sitzen. Wenn das ganze Holz verkauft war, kaufte die Mutter Reis und andere Grundnahrungsmittel und eine besondere Leckerei für Tô. Gegen Mittag kehrten sie dann wieder zurück nach Hause, und Mutter setzte einen Topf Reis auf. Aber mittwochs war Tô niemals hungrig. Von ihrer Leckerei gesättigt, bat sie um die Erlaubnis, zum Spielen nach draußen gehen zu dürfen, und meist ging sie dann an den Waldrand. Tô saß gern am Ufer des Flusses, der in der Nähe ihres Hauses sanft dahinfloß, und spielte die Flöte, und gern pflückte sie auch die wunderschönen wilden Blumen, deren Namen sie nicht kannte.

Dann starb der Vater. Kaum ein Jahr nachdem er in die Armee eingetreten war, wurde er im Kampf getötet. Als die Nachricht sie erreichte, war Mutter schreiend zusammengebrochen. Tô, die damals sieben Jahre alt war, verstand nicht, was Tod bedeutete. Sie sah, wie ihre Mutter sich schreiend im Schmutz wälzte, und fühlte sich innerlich wie entzweigerissen.

Als sie ihre Mutter in den Armen hielt, verstand sie endlich, daß sie Vater niemals wiedersehen würde. Er war tot wie der Vogel, den sie am Flußufer gefunden hatte, schon verwesend und wieder zu Erde, zu Staub werdend. Eine tiefe Traurigkeit senkte sich über Tô. Er würde niemals wiederkommen, um mit ihr zu spielen oder zu reden. Er würde sie niemals wieder auf den Arm nehmen oder ihr tief in die Augen sehen. Die Tage verstrichen, und Tô wurde immer trauriger.

Nach dem Tod des Vaters blieb Tô zu Hause und half der Mutter im Haushalt – Reis kochen, Gemüse und Kräuter ernten und verlesen –, während die Mutter in den Wald ging, um Feuerholz zu sammeln. Da die Mutter weniger nach Hause brachte, als der Vater gebracht hatte, konnte sich die Familie nicht mehr so viel Reis leisten. Tô ging auch weiterhin nach dem Abendessen spazieren, und immer nahm sie ihre Flöte mit. Sie ging zu der Stelle, an der sie und ihr Vater immer gesessen hatten, und sie spielte die kleinen Weisen, die er sie gelehrt hatte.

Manchmal, wenn sie spielte, wurde Tô von einer so übermächtigen Trauer befallen, daß es ihr fast den Atem benahm. Ihre Brust war dann wie zusammengeschnürt. Sie atmete dann einige Male tief ein und aus, erfrischte sich, nahm ihre Flöte wieder auf und erfand Lieder, die ihren Kummer und auch ihre Freude spiegelten. Im Lauf der Zeit komponierte sie immer mehr Weisen, und es ging ihr besser, wenn sie sie spielte. Auch Weinen erleichterte etwas. Die Tränen kamen direkt aus ihrem Herzen, und je mehr sie weinte, desto leichter wurde ihr ums Herz.

Eines Tages, als Tô gerade ganz in das Spiel ihrer Flöte versunken im Wald saß, flogen einige Flugzeuge so tief über sie hinweg, daß sie fast die Baumwipfel streiften. Der Wald erzitterte. Tô sah auf und erblickte eine dicke, weiße Wolke. In-

nerhalb von Sekunden fingen ihre Augen an zu brennen, und sie rang nach Luft. Halb erstickt und weinend fiel sie bewußtlos zu Boden. Sie wußte nicht, daß die Flugzeuge Wolken von Giftgas versprüht hatten.
Tôs Mutter erschrak zu Tode, als sie das Dröhnen der Flugzeuge hörte und die Wolke über dem Wald erblickte. Sie rannte hinaus, um Tô zu suchen, aber erst nach mehr als einer Stunde fand sie den bewußtlosen Körper ihres Töchterchens. Es gelang ihr nicht, ihn wiederzubeleben, und so lief sie ins obere Dorf, um eine Krankenschwester zu holen. Als sie zurückkamen, saß Tô da und weinte und schrie, weil ihre Augen wie Feuer brannten. Beide Augen waren stark geschwollen, und sie konnte kaum etwas sehen. Die Krankenschwester wusch die Augen mit in Arznei getränkten Wattebäuschen aus und gab ihr eine Spritze. Sie riet Tôs Mutter, sie ins Bezirkskrankenhaus zu bringen, das eine Tagesreise entfernt lag. Aber als sie im Krankenhaus eintrafen, stellte sich heraus, daß die Ärzte dort nichts für sie tun konnten.

Als Tô nach dem Verlust ihres Augenlichtes zum ersten Mal wieder in den Wald kam, empfand sie ihn wie ein dunkles, stilles Verlies. Nach und nach aber bemerkte sie Dinge, derer sie sich gar nicht bewußt geworden war, als sie noch sehen konnte. Im Rauschen des Flusses hörte sie einen alten Mann singen und sprechen. Sie fühlte, wie die Zweige und Blätter der Bäume sich zum Tanz erhoben. Im Singen des Windes in den Blättern sah Tô Tausende von Händen, die sich hoben, um ihr zuzuwinken. Selbst das Licht war heller geworden und hatte angefangen zu tanzen. Tô lernte nach und nach die Laute der unzähligen Freunde kennen, die einträchtig im Wald lebten. Aus Moosteppichen, Baumrinden und sogar aus Erdschollen sprachen Geschöpfe zu ihr, erzählten ihr von ihrem Leben. Es gab Hunderte von Vogelstimmen, und jede brachte ihr eine andere Botschaft. Tô ließ keine unbeantwortet; sie hob ihre Flöte an die Lippen und spielte eine neue und zauberhaft schöne Melodie.

Tô bekam langsam das Gefühl, daß der Himmel sie erschaffen habe, damit sie Flöte spielen und mit den Geschöpfen des Waldes kommunizieren konnte. Einmal sprach ein seltsamer Vogel zu ihr, und sie antwortete ihm mit einem Lied. Tô konnte den Vogel ganz deutlich vor ihrem inneren Auge sehen. Er hatte einen langen Schwanz, goldene Federn und einen weißen Fleck auf dem Kopf, wie eine Krone. Seine leuchtenden Äuglein huschten geschwind nach rechts und links. Der Vogel sang eine Weile und hielt dann inne. Tô hob ihre Flöte und ließ eine Antwort erklingen. Der Vogel antwortete mit einem Lied, in dem er seiner Überraschung darüber Ausdruck gab, daß Tô seine Sprache sprechen konnte, und seiner Freude darüber, mit ihr zu musizieren. Tô spielte eine Antwort, in der sie dem goldenen Vogel von sich selbst erzählte und seinen Gesang imitierte. Voller Entzücken begann Tô zu lachen, und ihr Lachen perlte durch den Wald wie eine aufgeregte Horde junger Finken bei Sonnenaufgang.

Neun Tage hintereinander kam der goldene Vogel und unterhielt sich mit Tôs Flöte. Dann flog er davon und kehrte nicht zurück. Tô spielte weiter, aber ihr Herz war schwer. Anfangs spielte sie weiche, wie von fern erklingende Töne, als wollte sie ihre Traurigkeit den winzigen Geschöpfen am Boden mitteilen. Dann erhoben sich die Klänge ihrer Flöte und vermengten sich mit der Vielfalt der Klänge, die von den Blättern und Zweigen über ihr kamen. Nach und nach vergaß Tô, daß sie ein kleines Mädchen war, das ein Instrument spielte, und sie wurde zu einem winzigen Geschöpf, das mit Tausenden von Freunden im Wald lebte. Die Klänge ihrer Flöte stimmten sich harmonisch auf die Rufe der anderen Geschöpfe ein. Sie war eins mit dem Wald. Bäume, Moos, Gras und Wurzeln began-

nen zu tanzen, und ihr Schmerz löste sich auf. Tô war jetzt nicht mehr nur einfach Tô. Tränen strömten aus ihren blicklosen Augen – warme Tränen, warm wie Sonnenstrahlen im Frühling, und süße, kühle Tränen, wie reines Wasser aus dem Fluß –, und sie empfand eine große Erleichterung.
Tô genoß dieselbe Wärme und Leichtigkeit, die sicherlich auch die jungen Knospen nach den reinigenden Winterregen empfanden. Sie erinnerte sich, wie das Giftgas die Bäume ihrer Blätter beraubt hatte. Aber im Winter hatten starke Regenfälle den chemischen Film fortgewaschen, und es schlugen wieder gesunde, junge Blätter aus. Insekten und Würmer krabbelten, flogen und summten wieder überall, geradeso, als habe der Wald seinen Lebenswillen wiedergewonnen. Und auch Tôs Lebensgeister erwachten wieder.

Tô spürte, daß jemand vor ihr stand. Völlig vertieft in das Leben im Wald, hatte sie das Geräusch sich nähernder Schritte überhört. Aber da stand nun jemand, jemand mit einem süßen Atem, dessen Gegenwart sich leicht und sanft anfühlte. Niemals zuvor hatte Tô jemanden so zart und rein atmen hören.
»Wer bist du?« fragte sie mit kleiner, scheuer Stimme.
Keine Antwort.
»Wer ist da? Wie heißt du? Woher kommst du?« fragte sie wieder.
»Steinknabe«, kam die zögernde Antwort. »Ich heiße Steinknabe, und ich komme von oben auf dem Berg.«
Seine Stimme war wie ein Hauch, ein vorbeihuschender Wolkenfetzen, leicht wie der Gesang des goldenen Vogels, der Tô neun Tage hintereinander besucht hatte. Steinknabe sprach nur ein paar Worte, aber das genügte Tô, ihn sich vorzustellen. Er war etwa elf oder zwölf, mit zart modellierten Zügen in einem Gesicht, voll und oval wie eine Mango. Seine Augen waren leuchtend und klar. Tô gefiel ihr neuer Freund. Sie

zeigte auf den Fuß des Baumes, der ihnen am nächsten stand, und lud ihn ein, sich zu setzen. »Sag, Steinknabe, wo in den Bergen bist du zu Hause?«

Der Junge blieb stumm. Ein Augenblick verging, und Tô sprach erneut. »Wie alt bist du, Bruder? – Elf?«

»Ich weiß nicht, wie alt ich bin ... vielleicht bin ich sehr alt, uralt ...«

Tô brach in Lachen aus und winkte ihn zu sich. Sie hob ihre Hände und berührte sein Gesicht. Währenddessen saß Steinknabe mucksmäuschenstill und erlaubte Tô, seine Züge zu erkunden. Ja, sein Gesicht hatte die Form einer Mango, und seine Haut war kühl wie ein Bergfluß im Sommer. Sein Haar war lang, bedeckte fast seine ganze Stirn und fiel ihm auf den Rücken. Als sie fertig war, lachte Tô: »Genau wie ich dachte. Du mußt etwa elf sein. Höchstens zwölf. Sag mir, wo du zu Hause bist und was deine Eltern machen. Ich heiße Tô. Ich lebe mit meiner Mutter in der Nähe. Mein Vater ist tot.«

Aber Steinknabe blieb stumm. »Er ist wirklich still«, dachte Tô. Er schien ganz aus Unschuld und Zauber zu bestehen. Er hatte gesagt, sein Zuhause sei oben in den Bergen, und offensichtlich wollte er nicht mehr sagen. »Ich sollte ihn nicht drängen«, sagte sie sich und setzte sich still neben ihren neuen Freund. Schließlich sagte Steinknabe etwas: »Ältere Schwester, bitte spiel deine Flöte.«

Wieder lachte Tô. »Bitte nenn mich nicht ältere Schwester. Ich bin erst neun. Sag: Jüngere Schwester, spiel deine Flöte für mich, deinen älteren Bruder Steinknabe.« Steinknabe wiederholte ihre Worte ganz genau, und Tô hob ihre Flöte an die Lippen und begann zu spielen.

Niemals hatte Tôs Flöte so freudig geklungen. Sie fühlte sich, als schwebe sie auf einer Wolke in Sonnenschein und Frühlingsbrise. Der ganze Wald erhob sich mit ihr zum Himmel und bildete eine riesige Wolke. Tôs Flöte verwandelte sich in ein großes Gefäß, das den ganzen Frühling in sich barg. Sie vergaß, daß sie blind oder daß ihr Vater tot war. Sie war zu ihrem Ursprung zurückgekehrt. Sie rannte wieder über die Hügel, ihre Hand in der ihres Vaters, und sie lachten fröhlich. Tô hörte den Gesang der Vögel, der wie Perlen vom Himmel fiel. Sie hörte die liebevollen Rufe des Waldes, der Hügel, der Gärten – Rufe, die ihr ebenso vertraut waren wie der Ruf ihrer Mutter, die sie ins Haus rief, um ihre Füße zu waschen, bevor sie die Lampe anzündeten und sich zum Abendessen niedersetzten.

Steinknabe saß ganz still da und lauschte. Tô wußte, daß er die Tränen gesehen hatte, die ihr in die Augen traten, und sie sagte: »Ich weine, Steinknabe, aber ich bin nicht traurig. Ich bin glücklich, so glücklich.«

Steinknabe fragte: »Warum hast du früher niemals so freudige Klänge gespielt? Ich habe dir zugehört, und die Musik, die du spielst, ist meistens traurig.«

Anstatt zu antworten, fragte Tô: »Wo warst du, wenn du mir zugehört hast?«

»Ich war oben auf dem Berg. Jeden Tag erreicht deine Musik den Gipfel des Berges.«

»Wie kann der Klang meiner Flöte den Gipfel des Berges erreichen?«

» Oh, er kann die Wolken erreichen. Ich höre dich jeden Tag. Ich hörte deine Flöte, deshalb kam ich, um dich zu sehen. Ich habe zwei Tage gebraucht, um hinabzusteigen«, sagte Steinknabe.

»Zwei Tage? Sein Zuhause muß ganz hoch oben auf dem Berg sein«, dachte Tô. Nie hätte sie gedacht, daß ihre Musik so weit reisen könnte. So hatte ihre Flöte tatsächlich einen neuen Freund für sie gefunden. Wie sie so neben Steinknabe saß, mochte Tô sich kaum rühren, aus Angst, ihre zerbrechliche Welt zu zerstören. Sie wagte nicht, zu lachen und zu sprechen,

wie sie es mit ihren Schulkameraden im oberen Dorf getan hätte. Sie hatte keine Angst, wohl aber große Achtung vor diesem stillen und doch nicht scheuen Jungen. Er war wie ein sauberes Blatt Reispapier, offen und empfänglich, und nur mit äußerster Sorgfalt wollte sie darauf schreiben oder malen. So saßen sie still da. Dann sagte Steinknabe: »Jüngere Schwester, erzähl mir doch, wie ist es hier unten?«
Tô erzählte ihm von ihren Eltern und ihrem Leben in dem kleinen Haus auf dem Hügel. Sie erzählte ihm von der Schule, ihrem Lehrer, dem Marktplatz und den Menschen im unteren Dorf. Sie sprach langsam und hielt inne, um Worte zu erklären, von denen sie dachte, daß er sie vielleicht nicht verstand. Er schien sehr wenig über ihr Leben oder auch nur ihre Sprache zu wissen. Sie erklärte, daß ein Marktplatz ein großer Platz ist, auf dem sich die Menschen einfinden, um Gemüse, Reis, Fisch und Feuerholz zu kaufen und verkaufen. Von Zeit zu Zeit bat Steinknabe sie, innezuhalten und ihm mehr Einzelheiten zu schildern. So fühlte sich Tô wie eine Lehrerin, die sich bemüht, ihr Wissen mitzuteilen.
Die Sonne stand schon am Zenit, und Tô mußte heimkehren, um für die Mutter das Mittagessen zuzubereiten. Sie lud Steinknabe ein, mit ihr zu kommen. Sie nahm seine Hand, und so wanderten die beiden frischgebackenen Freunde aus dem Wald hinaus. Obwohl sie nicht sehen konnte, zeigte Tô Steinknabe die Bäume und Büsche in ihrem Hof, die Geräte, den Garten und ihr kleines Haus aus Holz. Sie mußte ihm die Namen der Dinge nur einmal sagen, dann behielt er sie.
Tô fragte Steinknabe, ob er hungrig sei, aber er schien nicht zu verstehen, was »hungrig« oder »essen« bedeutete. Das fand Tô lustig, und sie lachte, während sie Steinknabe in den Alkoven führte, der als Küche diente. Tô nahm einen Topf, wusch etwas Reis und setzte ihn aufs Feuer. Dann ging sie hinaus – sich ihrer selbst irgendwie sehr bewußt, denn sie fühl-

te Steinknabes Blicke auf sich ruhen –, um etwas Gemüse aus dem Garten zu holen. Er half ihr, das Gemüse zuzubereiten, und bald war das Essen fertig.

Steinknabe und Tô saßen auf der Vordertreppe und warteten auf die Mutter. Steinknabe fragte sie, wie ihr Vater zur Armee eingezogen worden war und wie sie in den Giftgaswolken erblindet war, aber als die Mutter kam, brachen sie mitten im Gespräch ab. Tô stellte ihren neuen Freund vom Berg so gründlich vor, daß ihm selbst nichts mehr hinzuzufügen blieb. Trotzdem fragte ihn die Mutter nach seinem Zuhause und seinen Eltern, aber seine Antworten kamen so zögernd, daß sie zu dem Schluß kam, Steinknabe sei ein Waise, wie Tausende anderer Kinder während dieses mörderischen Krieges. Langsam atmend, um sich zu beruhigen, ging sie in den Hof und wusch sich die Hände. Als sie zurückkehrte, lud sie die Kinder ein, sich mit ihr an den Tisch zu setzen und zu essen. Während des Essens bemerkte Tô sehr wohl, daß Steinknabe sehr wenig aß und daß er sie beobachtete, um zu lernen, wie man ißt. Als sie fertig waren, fragte Tô ihre Mutter, ob Steinknabe bleiben könne. Entzückt über diesen liebevollen, ruhigen Jungen, gab diese ihr Einverständnis und schlug vor, die beiden sollten doch einen Spaziergang am Fluß machen, um die frische Nachmittagsbrise zu genießen.

Sie setzten sich an das steinige Flußufer, und Tô bat Steinknabe, ihr alles zu schildern, was er sah. Zuerst zögernd, erzählte er ihr bald vom blauen Himmel, von den weißen Wolken und vom grünen Wald. Tôs Gesicht leuchtete vor Entzücken. Sie fühlte sich, als könne sie durch seine Augen alles sehen. Aus seinen Worten hörte sie die Erde selbst sprechen, tief und volltönend. Als die Dämmerung hereinbrach, verstummte Steinknabe. Tô hob ihre Flöte an die Lippen und begann zu spielen. Sie hatte das Gefühl, auf einem felsigen Gipfel zu sitzen, im Nebel verloren, und sie sah die Vögel, die Erde und den Wind.

Schließlich rief die Mutter Tô und Steinknabe herein. Sie entzündete eine Öllampe und servierte ein köstliches Abendessen aus Reis, Limonengras, Karotten und Kräutern. Steinknabe war jetzt schon vertrauter im Umgang mit den Eßstäbchen und beherrschte auch das Kauen und Schlucken besser. Nach dem Abendbrot holte die Mutter noch eine Matte hervor und lud Steinknabe ein, über Nacht zu bleiben. Tô war entzückt. Dies war das erste Mal in ihrem Leben, daß ein Freund über Nacht blieb.

Am nächsten Morgen erwachten die Kinder wie zwei junge Vögelchen. Tô führte ihren Freund in den Garten und lehrte ihn, Verstecken zu spielen. Sie spielten auf der Wiese am Hang, die mit tausend und abertausend gelben und roten Blumen gesprenkelt war. Steinknabe bat Tô, wieder mit ihm am Bach zu sitzen, und er betrachtete Himmel und Erde und schilderte ihr alles, was er sah. Tô war glücklich, einfach nur dazusitzen und Steinknabe zuzuhören – sie mochte seine Stimme so gern –, und ihm fiel es nun nicht mehr schwer zu sprechen. Tô kam es vor, als spräche hier nicht nur einfach ein kleiner Junge zu ihr, sondern auch die Erde und der Himmel. Selbst als Steinknabe aufgehört hatte zu erzählen, hörte Tô immer noch die Stimmen von Erde und Himmel. Mit Steinknabe an ihrer Seite war Tô nicht blind.
Nach dem Mittagessen nähte die Mutter für Steinknabe ein braunes Bauernhemd. Wie er es von Tô gehört hatte, sagte Steinknabe: »Danke, Mama.« Tô war sicher, daß ihrer Mutter diese Worte gefielen, denn sie lud ihn ein, sie am nächsten Tag auf ihren wöchentlichen Ausflug zum Markt zu begleiten. Tô war überglücklich; so würde sie Gelegenheit haben, Steinknabe viele neue Dinge zu erklären, und er konnte für sie beide sehen.

Am nächsten Morgen beluden sie den Karren mit Feuerholz. Mutter stand vorn mit dem Zugriemen über beiden Schultern und den Händen an den Griffen. Sie lehnte sich nach vorn in die Riemen, um den Karren zum Markt zu ziehen, und stellte fest, wie viel leichter als sonst es heute war, denn Tô und Steinknabe schoben hinten gemeinsam.

Den ganzen Weg vom oberen Dorf zum unteren Dorf redete Tô ununterbrochen. Sie sagte Steinknabe, er solle sich alles am Wege ansehen, und fragte ihn immer wieder, ob er dieses oder jenes Haus, diesen oder jenen Baum oder Garten sehe, denn sie kannte jeden Zentimeter des Weges.

Der Markt im unteren Dorf war nur ein kleiner Markt, und doch waren an diesem Tag mindestens hundert Menschen da. Nachdem die Mutter das ganze Feuerholz verkauft hatte, kaufte sie Reis, Salz, Fischsoße und eine Handvoll kleiner lebender Fische, in ein Bananenblatt gewickelt. Sie kaufte auch einen Orangenkeks und einen süßen Reiskuchen für die beiden Kinder. Dann bat sie sie, den Karren zu beladen und zu warten, während sie in einen Laden in der Nähe ging, um Lampenöl zu kaufen.

Die Kinder saßen auf den Wurzeln eines schattigen Baumes und aßen langsam ihre Süßigkeiten. Doch kaum hatte Tô ihre aufgegessen, als plötzlich der Lärm von Schüssen und Schreien die Luft erfüllte. Innerhalb einer Sekunde verwandelte sich der Markt in ein panisches Chaos, wie ein umgestürzter Bienenstock. Kugeln pfiffen über die Köpfe hinweg, und die Menschen ließen ihre Habe fallen und rannten wild in alle Richtungen, um irgendwo Schutz zu suchen. Tô zog Steinknabe auf den Boden und legte ihre Hand auf seinen Hinterkopf, um zu verhindern, daß er aufschaute. Dann ließ eine gewaltige Explosion den Boden erzittern, und von allen Seiten prasselten Trümmer hernieder. Tô und Steinknabe waren über und über mit Schmutz bedeckt. Sie hörten schreckliche Schmerzensschreie, und Tô wurde klar, daß eine Bombe auf dem Marktplatz eingeschlagen war und viele, viele Menschen verwundet oder getötet hatte. Als Tô sich klarmachte, daß ihre Mutter möglicherweise auch verwundet oder sogar tot war, schrie sie voller Angst: »Oh, Mama, Mama, wo bist du?« Sie zitterte und hielt Steinknabe an sich gepreßt, aber Steinknabe setzte sich ruhig auf und sagte: »Mach dir keine Sorgen. Mutter geht es gut. Setz dich hierher, ich werde sie finden.«

Als Steinknabe aufstand, pfiffen Kugeln über seinen Kopf hinweg, und eine weitere schreckliche Explosion erschütterte den Markt. Tô zog ihn geschwind wieder auf den Boden, und wieder lagen sie flach im Schmutz. Die zweite Explosion war sogar noch gewaltiger als die erste. Sie fühlten, wie sie von Wellen heißer Luft versengt wurden, und sie hörten, wie Gebäude einstürzten und Dreck und Trümmer überall herniederprasselten. Und dann ein Augenblick der Stille, bevor das herzzerreißende Geschrei erneut einsetzte, aber die Gewehre waren jetzt verstummt.

Tô und Steinknabe lagen vollkommen regungslos und lauschten, wie die Bambushütten mit krachenden Geräuschen in Flammen aufgingen. Steinknabe beschrieb ihr, wie Männer mit Gewehren Menschen, die keine Gewehre hatten, die Handgelenke fesselten, und sie in kleinen Gruppen zusammentrieben. »Eine Menge Leute sind verwundet«, sagte er. »Wir müssen versuchen, ihnen zu helfen.« Tô griff entschlossen nach seinem Arm. »Nein, noch nicht. Wir müssen erst warten, bis die Männer mit den Gewehren gegangen sind.«

Nach einer Weile sagte Steinknabe: »Jetzt sind nur noch Verwundete auf dem Markt«, und die Kinder bahnten sich ihren Weg zu einer Gruppe von Verwundeten, die wimmernd und schreiend auf der Erde lagen. Leute aus dem Dorf versuchten, sie auf improvisierten Bambusbahren wegzutragen. Steinknabe sagte Tô, daß viele Menschen Arme oder Hände verloren

hatten – einigen waren die Füße zerquetscht worden, während andere zerfetzte Gesichter hatten, und kleine Kinder lagen in Blutlachen.
Immer mehr Menschen kamen aus ihren Häusern. Während die Dorfbewohner die Toten und Verwundeten wegtrugen, begannen Tô und Steinknabe nach ihrer Mutter zu suchen. Steinknabe führte Tô zu dem Haufen schwelender Asche, der einmal der Ölladen gewesen war.
»O Mama, Mama, wo bist du, Mama?« Tô brach in Schluchzen aus. »Hat irgend jemand meine Mutter gesehen? Bitte sagt mir, wenn ihr sie gesehen habt.« Einige Frauen, die in der Nähe standen, hörten sie, aber sie schüttelten die Köpfe.
»Sie haben Mutter nicht gesehen«, sagte Steinknabe. »Sie suchen nach ihren eigenen Familien. Gehen wir.«
Sie gingen um den Markt herum ins Dorf. Obwohl Tô nichts sehen konnte, spürte sie die Verzweiflung und Trauer um sich herum. Es war Frühling, aber Todesangst und Verzweiflung lagen in der Luft. Jedesmal, wenn Tô sich nähernde Schritte hörte, fragte sie: »O Onkel« oder »O Tante, hast du meine Mama gesehen?« Die Antwort war jedesmal »Nein«. Niemand hatte die Mutter gesehen. Mutter war nicht unter den Toten und Verwundeten auf dem Marktplatz. Wo konnte sie sein? Sie kehrten zu der Stelle zurück, wo einmal der Markt gewesen war, und eine alte Frau erzählte ihnen, daß sie sie gesehen hatte.
»Ja, ich habe eure Mutter mit einer Flasche in der Hand aus dem Ölladen kommen sehen«, sagte sie. »Sie ging gerade auf den Markt zu, als die Bombe explodierte.«
Das war die erste hilfreiche Auskunft. Tô zog Steinknabe am Ärmel, und sie gingen weiter, um in der Nachbarschaft zu suchen. An alle Türen klopften sie und fragten: »Habt ihr meine Mutter gesehen? Sie trug eine Flasche mit Öl.« Keinen Winkel und kein Schlupfloch ließen sie unversucht, aber die Mutter fanden sie nicht.

Die Dämmerung brach herein, und es wurde schnell dunkel. Mittlerweile waren die Kinder geradezu heißhungrig, also kehrten sie zu dem großen Baum zurück, wo ihre süßen Reiskuchen noch auf sie warteten. Anschließend kletterten sie auf den Karren, der noch immer dort stand, wo Mutter ihn gelassen hatte. Die Nacht war frostig. Obwohl die Blätter des Baumes sie vor den schweren Tautropfen schützten, froren sie die ganze Nacht. Sie kuschelten sich aneinander und schliefen und wachten zwischendurch auf, bis es Morgen wurde.

Als Tô aufwachte, wußte sie sofort, daß sich eine große Menschenmenge auf dem Marktplatz versammelt hatte. Steinknabe war schon wach und beobachtete sie still. Er sagte ihr, daß ein paar Männer mit Gewehren herumstanden und zu den Dorfbewohnern sprachen. Tô vermutete, daß Regierungsleute aus dem Bezirkshauptquartier gekommen waren. Sie kletterte vom Karren herunter.

»Laß uns gehen, Bruder Steinknabe. Wir wollen sie bitten, uns bei der Suche nach Mutter zu helfen.«

Steinknabe und Tô gingen auf einen Soldaten zu, und Tô fragte ihn: »Können Sie uns bitte helfen, unsere Mutter wiederzufinden?«

Und Steinknabe sagte etwas lauter: »Meine kleine Schwester ist blind. Wir sind gestern mit unserer Mutter aus dem oberen Dorf gekommen. Sie war auf dem Markt, als der Kampf anfing, und wir wissen nicht, wo sie jetzt ist.«

Tô war über diese fließende und höfliche Rede von Steinknabe überrascht. Der Soldat antwortete nicht. Statt dessen ging er zu einem anderen Mann und sprach leise mit ihm. Der zweite Mann fragte sie dann mit sehr achtunggebietender Stimme nach dem Namen ihrer Mutter.

»Ba Ty«, sagte Tô. »Sie ist Holzschneiderin, und unser Zuhause ist im Dai Lao Wald, in der Nähe des oberen Dorfes.«

Tô vermutete, daß dieser Mann der Anführer der Gruppe war. Er wandte sich den Dorfleuten zu und fragte, ob irgend jemand etwas über Frau Ba Ty wisse. Jemand meldete, sie sei weder unter den Toten noch unter den Verwundeten. Ein anderer spekulierte, daß sie wohl von den Angreifern mitgeschleppt worden sei. Der Anführer sagte den Kindern, sie sollten nach Hause gehen und warten.

»Macht euch keine Sorgen. Wenn wir irgend etwas über sie erfahren, werden wir es euch sofort wissen lassen.«

Steinknabe und Tô kehrten zu dem großen Baum zurück, um ihren Karren zu holen. Ziehend und schiebend hatten sie es am frühen Nachmittag schließlich bis zum oberen Dorf geschafft. Steinknabe brachte die Einkäufe der Mutter ins Haus, und Tô folgte ihm. Das kleine Haus schien kalt und leer ohne Mutter. Tô fragte Steinknabe, ob er hungrig sei, aber keiner von beiden hatte Appetit, und so saßen sie einfach auf der Treppe und starrten vor sich hin ins Leere. Lange Zeit fiel kein Wort.

Dann erinnerte sich Steinknabe an die Fische, die Mutter auf dem Markt gekauft hatte, und er sagte: »Die kleinen Fische sind jetzt bestimmt alle tot.« Er bat Tô, ihre Flöte zu holen und mit ihm zum Fluß zu gehen. Obwohl Tô eigentlich nicht nach Flötespielen zumute war, kam sie seiner Bitte doch nach.

Steinknabe füllte einen Eimer mit Wasser und tat alle Fische hinein. Nach einer Weile sagte er: »Sie sind alle tot, nur zwei haben überlebt. Einer ist orange, der andere silbern. Laß sie uns im Fluß aussetzen, Tô.«

Steinknabe kniete nieder, schöpfte die beiden kleinen Fische aus dem Eimer und ließ sie davonschwimmen. Tô stellte sich vor, wie zwei winzige Fische glücklich von dannen schwammen, und ihre Lippen entspannten sich zu einem Anflug von Lächeln. In diesem Moment der Stille erinnerte sie sich wieder der Schreie der Dorfbewohner auf dem Marktplatz. Tô war ganz erregt und überwältigt von den Bildern der Kinder, die

so alt waren wie sie selbst, deren Köpfe zermalmt und deren Glieder abgerissen waren. Sie sah riesige Flammen aus den brennenden Häusern auflodern und Erwachsene, denen die Gedärme aus dem Bauch quollen, im Dreck liegen. Sie dachte an ihre eigene Mutter, wie sie mit gefesselten Händen weggeführt wurde. Sie wußte, daß Steinknabe an dasselbe denken mußte, und sie fragte ihn, ob er glaube, daß sie Mutter jemals wiedersehen würden. War Mutter auch gestorben wie der Vogel, der im Wald lag, sein Köpfchen auf die Brust gedrückt und die Beinchen über dem Leib gefaltet?
Tô fühlte einen gewaltigen Druck auf ihrer Brust, und es fiel ihr schwer zu atmen. Sie wollte weinen, schnappte aber statt dessen nach Luft, wie jemand, der zu lange unter Wasser war. Der Stein, auf dem sie saß, brannte unter ihr wie Feuer.
In diesem Augenblick stimmte Steinknabe ein fremdartiges, zauberhaftes Lied an. Niemals zuvor hatte Tô etwas so Liebliches und Schönes gehört. Es begann wie ein feiner Rauchfaden, der aus dem Dach ihres Hauses in die Höhe zog, wenn Mutter den Reis für das Abendessen kochte. Dieser feine Klangfaden verteilte sich nach allen Seiten und schwebte reglos in der Luft; dann öffnete er sich wie die Flügel eines riesigen, herrlichen Vogels, der im unendlichen, offenen Raum flog. Der gewaltige Vogel schlug mit den Flügeln, und dann wurde, hoch oben am Himmel, der Wind geboren, und er winkte den Wolken in den vier Ecken des Himmels, sie sollten sich versammeln. Feuerfarbene, leuchtende Wolken kamen zu rhythmischen Formationen zusammen. Tô hörte das Rauschen der Föhren, wie sie sich im Wind bogen, und das entfernte Murmeln eines feinen Frühlingsregens, der auf die Weiden am Flußufer tröpfelte. Sie hörte Getrappel von winzigen Füßchen kleiner Kinder, die in bunte Gewänder gekleidet waren, sich an den Händen hielten und auf der Wiese am Abhang spielten und tanzten.

Der Schmerz in Tôs Brust löste sich, und sie atmete nun ganz leicht. Der Stein unter ihr fühlte sich an wie eine Wolke. Sie hörte das donnernde Geflatter von Flügeln, die am Himmel schlugen, Zehntausende von Vögeln, die gemeinsam sangen. Plötzlich flog ein Vogel sehr tief, gerade eben über ihren Köpfen, und ließ seinen Gesang erklingen wie eine Perlenschnur, die sich über den Himmel zieht. Tô erkannte den Gesang als den des goldenen Vogels, der neun Tage lang den Klängen ihrer Flöte geantwortet hatte. Sie setzte ihre Flöte an ihre Lippen und spielte ein sehr trauriges Lied, so traurig wie der Purpurhimmel in der Dämmerung, während die über ihrem Kopf kreisenden Vögel aufmerksam lauschten. Tô bat die Vögel, überallhin zu fliegen und nach ihrer Mutter zu suchen. Die schlichte Weise war Weinen, Gebet und Bitte in einem. Sie erhob sich zum Himmel und stürzte dann flehend zu Boden. Die Vögel zerstreuten sich in alle Richtungen, und nur ein goldener Vogel mit einem sehr langen Schwanz und ein paar wenigen weißen Federn auf seinem Kopf blieb. Er sang noch eine kurze Melodie, flatterte kurz umher und flog dann mit den anderen in Richtung Wald davon.

Tô und Steinknabe saßen einen Moment ganz still. Dann fragte ihn Tô: »Sage mir, wer hat dich gelehrt, so zu singen?«

»Niemand. Ich habe lange, lange auf dem Gipfel des Berges gelebt, den Wolken zugehört, dem Wind, dem Regen, dem Nebel und vielen anderen Klängen. Und eines Tages entdeckte ich, daß ich singen konnte. Aber ich singe nur, wenn Himmel und Erde sich nicht wohl fühlen, wenn sie traurig und zornig sind, wenn schwarze Wolken sich über der Erde zusammenballen und der Himmel kurz vor der Explosion steht. Und wer hat dich gelehrt, so wunderschön Flöte zu spielen? Hat es dich deine Mutter gelehrt?«

»Nein, als Vater noch lebte, hat er mich einige Volkslieder, Bauernlieder, gelehrt. Wie du habe ich den Stimmen der Bäu-

me, des Windes, des Flusses und der Vögel gelauscht. Aber dein Gesang ist so viel schöner. Er erweckt in mir unbeschreiblich wunderbare Gefühle. Er belebt mich. Sogar die Vögel im Wald sind herbeigeflogen, um dir zu lauschen!«
Steinknabe antwortete nicht sofort. Dann fragte er sie: »Hast du nicht die Vögel gebeten, dir bei der Suche nach Mutter zu helfen? Ich bin sicher, sie haben dich verstanden. Sie werden versuchen, deine Bitte zu erfüllen. Aber wie können sie jemanden finden, den sie niemals gesehen haben? Du und ich, wir müssen selbst losgehen und sie suchen.«
Tô wiegte zweifelnd ihren Kopf: »Aber wie? Wo? Wir haben keine Ahnung, wo sie ist!«
»Nein, wir müssen einfach überall nach ihr suchen. Bitte hab Vertrauen zu mir. Ich weiß, daß wir sie finden werden. Wir können hier nicht ewig sitzen und darauf warten, daß sie zurückkommt.«
Tô wußte, daß ihr Freund recht hatte. Sie würden Berge erklimmen und Flüsse überqueren müssen. Und wenn ein Monat nicht ausreichte, so mußten sie eben zwei Monate suchen. Und wenn ein Jahr nicht genug war, so mußten sie eben zwei, drei, ja sogar vier Jahre suchen. Sie mußten sie einfach finden. Tô wußte auf einmal, daß alles wieder in Ordnung sein würde, wenn sie Mutter erst einmal gefunden hatten.
Ohne die Mutter waren Gestern und Heute erfüllt mit Angst und Sorgen. Wenn sie Mutter erst einmal gefunden hätten, würden die Schützen aufhören zu schießen, die Kinder nicht mehr verletzt werden, und die Zerstörung der Dörfer würde aufhören. Sie war überzeugt, daß es für sie nur eines zu tun gab – überall nach Mutter zu suchen. Sie fragte Steinknabe: »Wann sollen wir anfangen?«
»Gleich jetzt. Denk mal an die kleinen Fische, die überlebt haben und jetzt wieder im Fluß sind. Sie suchen nun ihre Mutter. Und wir müssen jetzt auch gehen und Mama suchen.«

Tô und Steinknabe gingen zusammen den Hügel hinauf zu ihrer Hütte. Tô füllte einen großen Baumwollsack mit Essen und Kochgerät, und Steinknabe schwang ihn sich über die Schulter. Tô zog die alte Regenjacke an, die ihr Vater immer getragen hatte, und hängte sich ihre Flöte um. Dann verließen die Kinder das Haus und machten sich auf, um ihre Mutter zu finden.

Zunächst einmal gingen Tô und Steinknabe ins obere Dorf. Am Schultor fragten sie mehrere Leute, ob sie Frau Ba Ty gesehen hatten, aber niemand hatte sie gesehen. Sie gingen zum unteren Dorf und sahen an mehreren Stellen Wachsoldaten stehen. Steinknabe beschrieb Tô die schwelenden Trümmer und die glühende Asche, die überall zu sehen waren, wo einmal Häuser gestanden hatten. Es war ein Anblick der Verwüstung, und die Menschen bemühten sich, die Trümmer aufzuräumen. Sie fragten, ob irgend jemand ihre Mutter gesehen habe, aber niemand hatte sie gesehen. Sie gingen auch in die Außenbezirke des Dorfes, hatten aber auch dort kein Glück, und so zogen sie weiter.

Solange sich die Straße vor ihnen erstreckte, gingen sie einfach immer weiter, ohne irgendeine Vorstellung davon zu haben, wann das nächste Dorf auftauchen würde. Sie erkletterten mehrere Hügel und wanderten durch Wälder, ohne auch nur eine einzige Hütte zu sehen. Es wurde dunkel. Nachdem sie eine Bambusbrücke überquert hatten, hielten sie einige Augenblicke inne, um ihre Beine auszuruhen, und kühlten ihre Füße im Fluß. Tô bat Steinknabe, drei Steine zu suchen. Sie setzten ihren Kochtopf darauf, entfachten ein Feuer und kochten in einem mitgebrachten Topf etwas Reis.

Der Mond hing wie eine hauchdünne Sichel am weiten, dunklen Himmel. Für Tô war es kein Problem, im Dunkeln zu essen. Sie und Steinknabe waren halb verhungert, und sie aßen

den ganzen Topf Reis. Steinknabe ging zum Fluß und kam mit Wasser zum Trinken und Waschen zurück, und dann legten sie sich eng aneinandergekuschelt unter Vaters Regenjacke nieder und schliefen bald ein.
Als sie aufwachten, erwärmte die Sonne gerade die eisige Luft, und sie gingen hinunter zum Fluß, um ihre Gesichter zu waschen, bevor sie aufbrachen, um weiter nach ihrer Mutter zu suchen. Tô hielt sich nah an Steinknabe und hatte ihn am Arm gefaßt. Jedesmal, wenn sie ein dichtes Gehölz durchquert hatten, erwarteten sie, ein kleines Dorf oder wenigstens ein paar Häuser zu sehen, aber der Pfad durch den dichten Dschungel erstreckte sich endlos vor ihnen. Bei Einbruch der Nacht schlug Tô vor, anzuhalten und an einer Stelle, wo sie das Geräusch von fließendem Wasser hörte, ihr Lager aufzuschlagen. Während sie einen Topf Reis kochte, machte Steinknabe einen passenden Schlafplatz ausfindig, der von Bäumen und Büschen umsäumt war. Er brach einige dornige Zweige ab und baute daraus einen Schutzwall um den Schlafplatz.
In der Nacht hörte Tô das Prasseln eines großen Feuers. Sie faßte nach Steinknabe, aber der war schon wach und beobachtete etwas. Steinknabe hielt Tôs Hand ganz fest und flüsterte: »Sei ganz still, da sitzen Hunderte von Männern mit Gewehren um ein Lagerfeuer am Fluß. Sie haben gerade ihren Reis gekocht und sind beim Essen.«
Tô und Steinknabe lauschten den Männern, wie sie fremde, stark rhythmische Lieder sangen. Sie klangen wie Meereswellen, die sich an einem felsigen Ufer brechen. Tô spürte in ihren Liedern eine Kraft, als würden sie im nächsten Augenblick nach vorn preschen und alles niedermachen, was sich ihnen in den Weg stellte.
Dann sangen die Männer aber auch andere Lieder, die sanfter klangen. Steinknabe beobachtete, wie einige Männer aufstanden und Geschichten erzählten, und stellte fest, daß die Män-

ner nach und nach entspannter wurden. Einer der Männer, der grüne Palmblätter in seinem Haar trug, stand auf. Er hielt einen langen Stab wie eine Lanze in seiner rechten Hand und einen brennenden Stab in seiner linken. Und er sang, indem er die Fackel vor sich her schwang:

Wunderschön und kostbar, unser Land
Meine Pflicht tue ich hier
Drei Jahre als Soldat
Auf Wache bei Tagesanbruch, des Nachts im
  Quartier
Das ist mein Schicksal, ich will nicht klagen.
Oh, ihr Soldaten, laßt den Aufschrei unserer
Herzen zu den Bäumen aufsteigen
Wie Salz in einer offenen Wunde ist unser Leid.

Tô war von diesem seltsamen, heftigen Lied sehr bewegt. Sie dachte an ihren eigenen Vater als Soldat im Dschungel, der kaum genügend zu essen hatte und auf der harten Erde schlafen mußte, dem Regen ausgesetzt, ohne eine Familie, die für ihn sorgte, wenn er krank war. Tô erkannte, daß diese Männer genauso waren wie ihr Vater. Jetzt sangen sie gewalttätige Lieder, aber bald würden Dschungelkrankheiten, Kugeln oder Bomben sie niedergestreckt haben. Sie würden auf der Erde liegen wie der kleine tote Vogel, der sein Köpfchen auf die Brust gepreßt und seine Beinchen an den Leib gezogen hatte. Das Lied dieses Soldaten war denen, die Tô auf ihrer Flöte spielte, viel näher. Es war wehmütig, und es sprach von Sehnsucht und Resignation. Die Lieder, die die Soldaten zuerst gesungen hatten, waren machtvoll gewesen, wie Wind und Regen in einem starken Sturm. Tô fragte sich, wie es möglich war, daß diese Männer so unterschiedliche Stimmen und Gefühle haben konnten.

Als der Mann sein Lied beendet hatte, folgte kein Applaus, nur eine lange Stille. Ein Mann sprach und kritisierte den Sänger, und dann wandte sich die Gruppe wieder patriotischen Liedern zu, die vor Kampfbereitschaft und Mut vibrierten. Sie sangen eine Weile und wurden dann still. Steinknabe und Tô hörten nichts mehr außer dem gelegentlichen Krachen des großen Feuers, das langsam verglomm. Sie verhielten sich ganz ruhig und schliefen bald wieder ein.

Als die beiden Kinder erwachten, stellten sie fest, daß die Fremden fort waren, ohne auch nur eine Spur hinterlassen zu haben, nicht einmal Asche oder Kohle von ihrem Feuer. Steinknabe und Tô machten sich wieder auf den Weg. Sie wanderten den ganzen Tag, bis sie den Wald hinter sich gelassen hatten.

Als sie schließlich ein kleines Dorf erreichten, senkte sich bereits die Nacht herab. Das Dorf war von einem hohen, starken Zaun aus zugespitzten Bambuspfählen umgeben, und Wachtürme überblickten die Umgebung. Tô entschied, daß sie die Nacht unter einem der überdachten Marktstände verbringen würden, damit sie dann am Morgen nicht so weit zu gehen hätten, um nach Mutter zu fragen.

Mitten in der Nacht erwachten Steinknabe und Tô vom Lärm einschlagender Bomben. Gewehrläufe blitzten und irgend jemand läutete Alarm mit einer Messingglocke. Zwischendurch wurde das Gewehrfeuer sehr intensiv, und eine Leuchtkugel zerbarst am Himmel und erleuchtete jeden Winkel. Die Bomben deckten das Hauptdach des Marktes ab. Lose Ziegel und Trümmer flogen auf das Strohdach zu, unter dem Steinknabe und Tô saßen. Kinder und Erwachsene schrien, und Soldaten stießen zornige Rufe aus. Häuser fingen Feuer. Menschen rannten umher, machten einander auf Brände aufmerksam und versuchten inmitten des Kampfgetümmels, sie zu löschen. Die Angreifer brachen durch die Verteidigungslinie, den

Schrei »Vorwärts! Vorwärts!« auf den Lippen, und der Kugelhagel wurde dichter. Steinknabe versuchte immer wieder, sich zu erheben, aber Tô hielt ihn mit aller Gewalt unten, da Kugeln um ihre Köpfe pfiffen. Aber Steinknabe war stark und wollte unbedingt helfen. Tô lag zitternd wie ein winziger, verängstigter Vogel am Boden. Häuser brannten, Menschen starben, und die Männer auf den gegnerischen Seiten gebärdeten sich mit mörderischer Wildheit. Bevor Tô noch wußte, wie ihr geschah, entfuhren ihren Lippen die Worte: »Mama! Mama!« Und dann, ohne Furcht, von einer Kugel getroffen zu werden, setzte sie sich auf und schrie aus Leibeskräften.

Als Tô aufhörte zu schreien, traute sie ihren Ohren kaum – Steinknabe sang. Er war auf den offenen Marktplatz gegangen und hatte begonnen zu singen. Sie schrie: »Leg dich nieder, Steinknabe, bitte!« Aber er hörte nicht. Lauter und lauter erklang seine Stimme, und Tô hörte den Wind, wie er sich erhob und flatterte. Das Geräusch des Waldes in der Ferne vermischte sich mit seiner Stimme. Dort stand Steinknabe, furchtlos, als befände er sich auf einem friedlichen Hügel. Tô fühlte, wie all ihre Trauer und Angst dahinschmolzen, und sie begann, ihn auf ihrer Flöte zu begleiten. Das Geräusch schlagender Flügel zeigte ihr, daß die Vögel wieder da waren und über ihren Köpfen kreisten.

Und langsam verebbte die Schlacht. Die Schüsse wurden weniger, und das Schreien und Rufen hörte auf. Der Klang von Tôs Flöte erhob sich zum Himmel und beweinte das Schicksal der Holzfäller, die, zum Soldatendasein gezwungen, niemals wieder aus dem Krieg zurückkommen würden. Ihre Musik trauerte um die Feuerholzverkäufer, die ihre Kinder in der Schlacht verloren hatten; um kleine Jungen und Mädchen, die heimatlos umherzogen; um Soldaten, die auf fernen Bergpässen mutterseelenallein starben; um alte Frauen und Neugeborene, die von umherirrenden Kugeln getroffen wurden und verbluteten, ohne daß sich jemand um sie kümmerte. Himmel und Erde hörten diese Schreie, und alle Vögel im Wald hörten sie auch. Kinder und Erwachsene und sogar die Soldaten, die eben noch einander angeschrien hatten, hielten nun ihre Gewehre gesenkt und lauschten. Tô bat den Himmel, die Erde und alle Geschöpfe um Hilfe. Als ihre Musik verklang, erhob sich Steinknabes Stimme wieder. In seiner Stimme war ein tiefer Glaube an die gegenseitige Verbundenheit und Liebe aller Geschöpfe, die wie eine Frühlingsbrise alle Schmerzen lindern. Seine Stimme war wie der Herbsttau, der das Feuer des Hasses kühlt, dieses wundersame Naß, das aus sterbenden Bäumen junge Triebe sprießen läßt.

Die Gewehre waren jetzt verstummt. Sogar der Wind hatte sich gelegt. Die Vögel flogen davon. Tô und Steinknabe hielten sich still an der Hand. Im Osten zeigte sich der erste Schimmer der Morgendämmerung.

Langsam kehrte Leben in das Dorf zurück. Mehrere Männer erschienen, sie trugen Fackeln, die im dicken, weißen Nebel blitzten. Menschen riefen nach ihren Lieben. Die Toten wurden fortgeschafft. Der Wiederaufbau hatte bereits begonnen. Man plante eine Verstärkung für den nächsten Angriff, und dem Bezirkshauptquartier wurde ein Gesuch um Hilfe übermittelt.

Eine Abordnung von Männern auf Patrouille entdeckte Steinknabe und Tô, und da sie den Dorfbewohnern nicht bekannt waren, wurden sie festgenommen. Einige Militärs und Zivilisten hatten den Verdacht, daß sie vielleicht feindliche Spione waren, und drohten, sie auf der Stelle zu erschießen. Steinknabe sah sie unverwandt an, verwirrt. Er hatte keine Ahnung, was all diese Worte – Spitzel, Spione, Kuriere – bedeuteten. Tô aber zitterte vor Entsetzen. Sie brach in Tränen aus und schilderte den Männern alles, was geschehen war. Die Männer glaubten ihr nicht, aber anstatt sie erschießen zu lassen,

befahl ihr Kommandeur, daß man sie ins Bezirkshauptquartier bringe und den Zivilbehörden übergebe.
Mittags wurden sie dann in Armeelastern zur Polizeiwache der Bezirkshauptstadt gebracht. Man gab ihnen etwas zu essen, und für die Nacht bekamen sie eine Decke und eine Strohmatte. Drei Tage vergingen, bis man sie in die Provinzhauptstadt und dort in das Zentrum für Jugendreform brachte.

Das Zentrum war ein weitläufiges Anwesen mit langgestreckten, flachen Gebäuden; es war umgeben von hohen Mauern, die oben mit Glasscherben bestückt waren. Man brachte Steinknabe und Tô in ein Zimmer, in dem ein Mann, der sie verhören sollte, und eine Schreiberin saßen. Tô sagte sofort, daß sie Hoang Thi Tô war, neun Jahre alt, in der fünften Klasse, und die Tochter von Herrn und Frau Ty, Holzfäller aus dem oberen Dorf, Bezirk An Lac. Sie sagte, Steinknabe sei ihr Bruder, zwölf Jahre alt, aber er gehe auf keine Schule, da er zu Hause bleiben und ihrer verwitweten Mutter zur Hand gehen mußte. Und dann verkündete sie voller Stolz, daß ihr Vater sein Leben für das Vaterland gegeben hatte.
Der Mann, der sie verhörte, bat Steinknabe, ihm alles zu berichten, was er über den Angriff auf Phuoc Binh vor vier Tagen wußte, und ihm auch ehrlich zu sagen, ob er für die Rebellen arbeite. Steinknabe tat genau, wie ihm geheißen, und schilderte ihre Suche nach der Mutter, die schließlich zu ihrer Verhaftung geführt hatte, in allen Einzelheiten. Als Steinknabe von den Männern mit den Gewehren am Flußufer erzählte, spürte Tô, wie der Mann Verdacht schöpfte. Danach saß er einige Augenblicke lang wortlos da und befahl dann, Steinknabe in Lager A und Tô in Lager D zu bringen. Die große, hagere Sekretärin nahm Tôs Hand und sagte Steinknabe, er solle ihnen folgen. Obwohl sie in verschiedenen Lagern untergebracht würden, sagte sie, würden sie einander zweimal täg-

lich sehen können, nach dem Mittagessen und nach dem Abendessen. Und sie fügte noch hinzu, daß sie um Erlaubnis ersuchen konnten, einander auch zu anderen Zeiten zu besuchen.

Zwar ließ man Tô in der Schule von Lager D an allen Aktivitäten teilnehmen, aber sie konnte ja nicht lesen, was auf der Tafel oder in den Büchern geschrieben stand. Wenn es allerdings um Fertigkeiten ging, für die man kein Augenlicht brauchte, schnitt sie gut ab. Nach nur fünf Tagen fand sie bereits allein, ohne einen Führer im Zentrum, ihren Weg. Ihre Zimmergefährtin, Le, die eigentlich recht forsch und hart war, mochte sie sehr gern.

Steinknabe kam in seiner Klasse gar nicht mit. Er bat um die Erlaubnis, in Tôs Klasse gehen und neben ihr sitzen zu dürfen. Nach den Mahlzeiten lehrte sie ihn dann die Grundzüge des Lesens, und in weniger als einer Woche konnte er einfache Sätze schreiben und lesen. Danach brachte ihm Tô Rechnen bei, und in nur einem Tag lernte er Addieren, Subtrahieren, Multiplizieren und Dividieren.

Die meisten Kinder im Lager waren nett, mit Ausnahme einiger aggressiver Kinder, die Freude daran hatten, andere zu ärgern und zu schlagen. Sogar Steinknabe wurde einmal von zwei älteren Jungen grob geschlagen, weil er gelächelt hatte, als sie versucht hatten, ihn einzuschüchtern. Obwohl sein Gesicht blutüberströmt war, schlug Steinknabe nicht zurück. Zufällig war Tô dabei, und sie holte Hilfe. Als die Aufseher dann endlich eintrafen, lag Steinknabe blutüberströmt auf dem Boden. Er wurde in die Krankenabteilung gebracht, und Tô bekam die Erlaubnis, bei ihm zu wachen. Von dem Tag an nannten die anderen Steinknabe »Schwächling«, weil er sich nicht gewehrt hatte, als er geschlagen wurde. Und Tô nannten sie natürlich »die Blinde«.

Am Ende des Jahres wurde Steinknabe aus dem Reformzentrum entlassen und wegen seines vorbildlichen Verhaltens und seiner ausgezeichneten Leistungen in die Schule für staatliche Mündel eingeschult. Tô sollte in die Schule für Blinde in Bien Hoa überwechseln. Als man ihnen von dem zu erwartenden Ortswechsel erzählte, waren sie völlig verzweifelt. Beide fürchteten, daß sie, wenn sie erst einmal getrennt wären, niemals in der Lage sein würden, Mutter zu finden. Aber die Entscheidung war gefallen. Sie bekamen die Erlaubnis, sich zu schreiben, und ab und zu würde Steinknabe Tô in der Schule für Blinde besuchen dürfen.

Eines Nachts erwachte Tô von fernen Gewehrsalven, und ihr Herz wurde schwer vor Traurigkeit. Sie hatte gerade geträumt, Steinknabe sei zurückgekommen und ginge neben ihr. Es war jetzt sechs Monate her, seit sie das letzte Mal von ihm gehört hatte. Sie hatte ihn ebenso verloren, wie sie ihre Mama verloren hatte.

Während Steinknabe Staatsmündel war, hatte Tô vier Briefe von ihm erhalten, die sie in einer Büchse unter ihren Kleidern verwahrte. Ab und zu bat sie eine junge Frau, die in der Schule arbeitete, sie ihr vorzulesen. Als keine Briefe mehr eintrafen, bat Tô die Schulverwaltung, Erkundigungen einzuziehen. Man sagte ihr, daß Steinknabe wegen schlechter Führung in die Besserungsanstalt in Vung Tau verlegt worden sei.

Tô konnte einfach nicht glauben, daß Steinknabe irgend etwas Schlechtes tun würde. Niemals hatte sie jemanden gekannt, der freundlicher und sanfter war. Aber er hatte auch niemals vor irgend jemandem Angst gehabt, nicht einmal vor denen, die an der Macht waren. Vielleicht wäre dies nicht geschehen, wenn sie bei ihm gewesen wäre, dachte sie. Wie sollte ein kleines blindes Mädchen jemals in der Lage sein, die beiden Menschen zu finden, die ihr auf der Welt am liebsten waren? Während der ersten paar Monate in der Schule für Blinde erlernte Tô die Blindenschrift. Während ihre Finger die Reihen von verschieden hohen kleinen Knötchen auf den steifen Seiten entlangwanderten, erschienen vor ihrem inneren Auge Bilder, und ein Lächeln trat auf ihre Lippen. Es war schade, daß es nicht viele dieser Bücher gab. Sie lernte auch, dieses Alphabet mit einer Blindenschreibmaschine und mit einem tuschelosen Stift zu schreiben.

Tô lernte weben und nähen, und sie war Mitglied des Schulorchesters, weil sie so gut Flöte spielte. Allerdings erlaubte man ihr in der Schule nur, nette Volksliedchen zu spielen, Lieder über das schöne ländliche Leben in Friedenszeiten. Sie war über diese Einschränkung gar nicht glücklich und spielte statt dessen Weisen, die ihren Schmerz und ihre Hoffnung ausdrückten und das Leid und die Erwartungen Tausender anderer Kinder wie sie. Es fiel ihr schwer zu verstehen, warum die Erwachsenen versuchten, die Wahrheit zu verbergen. Wo immer sie und Steinknabe hingekommen waren, waren sie Zeugen unsäglichen Leids gewesen.

Am vietnamesischen Neujahrsfest, Têt, als jeder erwartete, daß das Leben in den Städten friedlich und in Feststimmung verlaufen würde, fand dann die bisher schrecklichste Zerstörung statt. Sogar in Saigon wurden ganze Straßenzüge zerstört, und verwesende Leichen lagen überall auf den Straßen herum. Es gab so viele Tote, daß Bulldozer eingesetzt werden mußten, um die Leichen in Sammelgräber zu schaufeln. Krankenhäuser quollen über von verwundeten Erwachsenen und Kindern. Sogar Tôs Schule in Bien Hoa wurde mit Bomben beworfen, und mehrere von Tôs Klassenkameraden wurden getötet. Das alles geschah wirklich, und doch taten weiterhin alle so, als sei nichts Besonderes geschehen.

Gerade am Tag zuvor, als der Schulbus vor dem städtischen Krankenhaus hielt, hatte sie gehört, wie ein kleines Mädchen ein Lied von T.C. Son sang:

Ich weine um die Wolken, die in den Bergen schlafen.
Ich weine um die Bäume im hügeligen Tal.
Ich weine um meine Brüder, deren Blut vertrocknet.
Ich weine um unser Vaterland, tränenüberströmt.
Ich weine um die Vögel, die den Wald verlassen haben.
Ich weine um die Nächte voller Bestattungen und Wachen.
Ich weine um meine Schwestern, deren Schicksal Trauer ist.
Ich weine um meine Tränen, die namenlos sind.

Tô spürte, daß das Mädchen ungefähr in ihrem Alter war und daß auch sie blind war. Tô nahm an, daß die Person, die sie auf der Zither begleitete, ihr kriegsversehrter Vater war. »Wahrscheinlich hat er keine andere Erwerbsquelle, als mit seiner Tochter auf die Straße zu gehen und Musik zu machen«, dachte Tô. Als das kleine Mädchen sang, konnte Tô hören, wie sehr sich das blinde Kind all dessen bewußt war, was um sie herum vorging. Und Tô fragte sich, wo die Erwachsenen ihre Augen hatten.
Nur einen oder zwei Tage davor hatte Tô einen seltsamen Traum gehabt, in dem sie mit Steinknabe auf der Suche nach ihrer Mutter war. Es war ein heißer Sommermorgen; sie standen auf einem Hügel, und am Himmel waren sieben oder acht Sonnen und auch Mond und Sterne! Sie konnte es nicht glauben – Sonnen und Sterne gleichzeitig! Es war sehr freudvoll, wie ein Fest.
Und plötzlich gab es Explosionen, und die Sonnen brachen zusammen und zerbarsten beim Aufprall auf die Erde. Der Himmel verdunkelte sich, Mond und Sterne verschwanden. Angstvolle Schreie kamen aus allen Richtungen, und sie wußte, daß all diese schrecklichen Dinge nur deshalb geschahen, weil sie ihre Mutter verloren hatte. Sie wußte, wenn sie nur

ihre Mutter finden könnte, würde die Sonne wieder am Himmel scheinen, und auch Mond und Sterne würden wieder aufgehen. Sie taumelte im Dunkeln herum und lauschte den Schreien der tausend und abertausend mutterlosen Kinder.
Dann tauchte auf einmal Steinknabe aus dem Nichts auf mit einer Sonnenblume in der Hand – einer großen Sonnenblume, so groß wie eine Bien-Hoa-Pampelmuse, mit Licht gefüllt –, die er wie eine Lampe hochhielt, um ihnen den Weg zu leuchten. Tô und Steinknabe gingen in Dörfer und Ansiedlungen, die in tiefer Dunkelheit lagen. Überall hob Steinknabe seine Sonnenblume hoch und sang. Sie blieben vor einer Reihe von Häusern stehen, die dort zusammengekauert standen wie ein Gebirge, still und kühl in der dunklen Nacht. Steinknabe hob seine Sonnenblume hoch und sang. Nach einer Weile öffnete sich ein Fenster, und ein schwacher Lichtschein fiel heraus. Dunkle Gestalten, die Steinknabe und Tô zugestikulierten, erschienen an immer mehr Fenstern. Die Kinder hörten das zornige Knurren wilder Tiere. Als das Knurren immer näher kam und immer lauter wurde, nahm Tô Steinknabes Hand, und sie flohen.
Die Szenerie wechselte vom Dorf zu einem tiefen Wald. Steinknabe beleuchtete mit seiner Sonnenblumenlampe jeden Busch, jeden Baum und jeden Stein. Dann waren sie auf dem Grund des Ozeans im Königreich der Wasser und betrachteten im Licht der Blume jeden Fisch und jede Alge. Überall gingen Tô und Steinknabe hin und sahen sich die Dinge genau an. Sie trafen einen sehr, sehr alten Mann mit schlohweißem Haar, der Steinknabe ein großes rundes Etwas übergab, wie ein Kürbis. Es schimmerte wie Perlmutt, und er nannte es die Sonne des Meerespalastes. Er sagte ihnen, sie könnten es ausleihen und zurück an Land gehen, um nach ihrer Mutter zu suchen. Als Tô nach dem gleißenden Ding griff, erwachte sie. Sie versuchte, wieder einzuschlafen und weiterzuträumen,

aber das Geräusch der Gewehrsalven in der Ferne störte sie. Sie setzte sich auf und öffnete das Fenster. Die kühle Luft huschte herein und erfrischte sie. Sie tastete an der Kante ihres Bettes entlang, fand ihre Flöte, setzte sie an die Lippen und begann, sehr sanft zu spielen.

Tô spielte lange, so lange, bis sie neben ihrer eigenen Musik noch einen Laut hörte. Es war der goldene Vogel, mit dem sie sich im Wald neun Tage lang »unterhalten« hatte. Tô war überglücklich, als der Vogel ihr sagte, Steinknabe sei gekommen. Sie erhob ihre Flöte und bat den Vogel mit ihrer Melodie, zu bestätigen, daß sie richtig verstanden hatte. Ja, der Vogel sagte ihr tatsächlich, daß Steinknabe zurückgekehrt war. Sie legte sich eine Jacke über die Schultern und öffnete, ihre Flöte in der Hand, die Tür, um hinaus in den Hof zu gehen. Der goldene Vogel schwebte direkt über ihr. Am Tor angekommen, zog sie den Riegel zurück, stieß es auf und wanderte hinaus. Und dann hörte sie, wie jemand ihren Namen rief.

Sie drehte sich um. Es war Steinknabe. Er lief auf sie zu und hielt sie in seinen Armen. Tô stand ganz still und weinte leise. Dann hörten sie den Schrei des Vogels am Himmel, und Steinknabe sagte zu ihr: »Laß uns jetzt gehen, bevor es hell wird.« Er nahm ihre Hand, und die beiden Kinder gingen an der Mauer entlang, die die Schule umgab, um ihren Weg aus der Stadt hinaus zu finden. Die ganze Zeit schwebte der goldene Vogel über ihnen und wies ihnen den Weg.

Tô wischte sich die Augen und fragte: »Wohin gehen wir jetzt, Steinknabe?« Obwohl nur neun Monate vergangen waren, schien Steinknabe neun Jahre älter, und Tô war ganz zuversichtlich, daß er die Antwort auf ihre Frage wußte.

»Erst mal aus der Stadt hinaus. Dann können wir versuchen, den Weg zurück zum Dai-Lao-Wald zu finden. Wir müssen zurück nach Hause gehen, um zu sehen, ob Mutter wiedergekommen ist. Dann muß ich wieder auf den Berg zurück. Ich war jetzt zwölf Monate fort, weißt du.«

»Aber woher weißt du, welchen Weg wir einschlagen müssen? Zu Hause ist weit. Wir werden uns verlaufen.«

»Sorg dich nicht, Tô. Der goldene Vogel wird uns den Weg zeigen. Er war den ganzen Weg hierher, seit den Bergen von Lang Son, bei mir. Er hat mir auch geholfen, dich zu finden, oder?«

Ja, das stimmte. Steinknabe war den ganzen Weg von den Wäldern und Bergen des Nordens zu ihr gekommen. Sie war überglücklich. Wenn er sie hatte finden können, würde er auch Mutter finden können, dachte sie.

Tô erinnerte sich an ihren Traum der letzten Nacht, in dem der weißhaarige alte Mann ihnen eine Sonne gegeben hatte, so groß wie ein Kürbis und schimmernd wie Perlmutt. Sie erzählte Steinknabe den Traum und sagte, daß er vielleicht eine Ankündigung dessen sei, was geschehen würde. Sie hatte sich bei ihm eingehängt und ging ganz nah neben ihm, und er lauschte jedem ihrer Worte. Er bat sie, ihm alles zu erzählen, was geschehen war seit dem Tag, als man sie in die Schule für Blinde in Bien Hoa geschickt hatte. Er hörte zu, ohne ein Wort einzuwerfen, außer hin und wieder mal eine Frage, um Einzelheiten zu klären. Schon bald waren sie aus der Stadt heraus und drangen immer tiefer in einen Wald aus Gummibäumen vor. Sie wanderten den ganzen Tag und legten nur zwei kurze Pausen ein. Der goldene Vogel flatterte über ihren Köpfen und war ihr treuer Begleiter. Schließlich stießen sie auf einen Kanal und fanden dort ein verlassenes Kanu, das ihnen als Unterschlupf für die Nacht diente.

Tagelang wanderten Tô und Steinknabe nach Nordwesten. Sie durchquerten einen Wald aus Bananenbäumen und aßen die reifen, fleischigen Früchte. Dazu tranken sie Wasser aus einem Fluß in der Nähe. Als sie einen Bambuswald durchquerten, pflückten sie einige zarte Sprossen und rösteten sie über einem Feuer aus trockenen Bambusblättern. Tagelang streiften sie durch den Dschungel, bis sie schließlich zu der Lichtung kamen, wo sie Monate zuvor die Soldaten am Flußufer hatten kampieren sehen und sie am Lagerfeuer singen gehört hatten. Tô erinnerte sich noch an das wehmütige Lied des einen Mannes, das von Soldaten handelte, die fern der Heimat auf einsamen Außenposten Wache hielten.

In diesen Tagen ihrer Wanderung erzählte Steinknabe Tô auch von seiner Zeit in der Schule für staatliche Mündel. Er hatte sich mit vielen anderen Schülern angefreundet, deren Väter oder Brüder gefallen waren. Sie hatten einen Chor gegründet, um ihre Sehnsucht nach Frieden auszudrücken, und ihre Lieder bewegten alle tief, Erwachsene und Kinder gleichermaßen. Schon bald jedoch – vielleicht waren die Reaktionen des Publikums zu enthusiastisch gewesen – begann die Schulverwaltung, ihnen vorzuschreiben, welche Lieder gesungen werden durften. Steinknabe und seine Freunde weigerten sich, diese Lieder zu singen. Weder Drohungen noch Strafen, weder Vergünstigungen noch Überredungskünste konnten sie in ihrem Entschluß wankend machen. Schließlich wurde Steinknabe, den sie als Anstifter ansahen, von der Schule verwiesen und auf eine sehr strenge Kadettenschule in Vung Tau geschickt.

Auf der Kadettenschule traf Steinknabe gleichgesinnte Jungen. Eines Tages legten er und eine Gruppe seiner Freunde der Schule ein Gesuch vor, in dem sie darum baten, lieber zu Sozialarbeitern anstatt zu Soldaten ausgebildet zu werden. Sie könnten Dorfbewohnern beim Aufbau ihrer Häuser helfen, die Felder bestellen und Teil der landesweiten Bewegung werden, die auf eine möglichst baldige Beendigung des Krieges hinarbeitete. Die Tatsache, daß Schüler einer Schule für Kadetten sich an solch »subversiven« Aktivitäten beteiligten, löste einen ganz schönen Aufruhr aus, nicht nur innerhalb der Schule selbst, sondern auch an höheren Stellen. Steinknabe wurde der »Propaganda für den Feind« angeklagt und ins Chi-Hoa-Gefängnis gebracht.

Im Gefängnis sah Steinknabe eine Reihe von buddhistischen Mönchen, deren Hände gefesselt waren. Als er sie fragte, was sie getan hätten, sagten sie ihm, sie hätten beide Seiten öffentlich aufgefordert, das Feuer einzustellen und über friedliche Versöhnung zu verhandeln, und dafür hatte man sie verhaftet. Steinknabe war noch nicht ganz zwei Wochen in Chi Hoa, als dreihundert Mönche und fast zweihundert andere Gefangene in einen Hungerstreik traten. Eines Nachts wurde Steinknabe brutal geweckt, in ein Zimmer gebracht und beschuldigt, die Mönche durch seine Lieder zu dem Hungerstreik angestiftet zu haben. Steinknabe wurde in Fesseln gelegt und nach Zentralvietnam in ein Lager für politische Gefangene gebracht.

Im Lager traf Steinknabe einen sehr exzentrischen taoistischen Mönch, dessen Haar so lang war, daß es ihm bis über die Ohren fiel. Er war mager, fast zerbrechlich, aber seine Augen waren durchdringend und leuchtend. Sein braunes Bauerngewand hatte durch das viele Waschen eine schmutziggraue Farbe angenommen. Der ungewöhnliche Mann hatte stets einen Käfig bei sich, in dem er eine Katze und zwei Mäuse hielt. Immer wieder waren die Menschen erstaunt, daß die Katze den Mäusen niemals etwas zuleide tat.

Der alte Mönch erzählte Steinknabe, daß er mit seinem Käfig zum Provinzhauptquartier gegangen war und um eine Audienz beim Kommandeur gebeten hatte. Als man ihm den Zutritt verwehrte, setzte er sich einfach vor das Haupttor und weigerte sich wegzugehen. Menschen blieben stehen und starrten ihn an, und nur zu gern war der alte Mönch bereit, jedem, der es hören wollte, zu erzählen: »Ich bin hier, um der

Regierung zu sagen: Wenn eine Katze mit zwei Mäusen in Frieden leben kann, warum können dann wir Menschen und Mitbrüder nicht zusammen in Frieden leben? Wir sollten aufhören, uns gegenseitig zu töten, und zwar heute noch, und mit dem Wiederaufbau unserer Heimat anfangen.«

Einige waren zu Tränen gerührt, aber andere beschwerten sich über ihn, nannten ihn dumm und naiv. »Katzen und Mäuse können nicht zusammenleben«, sagten sie. »Dieser Mönch ist ein Verrückter. Sie sollen ihn wegschaffen.« Und tatsächlich landete der Mönch im Gefängnis.

Und jetzt sah er Steinknabe an und zeigte auf seinen Käfig. »Siehst du, über einen Monat sind sie jetzt zusammen, und die Katze hat die Mäuse nicht gefressen, oder?«

Gern lauschte Steinknabe den Geschichten des alten Mönches. Er erzählte, wie er durch alle Dörfer im Osten gegangen war und Kugeln und Bombensplitter gesammelt hatte, um daraus eine große Glocke zu gießen. Jeden Abend blieb er dann bis spät auf und brachte die Glocke ganz bedachtig und gesammelt zum Klingen. Er hatte gehofft, der Klang der Glocke würde die Herzen der Menschen erreichen und sie wachrütteln, damit sie die Wahl, die sie hatten, erkennen konnten. Er sagte zu Steinknabe: »Indem ich diese Metallstücke zu einer Tempelglocke verarbeitet habe, habe ich ihnen geholfen, dem friedvollen Pfad Buddhas zu folgen.« Steinknabe entzückte die Vorstellung von todbringenden Metallsplittern, die dem Pfad Buddhas folgen, obwohl er wußte, daß solche Bemerkungen nur den Verdacht bestätigten, daß der alte Mönch tatsächlich verrückt war.

Der alte Mönch und Steinknabe wurden enge Freunde. Einmal traten sie mit Hunderten von anderen Gefangenen in den Hungerstreik. Nach einer Woche brachte man sie alle nach Quang Tri, die nördlichste Provinz des Südens, und befahl ihnen, nach Norden über eine Brücke über den Ben Hai zu gehen, den Fluß, der Nord- und Südvietnam trennt. Als sie loszogen, rief ihnen ein südvietnamesischer Offizier in Tarnkleidung zu: »Los, weiter. Wenn ihr erst einmal drüben seid, werdet ihr massenhaft Gelegenheit zum Hungerstreik haben!« Am anderen Ende der Brücke wurden sie von den Behörden und den Menschen im Norden herzlich willkommen geheißen. Als man sie fragte, warum man sie aus dem Süden ausgewiesen hatte, erzählten der alte Mönch und Steinknabe einfach die Wahrheit, die jeder gern zu hören schien. Später, unter vier Augen, sagte ein Offizier dann zu Steinknabe, er solle sagen, die Menschen im Süden würden ein elendes Leben führen, und die Leute im Norden sollten ihre jungen Männer in den Süden schicken, um ihre Landsleute zu retten, und daß die ausländischen Soldaten aus dem Land vertrieben werden müßten.

Steinknabe hörte aufmerksam zu, aber er wußte, daß sie nicht die Wahrheit sagten. Ja, im Süden gab es Menschen, die andere ausbeuteten und sich bereicherten, während Tag für Tag Tausende von Soldaten und Zivilisten starben. Und es stimmte auch, daß die Behörden im Süden alles in ihrer Macht Stehende taten, um die Wahrheit über den Krieg zu verbergen und jeden aus dem Weg zu räumen, der den Mut hatte, nach Verhandlungen über das Ende dieses Brudermordes zu rufen. Aber die Menschen im Süden litten auch unsäglich unter den Soldaten, die aus dem Norden kamen. Millionen Menschen hatten wegen dieses Bruderzwistes ihr Heim, ihre Lieben und sogar ihr Leben verloren. Dieser nur allzu wirkliche Schmerz wurde von Menschen derselben Rasse und mit einer gemeinsamen Geschichte erlitten, die einfach nicht in der Lage waren, sich zusammenzusetzen und ihre Meinungsverschiedenheiten zu lösen. Und das war der wirkliche Grund für all das Leid, nicht diese oder jene ausbeuterische fremde Macht, auch wenn die Kugeln und Gewehre, die beide Seiten benutzten, von Außenstehenden gekauft worden waren. Nachdem die Offiziellen gegangen waren, gab Steinknabe dem alten taoistischen Mönch gegenüber seinen Gedanken über den Krieg Ausdruck. Der alte Mönch nickte zustimmend.

Während der folgenden Tage gingen der Mönch und Steinknabe in Ansiedlungen und Dörfer und besuchten die einfachen Landbewohner des Nordens. Überall wo sie hinkamen, sahen sie Menschen in Armut leben, obwohl es nicht so viel Zerstörung gab wie im Süden. Nur die ganz Alten und ganz Jungen schienen in den Dörfern zu sein. Alle, die tauglich waren, waren in der Armee.

Als die Menschen von Steinknabe erfuhren, was im Süden tatsächlich geschah, erkannten sie, daß man sie getäuscht hatte. Sie hatten den Stimmen vertraut, die gesagt hatten, ihre Söhne und Brüder seien in den Süden gegangen, um ausländische Invasoren zu bekämpfen. Sie hatten keine Ahnung, daß dort Brüder einander töteten. Nachdem sie die Lage untereinander besprochen hatten, entschieden die Dorfbewohner, zum Provinzkomitee zu gehen und zu verlangen, daß man ihren Söhnen erlaube heimzukehren. Alte Frauen weinten öffentlich, umarmten Steinknabe und sagten ihm, daß ihre Söhne im Kampf gefallen seien, wo, wußten sie nicht einmal. Die örtlichen Kader erstatteten ihren Vorgesetzten Bericht, und der alte Mönch und Steinknabe wurden getrennt und fortgeschafft. Der taoistische Mönch hielt Steinknabes Hand in seiner und lachte herzhaft. Er rezitierte ein kurzes Gedicht – treffsicher, ironisch und voller Leichtigkeit – über Beständigkeit und Mut und darüber, daß man auch in widrigen Lagen den Humor nicht verlieren soll.

Steinknabe wurde in ein Umerziehungslager gebracht, wo er schwere körperliche Arbeit verrichten mußte und kaum etwas zu essen und wenig Schlaf bekam. Absoluter Gehorsam war an der Tagesordnung. Während des Unterrichts durfte er nur zuhören und sich das merken, was man ihm sagte, und er durfte weder von sich aus etwas sagen noch eine Meinung vertreten, die vom offiziellen Kurs abwich. Steinknabe war schockiert, als er herausfand, daß die Wahrheit im Norden ebensosehr vertuscht wurde wie im Süden. Möglicherweise waren im Norden die offiziellen Lügen sogar noch ausgeklügelter und die Disziplin noch härter. Außerdem wurde ihm klar, daß es auch überhaupt nichts genutzt hätte, wenn man ihm erlaubt hätte zu sprechen. Die Menschen auf den »Bürgerversammlungen« (die von den offiziellen Stellen einberufen wurden) hoben ihre Arme oder senkten sie wie Automaten. Sie waren schon so lange darauf abgerichtet. Und er sah auch, daß ihre Gesichter, während sie ihre Arme hoben oder senkten – um dies oder jenes zu befürworten oder zu verurteilen –, völlig reglos waren und keinerlei Emotionen verrieten, nur Resignation und Fügsamkeit.

Eines Tages, während einer »politischen Studiensitzung«, in der die Luft so erstickend schwül war wie der Himmel vor einem sommerlichen Sturm, begann Steinknabe zu singen. Alle Köpfe wandten sich ihm zu und hörten nicht mehr auf den offiziellen Sprecher. Zuerst war der Sprecher außer sich vor Wut, aber nach einer Weile erreichte ihn das Lied, und er setzte sich mit gesenktem Kopf und lauschte zusammen mit den anderen.

Steinknabe wurde in ein anderes Umerziehungslager verlegt. Seine Strafe bestand darin, von Ha Tinh in ein anderes Lager in der unwirtlichen Bergprovinz Lang Son zu kommen, wo den Insassen selbst die grundlegendste gesundheitliche Fürsorge und Nahrung vorenthalten wurde und wo viele wegen dieser nachlässigen Behandlung teilweise gelähmt oder blind wurden oder Wundbrand bekamen.

Eines Tages, als Steinknabe gerade im Wald unter dem aufmerksamen Auge eines Kaders Holz hackte, fühlte er in sich einen plötzlichen Drang, in seine Bergheimat zurückzukehren. Plötzlich erschien vor dem tiefdunklen Himmel ein hoher Berg. Riesige Steinblöcke formten eine felsige Erhebung, die aus dem Berg hervorragte. Jede Nacht sammelte sich in einer Höhlung von der Größe einer Sonnenblume Tau. Ein Schluck dieses wundersamen Nasses, und schon würden die Schmerzen, der Durst und die Leiden aus tausend Leben verschwinden.

Steinknabe dachte, wenn Tô diesen Berg erklettern und mit einem Schluck dieses Wassers ihre Augen spülen könnte, würde sie wieder sehen können. Und während er dieses dachte, begann er zu singen. Der Kader sah ihn ungläubig an, und plötzlich erscholl aus allen Richtungen des Waldes das Geräusch schlagender Flügel. Der Himmel bedeckte sich mit Vögeln. Und dann hörte Steinknabe die Schreie des goldenen Vogels. Er erhob seine Stimme und bat den Vogel, ihn zu seiner Freundin Tô zu führen.

Zwei Wochen brauchten Steinknabe und der goldene Vogel, um Bien Hoa zu erreichen. Als sie sich der Schule für Blinde näherten, hörte Steinknabe den vertrauten Klang von Tôs Flöte. Als Tô durch das Tor kam, erzählte Steinknabe ihr von der Höhlung im Felsen, die mit dem wundersamen Tau gefüllt war, der ihre Augen heilen konnte. Und als Tô eine große Hoffnung in sich aufsteigen fühlte, erkannte sie, daß das Wasser bereits jetzt anfing zu wirken.

Tô und Steinknabe plapperten so aufgeregt, daß sie das obere Dorf erreichten, ohne es zu merken. Ihr altes Dorf sah ziemlich mitgenommen und verlassen aus. Steinknabe sah, daß der Krieg nicht einmal dieses ärmliche Fleckchen verschont hatte. Er fand Tôs altes Haus wieder und weinte vor Freude. Tô hob ihre Hand an ihre Brust und fühlte ihr Herz wild schlagen. Sie fragte ihn: »Steht es noch, Steinknabe? Glaubst du, daß Mama da ist?«

Steinknabe sah, daß das Haus noch stand, aber es war niemand zu sehen. Sie überquerten den Fluß und folgten dem Pfad die Anhöhe hinauf. Steinknabe schob die Bambustür beiseite und führte sie hinein. Nun brauchte Tô keinen Führer mehr, denn in dieser Hütte kannte sie jeden Zentimeter. Sie ging geradewegs in die Küche, dann zum Wasserbecken im Hinterhof und schließlich zum Gemüsegarten. Aber überall, wo sie hinkam, schlug ihr nur Leere entgegen. Es war ganz offensichtlich, daß ihre Mutter seit jenem Mittwoch vor vielen Monaten niemals wieder zurückgekehrt war. Von Kummer fast erdrückt, verließ Tô das Haus und setzte sich auf die Stufen der Vordertreppe.

Steinknabe bat sie, mit ihm zum Fluß zu gehen. Er erinnerte Tô daran, daß sie an dieser Stelle die zwei kleinen Fische freigesetzt hatten – den orangenen und den silbernen. »Weißt du, sie haben ihre Reise am selben Tag begonnen wie wir. Ich frage mich, ob sie ihre Mutter gefunden haben. Wenn ja, sehen wir sie vielleicht hier wieder.«

Tô sah vor ihrem geistigen Auge die beiden winzigen Fische, wie sie nebeneinander her schwammen. Sie hoffte, daß sie auf ihrer Suche nach ihrer Mutter nicht voneinander getrennt worden waren. Wenn sie getrennt worden waren, hoffte sie, daß sie, ebenso wie sie und Steinknabe, nun wieder vereint werden würden. Ihre Lippen verzogen sich zu einem Lächeln, als sie daran dachte, wie winzig die beiden Fische gewesen waren, wie zwei Finger. Und jetzt war ein Jahr vergangen. Sie mußten mittlerweile so groß sein wie ihre Hand!

Steinknabe und Tô verbrachten die Nacht in dem kleinen Haus. Am nächsten Morgen standen sie früh auf und wanderten zum Dai-Lao-Wald, von wo aus sie zum Gipfel des Berges gehen konnten. Der Pfad wurde steiler und steiler, bis Steinknabe den goldenen Vogel nicht mehr sehen konnte, aber nun

brauchte er auch keinen Führer mehr. Das Klettern wurde immer schwieriger, besonders für Tô, aber sie arbeiteten sich weiter vor. Nach drei harten Tagen, bei Einbruch der Dämmerung, erreichten sie den Fuß des Gipfels.
»Nur noch ein kleines Stückchen, Tô. Aber laß uns hier rasten«, sagte er und führte sie zu einem großen, flachen Felsen, wo er sie einlud, sich zu setzen. Als Steinknabe sah, daß auf Tôs Stirn Schweißperlen glänzten, nahm er ein großes Blatt vom Boden auf und fächelte ihr damit Luft zu. Tô saß da und atmete eine Weile tief, während sie sich langsam ausgeruht und glücklich fühlte. Sie erkannte, daß die Luft um sie herum außergewöhnlich rein und kühl war. Tô bemerkte einen Duft und fragte sich, ob er von Pflanzen und Blumen herrührte oder vom Himmel und den Wolken selbst. Sie fühlte eine Leichtigkeit, ein Gefühl des Schwebens. Das war das Land, in dem Steinknabe geboren war.
Sie fragte ihn: »Gibt es hier oben auch Häuser, Steinknabe? Du bringst mich zu deinem Haus, nicht wahr? Damit ich deinen Vater und deine Mutter kennenlernen kann? Sie werden so froh sein, dich wiederzusehen.«
Steinknabe erinnerte sich, wie er anfangs, als Tô und ihre Mutter ihn nach seinem Heim und seiner Familie gefragt hatten, kaum etwas hatte sagen können. Sie hatten gedacht, es sei zu schmerzlich für ihn, über seine Eltern zu sprechen, weil er sie verloren hatte, und hatten nicht weiter in ihn gedrängt. Aber jetzt, dachte Steinknabe, mußte er die Wahrheit sagen. Er legte das große Blatt nieder und sagte zu Tô: »Von hier komme ich. Das ist alles, was ich weiß. Ich habe keinen Vater und keine Mutter wie du. Und es gibt hier auch keine Häuser. Ich wurde vor langer, langer Zeit geboren. Es mag sein, daß der Vollmond seit meiner Geburt tausendmal den Gipfel dieses Berges überquert hat, vielleicht auch zehntausendmal. Ich sitze hier Tag und Nacht und lausche einfach dem Gesang des

Himmels, der Wolken, des Regens, des Windes, der Blumen und der Vögel. Obwohl niemand es mich gelehrt hat, kann ich singen.«
»Aber jedes Kind hat Vater und Mutter. Du mußt auch Eltern haben. Wer sind sie?«
»Wie ich dir sagte: Ich weiß es nicht. Vielleicht haben mich Himmel und Erde geboren. Oder vielleicht haben mich die Steine hierhergebracht. Aber, Tô, ich habe ja eine Mutter! Frau Ba Ty, deine Mutter, deine zärtliche, wunderbare Mutter ist meine Mutter. Du und ich, wir sind Mutters Kinder. Wir haben ja gerade ein ganzes Jahr nach ihr gesucht!«
Eine Träne perlte in Tôs Wimpern. Sie erkannte, daß Steinknabe recht hatte. Wenn Mutter sie geboren hatte, dann hatte sie auch Himmel und Erde geboren, Häuser und Bäume. Ohne Mutter, wie konnte es Wälder, Felder, Wiesen und Blumen geben? Wie konnte es ohne Mutter Steinknabe selbst geben? Jetzt schien es Tô ganz offensichtlich, daß Steinknabe sein Leben tatsächlich ihrer Mutter zu verdanken hatte. Sogar die beiden winzigen Fische waren aus ihrer Mutter entsprungen, und auch sie suchten jetzt nach ihr. Ohne den Kopf zu heben, sagte Tô: »Steinknabe, glaubst du, daß wir Mama jemals finden werden?«
»Ja, natürlich glaube ich das. Wir werden sie finden. Sie kann nicht tot und für immer verloren sein. Sie hat Himmel und Erde, Wäldern und Feldern das Leben geschenkt. Wenn sie noch da sind, ist sie es auch. Wir müssen sie nur finden. Wenn wir sie erst einmal gefunden haben, wird alles gut werden. Wenn wir sie erst einmal gefunden haben, werden die Menschen aufhören, einander zu töten, Dörfer werden nicht mehr zerstört werden und Kinder nicht mehr verlorengehen. Ich suche Mutter. Du suchst Mutter. Die beiden kleinen Fische suchen auch nach ihr. Sogar der alte taoistische Mönch sucht nach ihr. Und ich glaube, auch sie sucht nach uns. Ja, Tô,

glaubst du das nicht auch? Mama kann nicht tot und für immer von uns gegangen sein. Eines Tages werden wir sie finden.« Tô antwortete nicht. Seit sie Steinknabe kannte, hatte sie immer geglaubt, was er sagte. Und jetzt sprach er weiter.
»Hier oben habe ich immer gesessen und den Klängen deiner Flöte gelauscht, die aus dem Wald aufstiegen. Ich konnte dich so gut hören, als säßest du neben mir. Ich habe deine Musik gehört und gespürt, daß du leidest. Deshalb bin ich vom Berg hinabgestiegen. Ich bin gekommen und habe für dich gesungen, ich war dir Auge und Führer. Wir waren zwei, und doch sind wir zusammen gegangen und eins geworden. Und in Wahrheit sind wir eins, denn ich bin in dir und du bist in mir. Vielleicht siehst du das jetzt noch nicht, aber eines Tages wirst du es sehen. Und wenn du das erst einmal verstanden hast, wirst du immer spüren, daß ich bei dir bin, wo immer du auch hingehst.
Sieh, der Mond ist heute nacht fast kreisrund. Es ist der Vollmond des vierten Monats. Heute vor einem Jahr bin ich vom Berg hinabgestiegen. Bist du jetzt ausgeruht? Es ist nur ein kurzer Weg von hier bis zur Spitze.« Tô erhob sich. Steinknabe bot ihr seinen Arm, und die beiden Kinder gingen im schimmernden Mondlicht.
Kurze Zeit später erreichten sie den Gipfel. Steinknabe fand eine Stelle, wo Tô mit dem Rücken an einen flachen Felsen gelehnt sitzen konnte. Es war vollkommen still. Tô hatte das Gefühl, als liege der Wald in weiter Ferne und als sei der flache Felsen eine winzige Insel, umgeben von einem riesigen Ozean. Der Wind wehte sanft, streichelte Tôs Gesicht und machte ihre Wangen kühl, fast kalt. Tau fiel. Tô hörte Steinknabes Schritte, als er näherkam, dann seine Stimme.
»Wir müssen bis Mitternacht warten, bis wir genug Tau sammeln können ...« Steinknabe unterbrach sich selbst, setzte sich neben Tô und fuhr dann fort: »Der Mond ist sehr hell

hier, aber weiter unten ist alles in Nebel gehüllt. Hier oben gibt es auch Nebel, aber es ist sehr hell, und wir können immer noch die Sterne sehen. Die Zeit ist vergangen wie im Flug, nicht wahr? Zwölf Vollmonde wie dieser, seit ich meinen Berg verlassen habe!«

Dann legte er den Arm um Tôs Schulter und sprach weiter: »Morgen können wir der aufgehenden Sonne nachgehen, um nach Hause zurückzukehren. Du wirst bestimmt an dem Fluß anhalten wollen, um zu sehen, ob die kleinen Fische zurückgekommen sind, oder? Was meinst du, Tô?«

Tô entgegnete: »Ich denke an den Traum, den ich in der Nacht hatte, als du zur Schule für Blinde kamst. Du hieltest eine große Sonnenblume in der Hand, die ein blasses Licht ausstrahlte, gerade hell genug, daß wir den Weg vor uns sehen konnten. Ja, ich konnte sehen, als wäre ich überhaupt nicht blind. O Steinknabe, Bruder, mit dir neben mir bin ich nicht länger blind. Du bist meine Augen.«

Der Mond war nun direkt über ihnen. Es war Mitternacht und sehr still. Steinknabe ging zu der Höhlung im Stein.

»Tô, sie ist jetzt voller Tau.«

Steinknabe kam zurück und half Tô, langsam ihren Weg den gefährlichen Pfad zum Gipfel hinauf zu finden. Als sie ihn erreichten, erklärte Steinknabe: »Dies hier ist Zaubertau, Schwester. Ich werde ihn für dich schöpfen, damit du ihn trinken und deine Augen damit waschen kannst. Du wirst dich besser fühlen als jemals zuvor. Du wirst monatelang ohne Essen und Trinken auskommen, dein Körper wird gesund sein und dein Geist klar. Dieser Tau wird dir dein Augenlicht zurückgeben.«

Andächtig formte Steinknabe seine Hände zu einer Höhlung und füllte sie mit dem wundersamen Tau. Tô schien es, als ob die Zeit stillstehe, als ob der Mond und die Sterne über ihr andachtsvoll zusähen. Der alte Mann mit dem weißen Bart,

den Tô im Königreich des Wassers getroffen hatte, stand neben Steinknabe und reichte ihr gerade eine große Sonnenblume. Tô kniete auf dem Stein nieder, und ihre Knie begannen leicht zu zittern. Steinknabe führte seine Hände an ihre Lippen, und sie trank den Tau mit größtem Respekt. Tô fühlte, wie sich etwas in ihr verwandelte; ein Gefühl der Leichtigkeit wallte in ihr auf und breitete sich in ihrem ganzen Körper aus. Sie atmete lange und tief, und sie fühlte, wie all ihre Ängste, Sorgen und Schmerzen sich auflösten. Wieder und wieder formte Steinknabe seine Hände zur Schale und schöpfte den kostbaren Tau, um Tôs Augen zu baden.
Dann führte er sie zu einem großen flachen Felsen, und sie legte sich nieder; er breitete seine Jacke über sie und sagte: »Bedecke deine Stirn, sonst wird dir der kalte Tau Kopfschmerzen machen. Du kannst jetzt schlafen. Ich bin bei dir.«
Tô lag sehr still und lauschte der Stille um sie herum. Wieder fühlte sie sich wie auf einer kleinen Insel, die im Ozean treibt. Der Wind rauschte in der Ferne. Gelegentlich hörte sie einen Tautropfen zu Boden fallen, und sie war sich Steinknabes regelmäßigen leichten Atems bewußt. Sie sagte sich, daß sie auch schlafen sollte, aber statt dessen lauschte sie weiter auf Steinknabes Atem, der sich mit dem Atem des sachte streichelnden Windes zu vermischen schien.

Tô erwachte vom Gesang der Vögel. Sie führte ihre Hand an die Augen und wurde von einer seltsamen und doch vertrauten Wahrnehmung überwältigt. Das war Sonnenlicht! Sie war nicht mehr blind! Steinknabe hatte ihr tatsächlich dazu verholfen, ihr Augenlicht wiederzugewinnen! Tô legte ihre Hand über die Augen, so blendend war das Licht, aber sie versuchte, zwischen den Fingern hindurchzublinzeln. Hier und dort konnte sie die Steine sehen, den Himmel. Einen Augenblick später ließ sie die Hände vom Gesicht fallen.

Das erste was sie sah, war ein riesiger Felsen, drei oder vier Mal so groß wie das Haus ihrer Eltern. Er ragte vor einem weiten, leuchtendblauen, wolkenlosen Himmel in die Höhe, der sich über und hinter dem Gipfel erstreckte und sich zu allen Seiten des Berges hinabsenkte. Sie stand auf einer einsamen Insel.

Tô blickte sich um und sah, daß der Wald und die Berge unter ihr noch in Morgennebel gebadet waren. Die unermeßliche Weite und Tiefe ließen sie sich fühlen, als sei sie einer Existenz voller Schmerz und Leid entronnen.

Sie sah sich um, aber Steinknabe war nicht da. Sie rief seinen Namen, und der Klang ihrer Stimme rollte in den Raum hinaus, erfaßte die Bäume, den Nebel, die Steine und kam als Echo zu ihr zurück. Aber es kam immer noch keine Antwort. Wieder rief sie seinen Namen mit aller Kraft, aber niemand antwortete.

Tô geriet in Panik. Sie erkletterte den nächsten Felsen und sah in Richtung der aufgehenden Sonne. Nirgendwo ein Zeichen von irgend jemandem. Dann erblickten ihre Augen den höchsten Gipfel des Berges, und was sie dort sah, nahm ihr den Atem. Der Fels hatte die Form, die Haltung, das Aussehen von Steinknabe. Ja, es war Steinknabe, und er winkte ihr zu.

Wie seltsam, als sie blind war, hatte sie Steinknabe ja niemals gesehen, und doch erkannte sie ihn im Umriß des Felsens. Es war ein Bild, das sie geformt hatte, während sie dem Klang seiner Stimme gelauscht und die Linien und Form seines Gesichtes erfühlt hatte. Und nun sah sie ihn zum ersten Mal, vielleicht auch zum einzigen Mal, mit ihren eigenen Augen.

Tô rieb sich die Augen und sah erneut hin. Die Figur aus Stein winkte ihr nun nicht mehr. Aber sie sah noch immer wie Steinknabe aus; er war dorthin zurückgekehrt, woher er gekommen war. Er war wieder zu Stein geworden.

»Tag und Nacht sitze ich auf dem Gipfel des Berges und lausche dem Gesang des Himmels, der Wolken, des Regens, des Windes, der Blumen und der Vögel. Obwohl niemand es mich gelehrt hat, kann ich singen.« Nun verstand Tô, was Steinknabe am Tag zuvor hatte sagen wollen. »Ich wurde vor langer, langer Zeit geboren ... Seit meiner Geburt hat der Vollmond den Gipfel dieses Berges tausendmal, vielleicht zehntausendmal überquert.«

»Steinknabe hat mich allein in der Welt zurückgelassen«, dachte sie. »Er ist gekommen, um bei mir zu sein, warum ist er nicht für immer bei mir geblieben?«

»In Wirklichkeit sind du und ich eins, denn ich bin in dir und du bist in mir. Du siehst dies jetzt nicht, aber bald wirst du verstehen. Und wenn du es einmal verstanden hast, wirst du, wo immer du auch hingehst, sehen, daß ich bei dir bin.«

Tô beugte sich nieder und weinte, denn immerhin war sie ja noch ein Kind. Sie weinte, bis die Sonne aufging und über ihrem Kopf stand. Sie hatte nun keinen Zweifel mehr daran, daß Steinknabe sie für immer verlassen hatte. Er hat mich niemals wirklich geliebt, dachte sie. Ihre eigene Mutter hatte sie verlassen. Und jetzt hatte sogar Steinknabe sie verlassen. Allein auf sich gestellt, wie sollte sie jemals ihre Mama finden? Plötzlich wünschte sie sich wieder blind zu sein, dann wäre Steinknabe wieder bei ihr, würde mit ihr reden und sie seine Hände und sein Gesicht berühren lassen. Mit Tränen in den Augen führte sie ihre Flöte an die Lippen und ergoß all ihren Schmerz in ihre Musik. Sogar die am Berg vorbeiziehenden Wolken hielten an und versammelten sich um sie. Der goldene Vogel kehrte zurück und begann zu singen. Tô hielt in ihrem Spiel inne und lauschte. Obwohl es der Gesang eines Vogels war, wußte sie, daß er ihr galt:

Erinnerst du den Tag, an dem unsere Mutter
mich zum ersten Mal hierherbrachte?
Durch die fünf Flüsse bin ich zu dir gekommen.
Aber eines Tages, wenn du mich nicht länger siehst,
lächle und halte ruhig nach mir Ausschau
in all den Dingen, die kommen und gehen.
Du wirst finden, daß ich der bin,
der niemals kommt
und niemals geht.
Ich bin Wirklichkeit jenseits der Zeit,
jenseits der Wahrnehmung.

Tô lauschte dem Gesang des Goldvogels und wußte, daß dies Steinknabes Worte waren. Obwohl sie ihre Bedeutung nicht verstand, versuchte sie, sie in ihrem Geist und in ihrem Herzen zu verankern, so daß sie sie niemals vergessen würde. Sie hob ihre Flöte, spielte und fragte, warum Steinknabe von ihr gegangen war. Aber der Vogel wiederholte nur sein Lied.
Tô verstand: Der Vogel hatte nur diese eine Botschaft für sie. Es gab keinen Weg, mehr zu erfahren. Langsam ließ sie ihre Flöte sinken. Wie konnte sie ohne Steinknabe den Berg hinabsteigen? Dann leuchtete eine Erkenntnis in ihr auf: »Nun, wo ich mein Augenlicht wiedergewonnen habe«, sagte sie zu sich, »kann ich ja allein den Berg hinabsteigen!« Sie erinnerte sich, daß sie erst am Tag zuvor noch zu Steinknabe gesagt hatte: »Bruder, wenn du bei mir bist, bin ich nicht mehr blind. Du bist meine Augen.« Steinknabe würde nun, da sie wieder sehen konnte, immer für Tô dasein.
Sie verstand jetzt, was Steinknabe zu ihr gesagt hatte:
»In Wirklichkeit sind du und ich eins, denn ich bin in dir und du bist in mir. Vielleicht verstehst du das jetzt noch nicht, aber bald wirst du es verstehen. Und wenn du es einmal verstanden hast, wirst du, wo du auch hingehst, sehen, daß ich bei dir bin.«

Eine warme Träne rollte ihre Wange hinunter und tröstete ihr trauerschweres Herz. Kein Wunder, daß Steinknabe ihr gesagt hatte: »Morgen werden wir der aufgehenden Sonne folgen und nach Hause gehen.« »Natürlich ist Steinknabe bei mir«, dachte sie.

Tô hob den Kopf und sah zum Himmel, zu den Wolken, den Felsen, den Bäumen. Sie wußte, daß auch Steinknabe zu ihnen hinsah und ihre Bilder an Tôs Augen weitergab. Die Klänge der Bäume und des Windes waren seine Stimme. Sie mußte nur lauschen, dann konnte sie ihn hören. Von da an wußte sie, daß Steinknabe nicht nur in ihr war, sondern überall.

Die Felsspitze auf dem Berggipfel war in der Tat Steinknabe. Nein, Tô würde jetzt nicht den Berg hinabsteigen. Sie wollte für den Rest des Tages hierbleiben. Es war Zeit genug, denn jetzt hatte sie Vertrauen in das, was Steinknabe zu ihr gesagt hatte. Ihre Mutter lebte, und sie würde sie finden. Sie würde gehen – nicht allein, denn Steinknabe würde bei ihr sein –, und sie würden Mutter finden, ebenso wie die beiden kleinen Fische, wie der Mönch. Tô war sicher, daß der Tag, an dem sie Mutter fände, der Tag sein würde, an dem alle Kriege aufhörten – die Menschen würden aufhören, einander zu töten, sich gegenseitig ihre Häuser zu zerstören und all die vielen Kinder einsam und verloren wie streunende Tiere umherirren zu lassen.

Tô wollte Steinknabe zeigen, daß sie jetzt wirklich verstand, was er sie gelehrt hatte. Sie hob ihre Flöte an die Lippen und spielte. Und Himmel und Wolken, Berg und Bäume ließen sich beruhigt nieder und lauschten ihrer Melodie.

Ein einsamer rosa Fisch

Ein einsamer rosa Fisch schwimmt flink im südchinesischen Meer. Die Wellen reflektieren das Glitzern seiner leuchtenden, sonnenglänzenden Schuppen, wenn er an die Oberfläche kommt. Nur selten stoßen Fischerboote auf diesen Fisch. Sein Geheimnis ist wohlbehütet. Nur einen einzigen Menschen gibt es, der seine Mission kennt, und das ist eine junge Vietnamesin namens Dao.

Dao ist neunzehn und hatte, zusammen mit dem jungen Mann, den sie liebte, und zweiundvierzig anderen, Vietnam in einem kleinen Boot verlassen. Als sie die Insel Quai vor der thailändischen Küste passierten, wurden sie von Piraten überfallen, die ihnen alles, was sie hatten, nahmen und alle Frauen an Bord vergewaltigten. Dao wurde von dreien der Piraten vergewaltigt, einer nach dem anderen nahm sie gewaltsam. Die Männer an Bord versuchten verzweifelt, die Frauen zu schützen, aber sie waren den Piraten nicht gewachsen, die sie schlugen und fesselten. Auch Daos Verlobtem erging es nicht anders.

Voll panischen Entsetzens trat Dao um sich und schrie. Als sie ihren dritten Angreifer kratzte, packte er sie am Bein und schleuderte sie ins Meer. Ihre Schreie und ihr Körper wurden vom Ozean verschluckt, und sie verlor das Bewußtsein. Aber Dao ertrank nicht. Sie wurde von einem rosa Fisch gerettet, der sie zu einem Sandstrand auf einer winzigen, verlassenen Insel brachte.

Als Dao wieder zu Bewußtsein kam, stellte sie fest, daß ihr Körper schrecklich zerschunden war, und sie mußte ihre ganze Kraft zusammennehmen, um sich überhaupt aufsetzen zu

können. Nicht weit von ihren Füßen entfernt schlugen die Wellen an den Strand. Mit Mühe erhob sie sich und stolperte auf einige Felsblöcke zu, die ihr Schatten gaben. Mit einem tiefen Seufzer ließ sie sich gegen einen der Steine fallen und sann über das Wunder nach, daß sie noch am Leben war.
Allmählich kam auch die Erinnerung an das, was geschehen war, zurück. Sie verbarg ihren Kopf in den Armen und wagte nicht, aufs Meer hinauszusehen, aus Angst, die Piraten könnten noch immer dort sein. Aber nein, die grauenvolle Szene des gestrigen Tages war vorbei. Als sie schließlich den Kopf hob, war alles, was sie sah, das weite, endlose Meer. Sobald sie an die grausame Mißhandlung durch die Piraten dachte, strömten ihr Tränen übers Gesicht. Sie sah an ihrem schmerzenden Körper hinab. Nicht ein einziger Fetzen Kleidung war ihr geblieben. Voller Scham bedeckte sie ihre Brüste mit den Armen und sah wieder auf. Die Sonne schimmerte auf dem Meer. Der tiefblaue Himmel war wolkenlos. Nirgendwo ein Zeichen eines Schiffes. Weit und breit kein schwarzer Punkt in Sicht.
Dao dachte an Dat, den jungen Mann, den sie liebte, und die Vorstellung, daß er wahrscheinlich von den Piraten geschlagen und ermordet worden war, schmerzte schrecklich. Dao schlang die Arme um ihren Körper und rang nach Luft. Sie schluchzte. Ihre Arme waren ganz taub, und sie fiel zu Boden. Als sie spürte, wie die Kraft sie verließ, war Dao überzeugt, daß sie zu atmen aufhören und auf dieser verlassenen Insel einsam sterben würde. Aber zu ihrer Überraschung wurde ihr Atem wieder regelmäßig, und sie fiel in tiefen Schlaf. Erst als der leuchtende Mond am weiten Firmament erstrahlte, erwachte sie wieder.

Dao spürte eine kleine Hand auf ihrer Stirn. Ein kleines Mädchen, zehn oder elf Jahre alt, mit einem rosa Hemd und zerschlissenen weißen Hosen bekleidet, stand über ihr. Sie hatte

leuchtende schwarze Augen, und das Haar fiel ihr auf die Schultern.
»Wer bist du? Was machst du hier um diese Zeit?« fragte Dao besorgt.
Das Kind antwortete ruhig: »Ich heiße Hong. Ich bin bei Sonnenuntergang gekommen.«
Das Mädchen streckte den Arm aus und zog ein paar Kleider von einem Zweig, die sie Dao reichte. »Zieh das an, damit du dich nicht erkältest, ältere Schwester. Dann können wir reden. Es wird schon neblig, und du zitterst schon, schau.«
Benommen und verwirrt nahm Dao ein Paar vietnamesischer Hosen und eine noch nach Kampfer riechende Bluse entgegen. Während Dao die Bluse zuknöpfte, ging ihr durch den Kopf: »Wer ist dieses Kind, das hier mitten in der Nacht allein auf diese Insel kommt? Ist sie ein Geist, der mich heimsucht?«
Als diese Zweifel Dao durch den Kopf schossen, sprach das Kind: »Ich bin kein Geist, ältere Schwester. Ich bin ein Mensch aus Fleisch und Blut. Ich wurde in Vinh Long geboren, wo meine Eltern fast zwanzig Jahre lang Kaufleute waren. Komm, setz dich und iß etwas von diesem Keks, während wir uns unterhalten.«
Als Dao sich neben sie setzte, öffnete Hong einen großen Blechkanister und zog eine Plastiktüte mit Keksen heraus. Sie riß die Tüte mit den Zähnen auf und reichte Dao zwei Kekse. Daos Magen knurrte. Fast zwei Tage hatte sie nichts gegessen. Auf diesen Keks hatten sie und ihre Freunde sonst immer gesüßte Kondensmilch gestrichen. Jeder Keks war vier Finger breit. Nachdem sie einen gegessen hatte, fragte Dao: »Wo hast du die her?«
Hong lachte. »Dies ist einer von mehreren Kanistern, die ein dänisches Schiff ins Meer geworfen hat. Komm, iß noch einen, während ich dir die Geschichte erzähle. Weißt du, heute war

da ein Flüchtlingsboot, dem Essen und Trinkwasser ausgegangen waren. Der Motor des Bootes streikte. Die meisten der vierundachtzig Insassen waren Kinder. Ein Schiff mit französischer Flagge näherte sich. Die Flüchtlinge schwenkten ihre Hemden und schrien um Hilfe, aber der französische Kapitän gab vor, sie nicht zu sehen. Mehrere Stunden später kam ein britisches Schiff vorbei, aber auch sie gaben vor, die Flüchtlinge nicht zu sehen. Gerade vor Sonnenuntergang näherte sich ein Schiff mit dänischer Flagge. Als sie die Hilferufe hörten, fuhr das Schiff dreimal um das Flüchtlingsboot herum. Sie wollten die Flüchtlinge nicht an Bord nehmen, aber sie warfen zwei Fässer Wasser und zehn Kanister Kekse ab. Sieben Kanister landeten im Boot und drei fielen ins Meer. Dieser hier ist einer davon.«

Dao fragte: »Ist das Boot danach noch auf andere Schiffe gestoßen? Und haben sie schließlich die Küste erreicht? Warst du unter den Flüchtlingen an Bord? Wo sind die anderen? Ist das Boot gesunken, und sind alle anderen ertrunken?«

»So viele Fragen, ich bin ganz verwirrt! Nein, ich war nicht auf diesem Boot. Und es ist noch nicht gesunken. Der Nordostwind treibt es jetzt gerade auf Thailand zu. Ich denke, sie werden sicher ans Ufer gelangen.«

Trauer legte sich auf Hongs Gesicht. Dao wollte Hong noch mehr Fragen stellen, aber sie zögerte. »Woher weiß dieses Mädchen so viel?« wunderte sich Dao. »Und wie außergewöhnlich ihre ruhige, reife Haltung und Art zu sprechen ist. Normalerweise würde ein zehnjähriges Mädchen, das auf einer verlassenen Insel, von ihrer Familie getrennt, gelandet ist, niemals mit soviel Sicherheit und Bestimmtheit reden. Mir käme es für so ein Kind viel natürlicher vor, wenn es sich an mich als ältere Schwester klammern und nach seiner Mutter rufen würde. Statt dessen sitzt sie hier und kümmert sich um mich, als wäre sie die ältere Schwester, versorgt mich mit Kleidung

und Essen. Ob ich das alles träume?« dachte Dao, und sie biß sich auf die Lippe, bis diese blutete.
In ebendiesem Augenblick hob Hong einen Finger und winkte Dao. »Hör doch, ich glaube, ich höre fließendes Wasser. Vielleicht können wir etwas Süßwasser zum Trinken finden. Bleib bitte hier sitzen, während ich nachsehe.«
Leichten Fußes sprang Hong über die Felsen und verschwand im Dunkel des Dschungels. Während sie auf Hongs Rückkehr wartete, nahm sich Dao zwei weitere Kekse aus der Tüte und aß sie langsam. Hong kam zurück und trug ein großes Blatt, das zu einer Schale gefaltet und mit klarem Wasser gefüllt war.
»Das ist Süßwasser. Hier, trink was.«
Hong hob die Schale aus Blättern an Daos Lippen. Das süße Wasser erfrischte Dao bis hinunter in den Magen.
»Na komm, trink es aus. Ich habe schon etwas gehabt.«
Dao trank die Schale aus Blättern leer und bedankte sich bei Hong.
Hong sagte: »Bei der Quelle ist eine windgeschützte Stelle, wo wir schlafen können. Es ist zu kalt, um hierzubleiben, außerdem könnte heute nacht die Flut kommen und uns ins Meer spülen.«
Hong legte die Kekse zurück in die Blechdose und reichte sie Dao. Sie hob das Bündel Kleider auf und ging voran, einen Felspfad entlang, der zur Quelle führte. Die Insel war ganz in schimmerndes Mondlicht gehüllt.
An einer Stelle in der Nähe der Quelle wartete Hong, bis Dao sich niedergesetzt hatte, und sprach dann: »Wir haben Glück, daß wir Wasser gefunden haben. Mit unseren dänischen Keksen haben wir für mindestens ein paar Wochen ausgesorgt. Wir können auch Früchte und eßbare Pflanzen suchen. Wir müssen einen Wachturm errichten, damit wir vorbeikommende Flüchtlingsboote sichten können. Wir geben ihnen dann ein Signal, damit sie uns retten können. Während du schliefst,

habe ich ein paar Kleider gewaschen. Ich dachte, das Hemd und die Hose würden dir passen, deshalb habe ich sie zum Trocknen auf diesen Baum gehängt. Die anderen Kleidungsstücke können wir trocknen und als Decken benutzen. Und jetzt, ältere Schwester, wenn du nicht zu müde bist, erzähl mir deine Geschichte.«

Dao erzählte Hong, wie es zu ihrer Flucht im Boot gekommen war. 1976 hatte man ihren Vater, einen Schriftsteller, in ein Umerziehungslager im nördlichen Hochland von Vietnam geschickt. Zwei Jahre vergingen, bis Daos Mutter genug Geld gespart hatte, um ihn zu besuchen. Sie fand ihn abgemagert, verbraucht und in tiefer Depression. Er drang in seine Frau, ihre Kinder zu nehmen und ins Ausland zu fliehen, aber Daos Mutter weigerte sich, ihren Ehemann zu verlassen; ihren Freunden gegenüber äußerte sie: »Es heißt ›Solange es Wasser gibt, bleibt die Hoffnung auf Ernte‹. Und ebenso, solange mein Mann noch lebt, werde ich auf ihn warten.«

Danach konnten sie und ihre Mutter es sich höchstens leisten, ihm einmal alle drei Monate einen Brief, ein kleines Päckchen Zucker und ein Glas Salz zu schicken. Und so manches Mal vergingen sechs oder sieben Monate ohne Nachricht von ihm. Von Tag zu Tag wurde das Leben härter. Dao und ihr sechzehnjähriger Bruder taten ihr Bestes, um ihrer Mutter zu helfen, als Händlerin ihren Lebensunterhalt zu verdienen. Aber sie verdienten einfach nicht genug Geld, um die Familie zu ernähren.

Dao hatte eine Freundin namens Nguyen, deren Familie auch arm war, aber es ging ihnen gut, weil sie Verwandte im Ausland hatten, die ihnen alle zwei Monate Pakete schickten. Die Pakete enthielten Zigaretten, Dosenbutter und Antibiotika, die sie verkaufen konnten, um Reis und andere Grundnahrungsmittel zu kaufen.

Als Daos Verlobter vorschlug, sie sollten versuchen, auf einem

Boot zu entkommen, konnte Dao sich erst gar nicht entschließen. Sie hatte keine Angst um ihr eigenes Leben, aber sie fürchtete, ihre Mutter würde ohne sie nicht überleben. Und dann, eines Nachts, nahm ihre Mutter sie in den Arm und bat sie weinend, zu gehen. Dao ließ alles, was sie besaß, bei ihrer Mutter zurück. Alles, was sie mitnahm, war ihr Abiturzeugnis und die Kleider, die sie auf dem Leibe trug. In der Nacht vor ihrem Weggang blieb sie zusammen mit ihrem Bruder bis tief in die Nacht auf und bat ihn, für die Familie zu sorgen. »Sobald ich Malaysia erreiche«, sagte sie, »schicke ich euch ein Telegramm.«

Aber mitten auf dem Meer brach der Motor ihres Bootes zusammen; sechzehn Tage und Nächte wurden sie von den Wellen hin und her geworfen und fielen schließlich dem Überfall der Piraten zum Opfer. Bilder von Vergewaltigungen, Schlägen und Gewalttätigkeiten schossen Dao durch den Kopf, und sie vergrub ihr Gesicht in den Händen. Ihre Tränen flossen in Strömen, als sie sich an Dats und ihr eigenes Leid erinnerte und an das Leid aller anderen Menschen an Bord. Sie weinte um ihre Mutter, ihren Bruder und um den Mann, den sie liebte. In ihrer Verzweiflung schrie sie: »Ich werde meinen Kopf gegen diese Felsen schlagen, bis ich tot bin!«

Hong hatte ruhig zugehört und von Zeit zu Zeit Daos Hand gedrückt, die in ihrer lag, sie aber nicht unterbrochen. Als Dao aufsprang, um ihren Kopf gegen die Felsen zu schlagen, hielt Hong sie mit so unerwarteter Kraft fest, daß Dao sich nicht bewegen konnte, und sie fiel auf die Knie. Obwohl die Nachtluft eisig kalt war, war Dao schweißbedeckt. Hong half ihr sanft wieder aufs Gras und wischte ihr mit ihrem Ärmel den Schweiß von der Stirn.

Sie wartete, bis sich Daos Schmerz gelegt hatte, und sprach dann mit sanfter Stimme: »Dao, bitte denk an deine Eltern, deine Brüder und Schwestern, bevor du dich vernichtest. Sie würden ihr ganzes Leben lang unter der Vorstellung leiden, daß du im Meer ertrunken bist. Du hast eine gute Chance, von einem anderen Flüchtlingsboot gerettet zu werden und es bis an Land zu schaffen. Dort wirst du dann Arbeit finden und deiner Familie helfen können. Und deine Eltern werden für den Rest ihres Lebens glücklich sein, wenn sie nur wissen, daß du glücklich wieder an Land gekommen bist. Und auch die anderen an Bord deines Bootes haben eine gute Chance, sicher an Land zu kommen. Die Piraten haben von ihnen abgelassen, nachdem sie dich über Bord geworfen hatten. Ich habe gesehen, wie dein Boot von den Wellen in südwestlicher Richtung davongetragen wurde. In nur einigen Tagen wird es wahrscheinlich Malaysia erreichen. Dat lebt noch, und es ist gut möglich, daß du ihn wiederfindest.«

Dao ergriff Hongs Arm. »Bist du sicher? Bist du sicher, daß Dat noch lebt? Hast du sein Boot gesehen? Wo warst du? Auf welchem Boot warst du? Wo sind deine Eltern?«

Aber Hong sagte nur: »Ich verspreche, dir morgen alles zu erzählen. Meine Geschichte ist wie deine. Aber es ist sehr spät, und wir sollten schlafen, damit wir zeitig aufstehen und nach Booten Ausschau halten können. Bitte leg dich jetzt hin. Du kannst diese Baumwurzel als Kissen nehmen.«

Dao legte ihre Handflächen aneinander und sagte: »Ich bete von ganzem Herzen darum, daß Dat noch lebt.« Dann fuhr sie nach einer Weile bedrückt fort: »Aber, kleine Schwester, mein Körper ist nun besudelt, ich bin Dats nicht mehr würdig. Es ist schrecklich ungerecht, daß eine junge Frau sich erst sorgfältig für ihren zukünftigen Ehemann aufspart, und dann, innerhalb von Sekunden, wird alles durch einen Piraten zunichte gemacht. Es gibt nichts mehr, wofür ich leben könnte.«

Und Dao weinte bitterlich. Hong sprach, langsam ihre Worte setzend: »Viele Menschen leben nicht zu ihrem Vergnügen, sondern aus Verantwortungsgefühl und Liebe. Ein Leben aus

Verantwortung und Liebe kann die Quelle tiefen Glücks sein, ältere Schwester.«

In ihrer Herzensnot konnte Dao die tiefere Bedeutung von Hongs Worten nicht erfassen. Aber da es aus dem Munde eines so jungen Menschen ungewöhnliche Worte waren, hörte sie aufmerksam und fast ein wenig ehrfürchtig zu, als Hong fortfuhr: »Wer weiß schon, wie viele Menschen ertrunken sind und wie viele Körper von Haien zerfleischt wurden? Aber der Ozean ist nicht der einzige Ort, an dem es Haie gibt, ältere Schwester. Es gibt auch an Land Haie, die Menschen verschlingen, um zu überleben. Vielleicht, weil sie an Land unter anderen Haien leiden, werden sie selbst zu Haien auf dem Meer. Die Haie im Meer haben Zehntausende Angehörige unseres Volkes verschlungen. Auf Booten fahrende Haie haben weitere Zehntausende überfallen. Du wurdest von dreien dieser Haie überfallen.

Du hast einen Teil des großen Leides erlitten, das über unser Volk gekommen ist. Wer von uns hat keine Wunden davongetragen? Wer von uns konnte Körper und Geist unversehrt retten? Für mich bist du noch immer rein und unbefleckt, Dao. Die Piraten sind über dich hergefallen und haben dich benutzt, aber sie konnten dir nicht wirklich etwas nehmen. Du hast niemals eingewilligt, ihnen deinen Körper zu überlassen. Du bist ohne Tadel. Deine Wunden werden eines Tages heilen, ebenso wie die Wunden desjenigen, der den Angriff eines Haies überlebt hat. Es ist wichtig, dafür zu sorgen, daß deine Wunden nicht mit Gift infiziert werden. Wunden können nicht nur deinen Körper, sondern auch deinen Geist infizieren. In zehn Tagen oder so wirst du es bis an Land geschafft haben, und dort wirst du einen Arzt finden, der verhindern kann, daß das Gift sich in deinem Körper einnistet und ihn infiziert. Aber die Wunden, die dein Geist davongetragen hat, kann kein Arzt heilen. Das mußt du selbst tun.«

Jedes einzelne von Hongs Worten fiel direkt in Daos Herz. Tränen strömten ihr aus den Augen, und sie fühlte sich innerlich bereits sehr erleichtert. Nach einer kurzen Pause fuhr Hong fort: »Als ich noch in Vietnam war, rezitierte meine Großmutter immer das Sutra vom Herzen des vollkommenen Verstehens. Ich habe die Worte nicht verstanden, aber immer, wenn ich sie hörte, fühlte ich mich innerlich erfrischt. Du bist so erschöpft und niedergeschlagen. Ich werde das Sutra für dich rezitieren.«

Und ohne Daos Antwort abzuwarten, begann Hong zu singen. Während Dao lauschte, fühlte sie, wie die Schmerzen in ihrem Innern nachließen. Tränen so süß wie Morgentau rannen ihr über die Wangen. Noch bevor Hong das Sutra zum vierten Mal beendet hatte, war Dao bereits in tiefen Schlummer gefallen. Und sie rührte sich nicht mehr, bis die Sonne aufging.

Als Dao die Augen öffnete, war Hong nicht da. In der Annahme, daß Hong sich auf einen Erkundungsgang begeben hatte, wusch Dao ihr Gesicht in der Quelle und spülte das Salz aus ihren Haaren. Dann kletterte sie auf einen großen Felsbrocken und spähte in alle Himmelsrichtungen. Das Sonnenlicht flutete über das Meer, brachte es zum Glitzern und erhellte die winzige Insel. Keine Wolke war in Sicht. Ein plötzlicher Schmerz in ihrem Magen erinnerte Dao daran, daß sie hungrig war, und sie ging zurück, um sich einen Keks aus der Blechbüchse zu holen. Sie aß ihn in kleinen Bissen und kaute langsam und sorgfältig. Der Keks war aromatisch und schmeckte nach Butter, richtig köstlich. Sie aß nur einen, aus Angst, der Vorrat würde sonst nicht reichen, und schöpfte dann eine Handvoll Wasser und trank, bis ihr Magen gefüllt war.

Dann öffnete sie das Kleiderbündel und sah eine weinrote Bluse, einen milchfarbenen Sweater, ein großes gelbes Handtuch und ein Kinderhemd, das in der Farbe dem Rauch von

Räucherwerk glich. »Dies wird Hong passen«, dachte sie, während sie mit dem Hemd und den anderen Dingen zurück zur Quelle ging, um sie zu waschen. Nachdem sie das Salz aus den Kleidern gespült hatte, wrang sie sie aus und legte sie zum Trocknen auf die Felsen. Hong war noch immer nicht zurückgekehrt. Dao rief ihren Namen, erhielt aber keine Antwort. »Wo mag sie wohl sein?« fragte sich Dao besorgt. Sie folgte dem Flußlauf bis zum höchsten Punkt der Insel, vorsichtig auf Grasflecken und glattpolierte Steine tretend, um ihre zarten nackten Füße zu schützen.

Die Insel war dicht mit wilden tropischen Pflanzen bewachsen. Dao pflückte ein Blatt von einem Guavenbaum und zerrieb es zwischen ihren Fingern, um seinen anregenden Duft zu riechen. Sie hatte dabei ein Gefühl, als habe sie gerade einen lieben alten Freund wiedergefunden. Sie erinnerte sich an den Guavenbaum ihrer Großmutter in Can Tho. Als Kind war Dao oft auf diesen Baum geklettert und hatte in seinen Zweigen gesessen, wo sie von den Früchten naschte und den Duft der Blätter in sich aufsaugte. Ihre Großmutter hatte sie deswegen immer gescholten: »Mädchen klettern nicht auf Bäume!« Dao konnte diesen Verweis niemals verstehen, und so kletterte sie auch weiterhin auf Bäume, allerdings heimlich.

Das Herumklettern im Guavenbaum hatte immer großen Spaß gemacht, denn seine elastischen Zweige brachen niemals. Ihr Bruder war einmal vom Baum gefallen, als der Zweig eines roten Jasminbaumes gebrochen war. Dao wußte, daß die Zweige von Jasminbäumen spröde waren, deshalb kletterte sie niemals auf diese Bäume, obwohl ihre Blüten so herrlich dufteten. Außerdem stand der Jasminbaum auch direkt vor ihrem Haus, und sie wollte nicht beim Bäumeklettern erwischt werden.

Es tat Dao wohl, in einer so fremdartigen Umgebung einen vertrauten Guavenbaum zu finden. Obwohl er nur wenige

Früchte trug und diese außer Reichweite und auch noch nicht reif waren, verlangte sie danach, davon zu naschen. Zuerst spähte sie um sich, um sich zu vergewissern, daß niemand sie beobachtete. »Wie seltsam«, dachte sie, »auf einer verlassenen Insel zu fürchten, man könnte beim Bäumeklettern erwischt werden!« Sie griff nach einem Zweig, um hochzuklettern, aber ihre Kraft verließ sie. Also brach sie einen niedrighängenden, trockenen Zweig ab, zog mit seiner Hilfe einen der höherhängenden Zweige zu sich herunter, und pflückte eine der unreifen Früchte. Sie war ziemlich sauer, aber das vertraute Aroma tat ihr wohl. Zwei Wochen war sie erst aus der Heimat fort, und erst einen Tag von den Menschen in ihrem Boot, aber sie fühlte sich von allem, was ihr jemals vertraut gewesen war, völlig abgeschnitten.
Dank dieses Guavenbaumes erkannte sie, daß sie noch immer auf der vertrauten grünen Erde stand. Dao schaute aufs Meer. Die Sonne stand zu ihrer Linken, also mußte sie von Osten gekommen sein. Sie konnte nicht allzuweit vor der thailändischen Küste sein. Dats Boot trieb auf Malaysia zu. Sie glaubte alles, was Hong ihr erzählt hatte, so als verfüge Hong über ein besonderes Wissen. Was für ein seltsames Kind, das sich wie ein Erwachsener benahm und redete! Je mehr Dao darüber nachsann, desto seltsamer erschien es ihr. Seit gestern hatten sich in Daos Herz viele Wandlungen vollzogen, und alle waren diesem seltsamen Mädchen zu verdanken. Wenn Hong nicht gewesen wäre, hätte sich Dao wahrscheinlich den Kopf an dem Felsen zerschmettert und ihrem Leben ein Ende gesetzt. Wie war es möglich, daß ein zehn-, höchstens elfjähriges Mädchen mit solcher Autorität sprach? »Du hast einen Teil des großen Leides erlitten, das über unser Volk gekommen ist. Wer von uns hat keine Wunden davongetragen? Wer von uns konnte Körper und Geist unversehrt retten? Für mich bist du immer noch rein und unbefleckt. Die Piraten sind über dich

hergefallen, aber sie konnten dir nicht wirklich etwas nehmen. Deine Wunden sind wie die Wunden, die ein angreifender Hai schlägt.«

Diese Worte, aus denen ein so tiefes Verständnis sprach, linderten den Schmerz in Daos Herz. Ein zehnjähriges Mädchen hatte sie in einem einzigen Tag mehr gelehrt, als sie in ihrem ganzen Leben in der Schule gelernt hatte. Aber wer war Hong? Und warum weigerte sie sich, Daos Fragen zu beantworten, wie sie ganz allein mit einer Dose Kekse und einem Bündel Kleider auf diese Insel gekommen war? Woher wußte sie, daß Dats Boot nach Nordwesten trieb? Und wie war es möglich, daß ein zehnjähriges Mädchen so viel gelassener und weiser war als sie selbst mit ihren neunzehn Jahren? War Hong ein übernatürliches Wesen? Bei dem Gedanken lief Dao ein Schauer über den Rücken, obwohl die Sonne ihr warm aufs Gesicht schien.

Sie ging zurück, um sich zu vergewissern, daß die Kleider und die Dose mit den Keksen tatsächlich real waren. Waren es vielleicht nur Stöcke und Steine, die ein Geist verwandelt hatte, um sie zu täuschen? Nein, ein Phantom konnte Hong nicht sein. Zum Beweis dafür hatte Dao ja die Kleider, die sie am Leibe trug und die Hong ihr am Tag zuvor gegeben hatte. Dao erinnerte sich noch genau daran, daß sie splitterfasernackt erwacht war, und sie konnte auch die Kleider, die sie gerade gewaschen hatte, in der Sonne trocknen sehen. Dao sammelte die trockenen Kleider ein und legte sie ordentlich zusammen. »Nein, Hong kann kein Geist sein«, dachte Dao. Aber wo war sie jetzt? Warum kam sie nicht zurück?«Dao kletterte auf einen hohen Felsen, um besser sehen zu können, als Hongs Lachen vom Strand zu ihr herüberklang. Dann sah sie Hong aus dem Wasser kommen und bemerkte, daß ihre Kleider völlig trocken waren.

Dao dachte gar nicht weiter über diese seltsame Tatsache

nach. Sie war entzückt, und all ihre Besorgnis verschwand in dem Augenblick, als sie Hongs Kinderlachen hörte, das hell und klar ertönte. »Wo warst du?« rief Dao. »Es ist schon nach Mittag. Ich habe überall nach dir gesucht!«
Hong stand neben Dao und zeigte auf die düsteren Wolken, die sich zusammenballten. »Es wird Sturm geben, ältere Schwester. Wir sollten uns besser nach einem Unterschlupf umsehen.«
Hong führte Dao zu den riesigen Felsbrocken, und sie fanden eine geräumige, trockene Höhle. »Setz dich hierher, ältere Schwester. Ich gehe zurück und hole die Kekse und die Kleider.«
Dao fegte die Steinchen auf dem Höhlenboden beiseite und schuf eine freie Stelle zum Sitzen. Sie lehnte sich mit dem Rükken gegen die Felswand. Draußen verdunkelte sich der Himmel immer mehr. Als große Regentropfen herniederfielen, war es, als ließe jemand schwere Steine von oben herabfallen. Blitze zuckten über den Himmel, gefolgt vom Krachen der Donnerschläge, das so laut war, daß es direkt über Daos Kopf zu sein schien. Als Hong zurückkehrte, schlang Dao ihre Arme um sie und strich ihr den Regen aus Haar und Hemd. Das Mädchen ließ es zu, daß Dao sich um sie kümmerte. Draußen strömte der Regen nieder wie ein Wasserfall, aber die beiden Mädchen saßen sicher und trocken in ihrer Höhle. Beide dachten daran, wie rauh und unberechenbar die See bei diesem Sturm sein mußte. Langsam öffnete Hong ihre Augen und sagte: »Wenn die See so ist wie jetzt, sinken viele Flüchtlingsboote.«
Dao lauschte andächtig. Vor ihrem inneren Auge sah sie Boote voller angsterfüllter Männer, Frauen und Kinder, die von riesenhaften Wellen herumgeworfen wurden. Arme, die verzweifelt winkten, entsetzte Schreie, die der heulende Sturm verschlang, Körper, die ins Wasser stürzten, mitten unter die

kreisenden Haie. Sie zitterte und fühlte sich, als ob eine grausame Faust ihr Herz zusammenpressen würde, und sie fragte sich, warum ihr Volk Tag für Tag, seit mehr als fünfzig Jahren, solches Leid erdulden mußte. Sie sah zu Hong hinüber und bemerkte, daß die Wangen des Mädchens feucht von Tränen waren. Als sie Hong weinen sah, verschwand ihr eigener Schmerz, und sie fühlte, wie die grausame Faust den Griff um ihr Herz lockerte. Sie wischte Hong mit dem Ärmel ihres Hemdes die Tränen aus dem Gesicht, und die beiden Mädchen saßen still nebeneinander, während düstere Wolken über den Himmel fegten und der Wind heulte. Und dann lag Hong in Daos Arm, schloß die Augen und schlief. Ihr Atem wurde leicht und gleichmäßig. Dao hatte das Gefühl, alles, was sie jemals geliebt hatte, im Arm zu halten.

Es war bereits später Nachmittag, als der Regen aufhörte. Endlich verzogen sich die Wolken, der Himmel beruhigte sich, und die Sonne begann wieder zu scheinen. Die Insel machte einen erfrischten Eindruck. Dao und Hong halfen einander, auf einen großen Felsblock zu klettern, und suchten mit ihren Augen den Horizont ab. Kein Zeichen irgendeines Bootes. Dao setzte sich auf den Felsen, zog Hong neben sich und bat sie, ihre Geschichte zu erzählen.

Einen Augenblick lang schien Hong ziemlich überrumpelt, dann sagte sie: »Ich werde dir meine ganze Geschichte erzählen, aber nur, wenn du sie mich in zwei Teilen erzählen läßt – einen Teil jetzt und den anderen Teil morgen. Bist du einverstanden?«

Dao nickte zustimmend. Nach einem Augenblick der Stille begann Hong: »Als ich ein Baby war, war meine Welt gerade so groß wie die Arme meiner Mutter. In dieser behüteten Welt fühlte ich mich sicher und ruhig. Ich wußte nicht, daß hinter diesen schützenden Armen ein Universum voller Gewalt und Stürmen lag. Meine Mutter verbarg diese Welt vor meinen

Augen, ich sollte immerwährenden Frieden und Sicherheit genießen. Aber schließlich, es ist noch nicht lange her, lernte ich doch die Welt draußen kennen.
Zu Hause in Vinh Long hatten meine Eltern einen Eisladen und ein kleines Lebensmittelgeschäft. Sie waren gute und großherzige Menschen, die bei ihren Kunden und Angestellten sehr beliebt waren. Meine Eltern hatten auch einen Obsthain mit über fünfhundert Obstbäumen: Mangos, Longanpflaumen und Durian. Aber dann wurde mein Vater von der verirrten Kugel eines Soldaten getötet, und unser Laden wurde ausgebombt. Mutter war im zweiten Monat schwanger, als mein Vater getötet wurde, und nicht lange danach gebar sie einen hübschen Sohn. Mein kleiner Bruder, den wir Bich nannten, war meinem Vater wie aus dem Gesicht geschnitten.
Als die Übergangsregierung in Südvietnam an die Macht kam, entschloß sich meine Mutter, zurück aufs Land zu gehen. Ich besuchte dann die Dorfschule, und jeden Nachmittag kam Mutter mit Bich, um mich von der Schule abzuholen. Und dann durchstreiften wir den Mango- und Pflaumenhain.
Mutter hatte ihren Eisladen und ihr ganzes Geld den örtlichen Behörden gegeben, für den Staat. Sie wollte nur den Obsthain behalten, da wir unseren Lebensunterhalt ohne weiteres durch den Verkauf der Früchte bestreiten konnten. Vater hatte früher von dem Gewinn aus seinem Eis- und Lebensmittelgeschäft immer Geld zur Unterstützung der Revolution gespendet. Selbst nachdem sie dem Staat bereits zwei Geschäfte überlassen hatte, wollte Mutter die Revolution auch weiterhin jedes Jahr unterstützen, indem sie zwanzig Prozent ihrer Einkünfte aus dem Obsthain abgab.
Eines Tages lud Mutter einen örtlichen Parteikader zum Abendessen ein und unterbreitete ihm ihren Unterstützungsplan. Aber der Kader, ein alter Freund, riet ihr, die Obstbäume herauszureißen und statt dessen Reis anzupflanzen. Mut-

ter war schockiert. Zehn Jahre hatte es gedauert, den Obsthain anzulegen, und sie konnte einfach nicht glauben, daß er wollte, daß sie die Bäume herausriß. Aber der Kader sagte, das Land brauche Reis sehr viel nötiger als den Luxus frischen Obstes. Er warnte sie, daß die Steuern stark angehoben werden würden und daß das Geld, das sie durch den Verkauf der Früchte verdiente, nicht einmal zum Bezahlen der Steuern reichen würde, geschweige denn, ihre Familie zu ernähren oder zwanzig Prozent an den Staat abzuführen. Wenn sie aber, so schlug er vor, Reis anbaute, würde sie mit viel geringeren Steuern zu rechnen haben. Nach jahrelanger Erfahrung war Mutter jedoch der Ansicht, sie wisse am besten, wie man seinen Lebensunterhalt verdiene. Die Obstbäume zu fällen, um Reis anzubauen, erschien ihr einfach unsinnig. Mutter weigerte sich, den Worten des Kaders Glauben zu schenken. Erst später, als der Regierungsinspektor ihr sagte, wie viele Steuern auf jeden Obstbaum erhoben werden würden, verstand Mutter.

Eine gewaltige Rebellion wallte in ihr auf, und anstatt sich einverstanden zu erklären, die Bäume zu fällen, gab sie den Obsthain der Regierung. Da meine Großmutter gestorben war, gab es nun kein Fleckchen Land mehr, wohin wir fliehen konnten. Wir lebten fortan bei einer alten lieben Freundin von Mutter im Dorf, deren Ehemann in ein Umerziehungslager gesteckt worden war. Die Frau hatte alles verkaufen müssen, um ihre drei Kinder ernähren zu können. Wir erhielten ein Zimmer in ihrem Haus, und Mutter kochte jeden Tag Haferbrei, den sie dann auf dem Markt verkaufte.

Es gab keine Männer im Haus, die hätten helfen können, uns zu unterhalten. Mutter und ihre Freundin versuchten, sich durchzuschlagen, aber es war einfach unmöglich, genug Geld zu verdienen, um zwei Erwachsene und fünf Kinder zu ernähren. Nach und nach verkauften wir all unsere Habe. Jede

Nacht hielten wir einander eng umschlungen und versuchten verzweifelt, einzuschlafen und unseren Hunger zu vergessen.
Eines Tages kam Herr Bay Nhieu, den wir Onkel nannten, uns besuchen. Er schlug vor, wir sollten versuchen, mit einem Boot aus dem Land zu fliehen, obwohl wir niemanden in Übersee kannten. Onkel Bay Nhieu war aus unserem Dorf, und meine Eltern hatten ihm früher oft geholfen. Seine beiden Söhne würden bald als Soldaten in Kambodscha eingezogen werden, wo viele junge Männer starben, und er suchte besorgt nach einer Fluchtmöglichkeit für sie. Onkel hatte ein Boot und Vorräte, und alles war zur Abfahrt bereit, und zwei andere Familien würden mit ihm und seinen Söhnen fliehen. Sie hatten alle Geld gegeben, um für Benzin, Motoröl und Essen für die zehn Tage, die sie auf dem Meer zuzubringen gedachten, zu zahlen. Drei Plätze auf dem Boot waren noch frei, und er wollte, daß Mutter, Bich und ich sie begleiteten.
Mutter betrachtete sich nicht als politischen Flüchtling. Sie wußte nur, daß es unmöglich geworden war, in ihrem eigenen Land zu überleben, und sie mußte gehen, wenn ihre Kinder leben sollten. Sie hatte gehört, daß Flüchtlinge oftmals von ausländischen Schiffen aufgenommen wurden und sich dann im Heimatland dieser Schiffe ansiedeln durften. Ebenso wie die Söhne Onkel Bay Nhieus keine Wahl hatten, so hatte auch Mutter keine Wahl: Sie mußte gehen.
Nachdem sie es sich drei Tag lang überlegt hatte, erklärte sich Mutter bereit, mit Onkel Bay zu gehen. Sie traf Vorkehrungen, Bich und mich mitzunehmen und dem Onkel aufs Land zu folgen. Ich nahm nichts mit. Ich trug meine schönste Bluse, weiße, an den Rändern ausgefranste Satinhosen und ein Paar Gummisandalen. Wir gingen in zwei Gruppen durch den Dschungel. Die kleinen Kinder hatten Schlaftabletten bekommen, damit sie nicht unruhig wurden oder schrien und vielleicht Regierungskader auf uns aufmerksam machten. Wir

wanderten fast zwei Tage und Nächte, bis wir endlich an die Stelle kamen, wo Onkel Bay das Boot versteckt hatte.
Gerade als wir Segel gesetzt hatten, sahen wir vier Regierungsfischerboote, also drehten wir geschwind um, damit sie uns nicht entdeckten. In der darauffolgenden Nacht war die Luft rein, und wir konnten ohne Zwischenfälle aufbrechen. Bis zum Morgen hatten wir internationale Gewässer erreicht und wähnten uns bereits in Freiheit. Wir hatten ja keine Ahnung, daß dies erst der Anfang eines grauenvollen Alptraums war.
Wir waren erst einen Tag gesegelt, als der Motor stehenblieb; hilflos wurden wir von den Wellen hin und her geworfen, unfähig, Einfluß auf die Richtung unseres Bootes zu nehmen. Alle beteten wir, daß ein ausländisches Schiff auftauchen und uns retten würde; aber vier Tage vergingen, und kein anderes Schiff kam in Sicht. Wir wußten nicht einmal, daß wir uns im Golf von Thailand befanden.«
An diesem Punkt ihrer Erzählung sah Hong Dao an und fragte: »Ist euer Boot irgendwelchen ausländischen Schiffen begegnet, ältere Schwester?«
Dao nickte. »Ja, wir trafen ein russisches Linienschiff, zwei Schiffe aus Panama, ein australisches Schiff, eines aus Singapur und ein amerikanisches Schiff. Und jedes von ihnen fuhr vorbei, als unser Boot gesichtet wurde, so als wären wir überhaupt nicht da. Wie konnten sie so grausam sein? Meine Mutter hat mir immer erzählt, es sei ein großes Verdienst, ein Menschenleben zu retten. Was das Verdienst angeht, bin ich nicht sicher, aber ich weiß, daß es eine große Freude sein muß, einem anderen Menschen das Leben zu retten. Und doch schienen wir für diese Schiffe nicht wichtiger als Ameisen zu sein. Es war schrecklich.«
Hong antwortete: »Anfangs retteten viele Schiffe Bootsflüchtlinge, ältere Schwester. Aber sie stellten fest, daß, nachdem sie erst einmal die Flüchtlinge an Bord genommen hatten, kein

Land sie aufnehmen wollte, nicht einmal vorübergehend. Die Flüchtlingslager in Malaysia, Indonesien und Thailand gibt es nur dank der Intervention des UN-Hochkommissars für Flüchtlinge. Eigentlich wollen diese Länder gar keine Flüchtlinge aufnehmen, und insgeheim weisen sie ihre Wasserpolizei an, Flüchtlingsboote zurück aufs Meer zu schleppen, wo immer sie dies ungestraft tun können. Viele, viele Boote sind gezwungen, auf dem offenen Meer umherzufahren, bis sie schließlich in einem Sturm sinken. Niemand weiß, wie viele Boote bereits im Meer versunken sind.«

Daos Augen waren weit aufgerissen. »Woher weißt du das alles? Hast du das in einer Zeitung gelesen?«

Hongs Augen wurden dunkel vor Traurigkeit. »Ich weiß es, weil ich es weiß, ältere Schwester. Ich lese keine Zeitungen. Singapur ist einer der erbarmungslosesten Häfen von allen. Einige Flüchtlinge, die in Singapur angekommen waren, haben ihre Boote versenkt, um zu verhindern, daß man sie zurück aufs Meer schleppte. Aber danach wurden viele von ihnen festgenommen und irgendwohin gebracht – niemand weiß wohin. Wenn ein Journalist, eine Botschaft oder ein UN-Vertreter von ihnen weiß, kann die Regierung von Singapur sie nicht mißhandeln. Irgendwann werden die Flüchtlinge dann vielleicht sogar von irgendeiner westlichen Botschaft aufgenommen, damit sie in ein anderes Land einwandern können. Aber wenn niemand von ihnen weiß, werden sie wahrscheinlich im Gefängnis bleiben, bis sie sterben.

Die malaysische Polizei versucht oft, Boote abzuhalten, indem sie sie beschießt. Manchmal beschädigen die Kugeln das Boot ernstlich oder verwunden Menschen an Bord. Einmal habe ich beobachtet, wie zwei Boote, von denen jedes ungefähr sechzig Menschen trug, etwa zehn Meilen nördlich von Mersing an der malaysischen Küste landeten. Die Flüchtlinge, unter ihnen viele Kinder, standen im Sand und baten um die Erlaubnis, das

Land betreten zu dürfen, aber die malaysische Polizei zwang sie zurück in ihre Boote. Sie schrien und flehten, aber die Polizisten sagten, sie seien nicht befugt, sie bleiben zu lassen. Die Flüchtlinge erzählten den Polizisten, ihre Boote seien beschädigt, und sie könnten unmöglich damit weitersegeln. Aber die Polizei fand jemanden, der sie reparierte.

Vier Stunden später zwang man sie wieder in ihre Boote und schob sie zurück aufs Meer. Unmittelbar darauf wurde eines der Boote von einer riesigen Welle getroffen und kenterte. Die Insassen des anderen Bootes sahen diese tragische Szene mit an. Ihr Kapitän beschloß, sie zurück ans Ufer zu bringen, sogar auf das Risiko hin, erschossen zu werden. Sie landeten und zerstörten das Boot auf der Stelle. Die Polizei, die nun ratlos war, beschloß, die Flüchtlinge vorübergehend in einer leerstehenden Kaserne unterzubringen. Die Frauen und Kinder hörten nicht auf zu weinen. Die Männer starrten stumm vor sich hin, verweigerten Essen und Trinken, sogar die Rationen, die ihnen die Dorfleute spontan brachten.

Von der Besatzung des gesunkenen Bootes überlebten nur zwei Männer. Fünf Stunden lang schwammen sie im Meer, bevor sie von einem malaysischen Fischerboot aufgenommen wurden. Aber als man sie an Land ablieferte, wurden sie von der Polizei irgendwohin gebracht und niemals wieder gesehen. Die Polizei drohte den Insassen des anderen Bootes, sie würden in einem alten Boot wieder auf See ausgesetzt werden, sollten sie den Vorfall irgend jemandem gegenüber erwähnen. Niemand weiß, was mit diesen beiden Männern geschehen ist. Vielleicht hat man sie getötet, um den Vorfall vor der internationalen Presse zu verheimlichen. Keine Woche vergeht, ohne daß sich solche Dinge ereignen, ältere Schwester.«

Hong sprach, als hätte sie dies alles mit eigenen Augen gesehen. Dao beobachtete, wie sich eine tiefe und doch stille Traurigkeit über Hongs Gesicht legte. Dao konnte nicht erklären warum, aber sie glaubte alles, was Hong ihr berichtet hatte, obwohl es eigentlich unmöglich war, daß ein kleines Mädchen so viel wissen konnte. Aber ihre Ungläubigkeit war schwächer als der Schmerz in ihrem Herzen. Dao erinnerte sich an die Not, die die Besatzung ihres eigenen Bootes gelitten hatte, nachdem der Motor ausgefallen war – an den Durst, den Hunger, die Piraten und all die unsagbar schrecklichen Einzelheiten. Aber jetzt war sie sich der tragischen Lage ihres Volkes als Ganzes bewußt. Wie viele im Meer ertrunken waren, wagte sie nicht zu schätzen, aber sie wußte, es waren viele, sehr viele. Unfähig, in ihrer eigenen Heimat zu überleben, waren sie in Booten geflohen, nur um erschossen, vergewaltigt und ausgeraubt zu werden, bis sie schließlich im Meer ertranken. Dao legte den Kopf auf Hongs Schulter und ließ ihren Tränen freien Lauf. Die Sonne war untergegangen, und der Abendwind wurde unangenehm frisch. Schließlich stand Hong auf und hielt Dao einen Keks und etwas Quellwasser hin.

Bis spät in die Nacht hinein warf sich Dao auf ihrem Lager hin und her. Dats Boot ging ihr nicht aus dem Kopf. Wohin hatten die Wellen es getragen? Gab es Essen oder Wasser an Bord? Wenn das Boot Malaysia erreichte, würde man ihnen gestatten, in ein Flüchtlingslager zu gehen, oder würde die Polizei sie zurück ins Meer schleppen, wo sie dann sinken würden? Wenn Dat starb, wollte Dao nicht leben. Aber dann erinnerte sie sich daran, wie Hong gesagt hatte, daß sie für ihre Mutter und ihre Geschwister leben müsse. Dao flüsterte: »Liebe Mutter, ich werde nicht sterben. Ich werde für dich und meine Brüder und Schwestern leben.« Tränen liefen ihr über die Wangen.

Als sie Dao weinen hörte, wachte Hong auf und rückte näher. Als könne sie die Traurigkeit in Daos Herzen fühlen, sagte Hong: »Viele Bootsflüchtlinge sind in der Nähe der Flüchtlingslager gelandet und dort aufgenommen worden. Mach dir

keine Sorgen. Auch wenn Dat und die anderen nichts mehr zu trinken und essen haben, werden sie sicher noch ein paar Tage durchhalten können. Und wenn sie auf einen freundlichen Fischer treffen, wird ihr Boot vielleicht an die Küste gezogen.«
»Aber man hat nicht alle Tage solches Glück, Hong. Ich habe Angst.«
»Hab keine Angst. Du selbst wurdest ja auch von einem Piraten über Bord geworfen, und doch bist du jetzt hier und lebst. Eigenartige und wundersame Dinge geschehen die ganze Zeit. Vor nur ein paar Monaten verließen sieben junge Leute Vietnam in einem Ruderboot und ruderten die ganze Strecke nach Thailand, wo sie im Lager Songkhla aufgenommen wurden. Eine Familie mit zwei kleinen Kindern entkam in einem winzigen Boot, ganze drei Meter lang. Die Behörden beschossen sie, als sie den Hafen von Rach Gia verließen. Der Mann wurde in die Brust getroffen, aber sie segelten mit voller Kraft, um zu entkommen. Er starb zwei Tage darauf, aber seine Frau und ihre beiden kleinen Kinder kämpften sieben Tage und Nächte lang und schafften es schließlich bis zur thailändischen Küste. Viele sinkende Boote wurden von vorbeikommenden Fischern gerettet. Das Universum ist voller Wunder, von denen die meisten von uns niemals etwas sehen oder hören, ältere Schwester.«
Hong fuhr fort: »Für gewöhnlich dreht sich unsere Welt um Schule, Einkaufen, Kino und dergleichen. Wir glauben, daß dies die wichtigsten und wirklichsten Dinge auf der Welt sind. Aber das ganze Universum ist voller verborgener außergewöhnlicher und wundersamer Dinge. Du mußt nicht weit gehen, wenn du Wunder suchst, sie ereignen sich gerade vor unserer Nase, jeden Tag. Wir müssen nur bewußt sein und dürfen nicht zulassen, daß unsere gewöhnlichen Beschäftigungen uns das wundersame Universum verbergen. Häng dich nicht nur an dein Leid und übersieh dabei das Licht in deinem

Herzen. Wenn dein Geist gelassen ist, kannst du viele Wunder sehen.
Aber genug davon. Es ist spät, und wir müssen schlafen. Morgen werde ich dir den Rest meiner Geschichte erzählen. Ich rezitiere jetzt das Sutra vom Herzen des vollkommenen Verstehens, und dann laß uns schlafen. Ich hoffe, du wirst friedlich schlafen.«
Hong rezitierte, wie sie es von ihrer Großmutter gehört hatte:

Der Bodhisattva, Avalokita, während er sich auf dem tiefen Pfad des vollkommenen Verstehens befand, warf Licht auf die fünf Skandhas, und fand sie gleichermaßen leer. Nach dieser Einsicht überwand er allen Schmerz.

Die sanften Klänge des Sutras waren wie Regentropfen, die sanft auf Blumen fallen. Dao lag ruhig und ließ die Worte des Sutras ihr Herz und ihren Geist erfüllen. Schon bald träumte ihr, sie sehe einen erfrischenden Wasserstrom durch ein von unzähligen Blumen gelb und violett getupftes Feld fließen.

Es war Daos dritter Tag auf der Insel. Als sie erwachte, war Hong bereits fort. »Dieses Mädchen liebt aber wirklich frühe Erkundungsgänge«, dachte Dao bei sich. Sie ging zur Quelle, um sich das Gesicht zu waschen und die violette Bluse aus dem Kleidersack anzuziehen. Ihre andere Bluse wusch sie und breitete sie zum Trocknen auf den Felsen aus. Obwohl sie lange wartete, kehrte Hong nicht zurück. Dao nahm sich zwei Kekse und trank etwas Quellwasser, und dann wanderte sie stromaufwärts in der Hoffnung, Hong zu finden.
Als Dao an dem Guavenbaum anlangte, den sie am Vortag entdeckt hatte, blieb sie stehen, um eine Frucht zu pflücken. Obwohl sie noch so sauer war, daß es ihr den Mund zusammenzog, war es doch ein köstlicher Genuß. Sie entdeckte auch

Löwenzahnblätter und pflückte einen großen Strauß, den sie mit zurücknehmen wollte. Ein wenig weiter stromaufwärts fand sie etwas Zichorie und wilde Brunnenkresse, und sie pflückte von jedem eine Handvoll.
Dao kehrte zu der kleinen von Felsen umschlossenen Stelle zurück, wo sie und Hong die Nacht verbracht hatten, aber Hong war immer noch nicht zurückgekehrt. Dao dachte: »Wie seltsam, daß sie jeden Morgen verschwindet!« Sie rief Hongs Namen immer und immer wieder, bis sie heiser war, aber es kam keine Antwort.
Dao begann, sich Sorgen zu machen, Hong könne sich diesmal tatsächlich verlaufen haben, so unwahrscheinlich dies auch schien. Je mehr Dao über Hong nachdachte, desto mehr wunderte sie sich: »Manchmal wenn Hong spricht, klingt sie wie ein großer Meister, der lehrt. Sie tröstet mich wie eine Mutter und scheint alles zu wissen, was auf dem Meer geschieht. Eigentlich spricht sie sogar, als hätte sie das alles mit eigenen Augen gesehen.«
Gegen zwei Uhr nachmittags ballten sich dunkle Wolken zusammen, und der Himmel geriet in heftige Bewegung. Ein großer Sturm war im Anzug, und Dao kroch unter den Felsvorsprung und stellte sich vor, wie Hong irgendwo auf der Insel pudelnaß wurde. Ihre Sorge wuchs, als der strömende Regen anhielt. Endlich, am späten Nachmittag, hörte der Regen auf.
Als sich das Blau des Himmels in ein staubiges Violett verwandelte, steigerte sich Daos Sorge. Und dann, endlich, kehrte Hong zurück. Sie kam vom Strand herauf, und wieder waren weder ihr Haar noch ihre Kleider auch nur im geringsten naß, nicht ein einziger Tropfen war zu sehen. Überglücklich rief Dao ihren Namen und lief zum Strand, um sie so fest sie konnte in den Arm zu nehmen. Hong ließ sich Daos Umarmung eine ganze Zeit gefallen, bis sie sich schließlich sanft aus Daos

Armen entwand. Dann sagte Hong: »Ich bringe gute Nachrichten, ältere Schwester. Dats Boot hat die Küste erreicht!«

»Was? Was hast du gesagt? Dats Boot hat es geschafft? Wirklich?« Daos Fragen überstürzten sich vor Aufregung, und sie hielt nicht einmal inne, um sich zu wundern, wie Hong so etwas überhaupt wissen konnte.

»Dats Boot ist einem malaysischen Fischerboot begegnet, das es zur nahe gelegenen Insel Bidong geschleppt hat. Sie durften alle das Boot verlassen und wurden dort in das Flüchtlingslager aufgenommen. Ich habe dir doch gesagt, du sollst die Hoffnung nicht aufgeben!«

Dao fragte atemlos: »Ist das wirklich wahr, kleine Schwester? Oh, ich bin so glücklich! Jetzt bin ich sicher, daß ich weiterleben kann! Und wie geht es Dat? Wurde er schwer verletzt? Sind seine Wunden infiziert? Ist er in Lebensgefahr?«

Hong schüttelte den Kopf. »Dat geht es gut. Ein Arzt hat ihn und all die anderen untersucht. Er wurde nicht schlimm verletzt. Einige der anderen Flüchtlinge spülten seine Wunden mit Ingwer und Wasser. Aber er leidet, weil er glaubt, du seist ertrunken.«

»O Hong, er tut mir so leid. Wie können wir ihn wissen lassen, daß ich noch lebe?«

»Es gibt noch keinen Weg, ältere Schwester. Wenn du das andere Ufer erreichst, kannst du ihm schreiben, aber noch sind wir nicht da. Wir müssen einfach warten, ich weiß nicht, wie lange.«

»Was, wenn ich auf dieser Insel sterbe und ihn niemals wiedersehe?«

»Jetzt fängst du wieder an«, ermahnte Hong sie, »und läßt Verzweiflung von dir Besitz ergreifen. Du hast gerade eine wunderbare Nachricht erhalten. Warum sie durch einen so schrecklichen Gedanken verderben?«

»Ich bin dumm, verzeih mir bitte. Ich glaube ja, daß wir gerettet werden. Aber Hong, wie hast du das von Dat erfahren? Wo warst du den ganzen Tag? Ich habe mir Sorgen um dich gemacht.«

Hong nahm Daos Hand sanft in die ihre und führte sie zu einigen Felsen, wo sie sich setzten. »Ich habe versprochen, den Rest meiner Geschichte heute zu erzählen. Jede Geschichte ist sowohl traurig als auch freudig. Ich weiß, du hast dich gefragt, wie jemand, der so jung ist wie ich, so viel wissen kann, sogar über Dinge, die so weit entfernt geschehen. Hör zu, gestern habe ich gesagt, es gebe eigenartige und wundersame Dinge, von denen wir selten etwas sehen oder hören, aber das macht sie nicht unmöglich. Ich bin das zehnjährige Mädchen Hong. Aber ich bin auch ein Fisch. ... Du siehst überrascht aus. Bitte lächele, Dao. ... Gut, jetzt kann ich dir den Rest meiner Geschichte erzählen.

Nachdem unser Boot internationale Gewässer erreicht hatte, segelte es einen Tag lang schnell dahin. Am zweiten Tag fiel unser Motor aus. Onkel Bay startete den Motor wieder und wieder, aber er wollte einfach nicht anspringen. Von da an trieb unser Boot auf der offenen See. Vier Tage lang trafen wir auf kein einziges Boot. Am sechsten Tag kam ein Sturm auf, und wir wurden von Wind und Wellen erbarmungslos hin und her geworfen. Wir waren dem Kentern so nah, daß wir all unsere Habe über Bord warfen, um die Last zu verringern, sogar unser Essen und unsere Wasservorräte. Bis zur Dämmerung hatte sich der Sturm gelegt, und wir waren alle so erschöpft, hungrig und durstig, daß wir uns nicht mehr rühren konnten. Als die Sonne am Himmel aufstieg, wurde es heiß wie in einem Backofen, und unsere ausgedörrten Kehlen brannten gnadenlos. Onkel Bay riet uns, unseren Urin aufzufangen, um ihn zu trinken, und das taten wir. Nachts wurde die Luft tödlich kalt. Nach Tagen, während denen wir so den Elementen ausgeliefert waren, wurden die meisten von uns krank.

Mein kleiner Bruder, Bich, bekam Fieber. Mangels Medikamenten oder Wasser starb er noch am selben Tag. Mutter umklammerte seinen kleinen Körper mit ihren Armen und weigerte sich, ihn loszulassen. Sie wollte weinen, aber sie hatte keine Tränen mehr. Die ganze Zeit sickerte Wasser durch zahlreiche Lecks in unser Boot. Die Männer wechselten sich mit dem Ausschöpfen ab, bis sie zu schwach waren, um weiterzumachen. Nur Onkel Bay hatte die Kraft und die Ausdauer, um das Boot vor dem Kentern zu bewahren.

Am nächsten Tag sagte Onkel Bay zu Mutter, daß wir Bich auf See bestatten müßten. Zuerst weigerte sie sich, aber schließlich, als sein kleiner Körper zu riechen begann, mußte sie zustimmen. Wir rezitierten alle das Herzsutra. Dann begann Onkel Bay, den Namen Buddhas zu rezitieren, und wir andern fielen ein. Während wir den Namen Buddhas rezitierten, nahm Onkel Bay Bich sanft aus Mutters Armen, beugte sich vor, legte den kleinen Körper auf das Gesicht des Ozeans und ließ ihn los. Der Körper meines Bruders versank rasch in den Wellen, und Mutter klagte um ihn. Wir rezitierten den Namen Buddhas noch lauter, in dem Versuch, ihr verzweifeltes Schreien zu übertönen. Als das Rezitieren aufhörte, verlor Mutter die Besinnung.

An jenem Abend griff uns ein Piratenschiff an. Sie erwischten unser Boot mit einem Metallhaken und kamen längsseits neben uns. Sie waren zu zwölft, mit scharfen Messern und Knüppeln bewaffnet. Wir wagten keinen Widerstand. Ohnehin hatte niemand von uns die Kraft, gegen sie anzugehen. Die Piraten raubten alles, was wir noch an Bord behalten hatten, einschließlich sämtlicher Kleidungsstücke, die wir am Leib trugen, soweit sie auch nur etwas wert waren. Ein Pirat näherte sich Mutter, um nachzusehen, ob sie unter ihrer Bluse eine Kette trug. Ich schrie: ›Rühr meine Mutter nicht an!‹, aber er ignorierte mein Schreien. Er griff Mutters Bluse und begann, sie aufzureißen. Mit meiner ganzen Kraft warf ich mich gegen ihn und ergriff sein Bein, um ihn zum Fallen zu bringen. Aber ich war so schwach, er streckte einfach sein Bein aus und schleuderte mich aus dem Boot. Ich hörte Mutter kreischen, als sei sie von Dämonen besessen, aber es gab nichts, was ich tun konnte.

Ich weiß nicht, ob es irgendeiner magischen Kraft zu verdanken war, aber ich ertrank nicht. Statt dessen fand ich mich schwimmend und atmend wie ein Fisch wieder. Nachdem die Piraten alles zusammengerafft hatten, was sie nur finden konnten, rammten sie ihr Schiff in das unsere und brachen es entzwei. Wasser strömte ein, aber alle waren zu schwach, sich zu bewegen. Herzzerreißende Schreie erhoben sich, als unser Boot langsam sank. Die Piraten ließen ihre Motoren an und machten sich schnell davon.

Ich war zu einem Fisch von der Größe eines kleinen Mädchens geworden. Aber als ich erkannte, daß ich Menschen retten konnte, waren Mutter und all die anderen bereits verschwunden. Ich tauchte tief, um nach Mutter zu suchen, aber alles, was ich sah, war Wasser, soweit ich blicken konnte. Eine Woche lang schwamm ich um die Stelle herum, fand aber keine Spur von Mutter. War sie von einem Hai verschlungen worden? Oder hatte sie sich auch in einen Fisch verwandelt? Wenn Mutter ein Fisch war, war sie in meiner Nähe und suchte mich? Ich beschloß, den ganzen Golf von Thailand zu durchschwimmen, um nach Mutter zu suchen.

Tag für Tag schwamm ich ziemlich weit, und in Vollmondnächten kehrte ich zu der Stelle zurück, wo unser Boot gesunken war, in der Hoffnung, Mutter zu finden. Über ein Jahr lang suchte ich jeden Tag nach ihr. Weil ich den ganzen Golf von Thailand durchschwamm, begegneten mir viele Flüchtlingsboote. Wann immer ich ein sinkendes Boot traf, versuchte ich, mindestens einen Menschen zu retten, meist ein kleines Kind. Ich trug das Kind auf dem Rücken, seinen Kopf über Wasser, bis wir an einen Sandstrand kamen. Ich schwamm in der Nähe der Küsten von Thailand, Malaysia und Indonesien, weil es leichter war, Opfern zu helfen, die sich bereits in Küstennähe befanden. Einige Flüchtlinge glaubten, ich sei vielleicht ein Zauberfisch, und sie folgten mir. Von Zeit zu Zeit konnte ich Booten helfen, versteckte Felsen zu umfahren, oder ihnen Plätze zeigen, wo es keine Polizei gab. Andere Flüchtlinge erhoben ihre Messer, um mich zu schlachten und zu essen und ihren schrecklichen Hunger an mir zu stillen, aber wenn ich sah, wie jemand sein Messer zog, tauchte ich tief unter Wasser, und das Boot verlor seinen Führer. Ich nahm es denen, die mich töten wollten, nicht übel, denn ich verstand, wie hungrig sie waren.

In einer Vollmondnacht im April rettete ich einen vierzehnjährigen Jungen und trug ihn in der Nähe des Hafens Kota Baru an die Küste. Ich fürchtete, das Wasser würde ihn während der Nacht wieder ins Meer zurücktragen. Deswegen robbte ich auf dem Sand entlang, um ihn außer Reichweite des Wassers zu bringen. Und dann, wie wunderbar, verwandelte ich mich wieder in ein Mädchen, trug dasselbe rosa Hemd, gestreifte weiße Satinhosen und Gummisandalen wie zuvor.

Ich führte unter dem Aprilmond einen richtigen Freudentanz auf. Ich rief ›Mama‹ und stellte fest, daß ich immer noch meine alte Stimme hatte. Außer mir vor Freude rief ich den Namen meines Bruders ›Bich!‹; ich rezitierte das Herzsutra, ebenso wie meine Großmutter es jeden Tag getan hatte. Mir wurde klar, daß ich, obwohl immer noch ein Fisch, gleichzeitig ein zehnjähriges Mädchen war.

Ich wußte, daß ich mich an der Küste von Malaysia befand, nachdem ich ohne Boot den Golf von Thailand überquert hatte. Ich wußte, daß ich an Land bleiben konnte, aber ich wollte

zurück ins Meer, um nach meiner Mutter zu suchen und Kinder aus sinkenden Flüchtlingsbooten zu retten.
Der Junge war noch nicht wieder bei Bewußtsein, aber seine Brust hob und senkte sich gleichmäßig. Beruhigt, daß er atmete, kniete ich nieder, drückte ihm einen leichten Kuß auf die Stirn und lief zurück zum Wasser. Als ich wieder ins Meer sprang, wurde ich ein leuchtend rosa Fisch, der im mondschimmernden Wasser glänzte.
Von da an ging ich oft an Land, entweder um jemanden in Sicherheit zu bringen, oder um mich unter die Flüchtlinge in den Camps zu mischen, um etwas über ihre Lage zu erfahren. Jeder nahm an, ich sei die Tochter irgendeiner Familie aus dem Lager, die darauf wartete, sich in einem neuen Land ansiedeln zu können. Aber ich blieb nie länger als einen Vormittag oder Nachmittag in einem Flüchtlingslager. Die meiste Zeit verbrachte ich mit der Suche nach Mutter und damit, auf dem Meer nach Booten Ausschau zu halten, die ich retten konnte.
Ich aß nur Algen und wurde sehr stark. Ich konnte einen ganzen Tag lang schwimmen, ohne müde zu werden, und einen Menschen fünfzehn Seemeilen weit auf meinem Rücken tragen. An dem Tag, als Piraten dein Boot angriffen, Dao, war ich da und sah die ganze Szene mit an. Es war weniger als zwei Meilen von der Stelle entfernt, an der mein eigenes Boot gesunken war. Als du ins Meer geworfen wurdest, schwamm ich neben dir her und trug dich auf diese Insel. Nachdem ich dich auf den Strand geschoben hatte, kehrte ich zurück und stellte fest, daß die Piraten fort waren und daß Nordostwinde dein Boot in Richtung Trengganu trieben. Ich hoffte, dein Boot würde in ein Fischereigebiet nördlich von Kuala Trengganu treiben und daß eines der Fischerboote dort dein Boot in Südthailand oder Nordmalaysia an Land schleppen würde, vielleicht nach Patthani, Songkhla, Kota Baru oder Trengganu.

Am nächsten Morgen schob ich eine der Keksdosen, die von dem dänischen Schiff abgeworfen worden waren, den ganzen Weg bis zur Insel vor mir her. Dann kehrte ich ins Meer zurück und schwamm den ganzen Tag, aber es ergab sich keine Gelegenheit mehr, irgend jemanden zu retten. An dem Abend brachte ich einen Sack Kleider mit zurück, den ich in der Nähe eines in einem schweren Sturm zerstörten Bootes im Wasser auf und ab hüpfend entdeckt hatte. Als ich auf die Insel zurückkehrte, sah ich, daß du noch schliefst, also öffnete ich den Kleidersack, wrang ein Hemd aus und hängte es zum Trocknen über einen Zweig. Der Mond war gerade aufgegangen. Ich saß an deiner Seite und legte meine Hand leicht auf deine Stirn, um zu sehen, ob du Fieber hattest, und da wurdest du wach.«

Dao griff nach Hongs Arm, um zu fühlen, ob das Kind, das vor ihr saß, auch wirklich aus Fleisch und Blut war. Hongs klare und unschuldige Augen sahen Dao wie belustigt an. Dao umarmte Hong und rief: »Wie wunderbar, Hong!« Die wundersame Wirklichkeit vor Daos Augen war fast zu schön, um wahr zu sein. Und doch, ihre eigene Freude und Dankbarkeit bestätigten das eindeutige Wunder von Hongs tatsächlicher Anwesenheit. Als könne sie Daos Gedanken lesen, lachte Hong und sagte: »Wenn du Dat wiedersiehst, wirst du dann auch sehen, wie wunderbar er ist? Und wirst du glauben, daß er wirklich ist?«

Dao hatte das Gefühl, aus einem langen Schlaf erwacht zu sein. Dat wiederzusehen, seine Hand zu halten, wäre wirklich ein Wunder. Sie stellte sich vor, ihn zu umarmen, zu küssen und auszurufen: »Wie wunderbar!« Ebenso wie sie es mit Hong getan hatte. Dao erinnerte sich, daß es auch wie ein Wunder gewesen war, als sie drei Tage zuvor den Guavenbaum erblickt hatte. Sie lächelte und dachte darüber nach, wie diese scheinbar gewöhnlichen Ereignisse es ihr möglich machten, die Welt dieses Augenblicks in einem hellen, neuen Licht zu betrachten. Plötzlich konnte sie sogar die unscheinbaren Details ihres Lebens auf dieser verlassenen Insel wertschätzen. Und nun sagte ihr Hong, daß sie auch weiterhin all die vielen kostbaren Geschenke des Universums erkennen und wertschätzen könne.

Dao hatte viele Stunden mit Dat verbracht, hatte mit ihm zusammengesessen, ihm in die Augen geschaut, in seinen Armen gelegen, aber sie hatte ihn niemals als etwas Wunderbares betrachtet. Dao hatte alles in ihrem Leben als gegeben genommen – Dat, ihre Familie, die Sonne, die Wolken, die Bäume. ... Jetzt erkannte sie zum ersten Mal, wie wirklich wunderbar all diese Dinge waren. Alles war unendlich kostbar, ebenso wie das Kind Hong, das hier vor ihr saß.

Dao fragte Hong nach weiteren Einzelheiten über Dats Boot. Hong beschrieb, wie sie neben dem Boot hergeschwommen war, bis es auf einen malaysischen Fischer getroffen war, der es zur Insel Bidong geschleppt hatte, gerade hinter der Stadt Kuala Trengganu. Hong war an Land gegangen und hatte gesehen, wie Dat und die anderen in ein Lager aufgenommen wurden.

»Ich bin sicher, daß hier bald ein Boot vorbeikommen und dich retten wird«, versicherte Hong Dao. Bevor sie sich schlafen legten, versprach Hong Dao, daß sie ihr früh am nächsten Morgen zusehen dürfe, wie sie ins Wasser ging und ein Fisch wurde.

Der Morgennebel hing noch in der Luft, als Dao Hong zusah, wie sie zum Wasser ging und bis zur Brust hineinstieg. Sie legte ihre Handflächen aneinander, neigte den Kopf und tauchte unter. Einen Augenblick lang sah Dao die Gestalt eines rosa Fisches, der mit dem Schwanz schlug und eine Blasenspur hinter sich herzog. Und dann war Hong fort.

Dao hielt Ausschau auf dem Meer, und ihr Herz füllte sich mit Trauer und Liebe. Für so viele Menschen aus ihrem Volk war der Ozean zum Grab geworden, und doch schwamm auch in ebendiesem Ozean ein einsamer rosa Fisch, der voller Liebe war.

Dao war traurig bei dem Gedanken, daß Hong ihre Mutter wahrscheinlich niemals finden würde, und froh über alles, was Hong getan hatte, um ihrem Volk zu helfen. Dao beschloß, daß auch sie, wenn sie erst einmal Zuflucht gefunden hatte, ihre ganze Energie dafür einsetzen würde, Menschen in Not zu helfen. Hong hatte Dao vor den vielen Schwierigkeiten gewarnt, die sie im Flüchtlingslager erwarteten, aber Dao hatte keine Angst. Es war ihr ein großer Trost und eine Inspiration zu wissen, daß es im Golf von Thailand Hong gab. Dao würde daran arbeiten, Schwierigkeiten zu überwinden und sich Hongs Glaubens und Mutes würdig zu erweisen.

Den ganzen Tag saß Dao im Sand, in dem Wissen, daß Hong sich irgendwo da draußen im Meer befand. Als der Himmel bereits voller funkelnder Sterne war, hörte sie Hongs Stimme und sah ihre Freundin, im Sternenlicht schimmernd, durch den Sand auf sie zu kommen. Überglücklich erhob sich Dao, um Hong zu begrüßen. Hong nahm Daos Hand, und sie gingen ins Innere der Insel. Dao bot Hong einige Kekse und Quellwasser an. Hong aß die Kekse nicht, trank aber das klare Wasser.

Hong erzählte ihr von den Entdeckungen, die sie tagsüber gemacht hatte. In der Nähe von Narathiwat war ein Flüchtlingsboot gesunken, und von den vierhundert Menschen an Bord waren fast einhundert ertrunken. Als Hong hinzukam, sah sie Stücke des Bootes auf den Wellen treiben, einschließlich einer Planke, auf der die Nummer des Bootes gemalt war: LA1945. Einer der überlebenden Bootsinsassen hatte ihr geschildert, wie sie auf rauhe See geraten waren, kaum daß sie vietnamesisches Gewässer verlassen hatten. Ihr Boot wurde fünf Tage und fünf Nächte lang auf dem Meer hin und her geworfen. In der sechsten Nacht erhob sich ein starker Sturm, Wellen krachten mit Getöse gegen die kleine Kajüte des Bootes und schlugen ein klaffendes Loch in den Rumpf, durch das Wasser mit Gewalt eindrang. Jeder glaubte, ihrer aller Todesstunde sei gekommen, aber dank flinker Hände und einem hervorragenden Kapitän konnten sie das Boot über Wasser halten. In jener Nacht und den ganzen folgenden Tag über kämpften sie, bis sie etwa gegen sechs Uhr abends die Küste von Thailand ausmachten und das Boot darauf zusteuerten. Die Nacht brach herein. Das Boot konnte sie nicht länger halten, und ihre einzige Überlebenschance war, ans Ufer zu schwimmen. Siebenundneunzig Menschen verloren dabei ihr Leben. Als der Tag hereinbrach, fiel sein Licht auf Frauen, die um ihre Männer weinten, Mütter, die um ihre Kinder weinten, und Brüder, die um ihre Schwestern weinten. Kummer und Gram, wohin man schaute. Diebe aus der Gegend kamen und stahlen ihnen Geld und Habe. Schließlich lud sie die thailändische Polizei auf einen Lastwagen und brachte sie ins Flüchtlingslager in Songkhla.

Hong berichtete Dao von dem Flüchtlingsboot, das in der Nähe von Patthani an Land gegangen war. Es hatte nur dreißig Insassen, die Vietnam vom Hafen Ca Mau aus verlassen hatten. Die ganzen beiden ersten Tage und Nächte hindurch kamen sie leicht und gut voran, aber am dritten Tag, als sie sich thailändischen Gewässern näherten, nur zwanzig Meilen von der Insel Cut entfernt, wurden sie von Piraten, die als Fischer getarnt waren, überfallen und ihrer Kleider und Habe beraubt. Jede Frau wurde zweimal vergewaltigt. Nachdem die Piraten wieder fort waren, suchte das Boot weiter nach einem Weg zur Küste. Am folgenden Tag kehrten dieselben Piraten zurück. Sie vergewisserten sich, daß sie auch nichts übersehen

hatten, und dann vergewaltigten sie die Frauen erneut. Selbst nach diesem zweiten brutalen Überfall gelang es den Menschen im Boot mehrmals, an die Küste zu kommen, aber jedes Mal wurden sie von der Küstenpolizei wieder zurück aufs Meer geschleppt.
Zwei Tage darauf wurden sie von drei Piratenbooten auf einmal angegriffen. Aus Wut darüber, daß es nichts mehr zu stehlen gab, erschossen die Piraten zwei der Männer und warfen ihre Leichen ins Meer. Vier andere warfen sie über Bord, den Haien, die sich in der Nähe befanden, zum Fraß. Einem von diesen, einem jungen Mann, gelang es zu entkommen. Er schwamm weit hinaus, klammerte sich an ein Faß, das irgend jemand über Bord geworfen hatte, und verbarg sich dahinter. Die Piraten rammten ihre Schiffe gegen das Flüchtlingsboot. Vier Kinder gerieten in Panik, ergriffen schwimmbare Plastikbehälter und sprangen ins Wasser. Das Boot bekam ein großes Leck, und die Piraten, befriedigt, daß das Boot bald sinken würde, zogen ab. Die Kinder wurden aus dem Wasser gezogen, und das Boot trieb noch drei weitere Tage und Nächte lang auf dem Wasser. Während dieser Zeit wurden sie noch zweimal von anderen Piraten angegriffen. Diese Piraten raubten ihre wenigen noch verbliebenen Kleidungsstücke und vergewaltigten die Frauen, aber sie töteten niemanden. Schließlich, am Morgen des folgenden Tages, wurde dem Boot gestattet, an Land zu kommen, und die Polizei brachte die Flüchtlinge nach Songkhla. Die jüngste Frau im Boot war sechzehn Jahre alt. Sie war zwölfmal vergewaltigt worden und befand sich in einem Zustand geistiger Umnachtung.
Während sie Hong zuhörte, konnte Dao ihre Tränen nicht zurückhalten. Wer wollte wissen, wie viele Grausamkeiten Tag für Tag begangen wurden? Ihre Schultern schüttelten sich vor Schluchzen. Sie konnte die Flut der Angst in sich nicht langer zurückhalten. Niemals würde sie verstehen, wie Men-

schen so grausam zueinander sein konnten. Vielleicht war das Ende der Welt nahe? Sie weinte lange, lange Zeit, so lange, daß der Mond bereits aufgegangen war und über ihr am Himmel schimmerte, als sie aufhörte. Sie sah Hong wie eine Bronzestatue still im Mondlicht sitzen. Hong sagte sanft: »Ich habe dich weinen lassen, damit sich dein Schmerz lindern konnte. Geh jetzt und wasch dein Gesicht in der Quelle. Das wird dich erfrischen. Wir können vor dem Einschlafen das Sutra rezitieren. Es ist schon sehr spät, und ich will morgen früh raus.«

Es war Daos fünfter Tag auf der Insel. Sie wußte, es würde bereits dunkel sein, wenn Hong zurückkehrte, also machte sie sich keine Sorgen, während sie wartete. Sie hielt auf dem Meer Ausschau nach Booten, die in der Nähe der Insel vorbeikamen. Auf Hongs Rat hin hatte sie ein Hemd an einem Stock befestigt, so daß sie damit an den Strand laufen und winken konnte, wenn sie ein Boot erspähte. Aber Dao sah den ganzen Tag über nicht ein einziges Boot.

Als Hong zurückkehrte, berichtete sie Dao von den vielen Flüchtlingsbooten, die sie ganz in der Nähe gesehen hatte. Jedes Boot, das sich der Küste genähert hatte, war entweder vom Kugelfeuer der Polizei abgeschreckt oder zurück in internationale Gewässer geschleppt worden. Hong begegnete einem Boot, das mit einem nichtfunktionierenden Motor ziellos hinter Patthani trieb. Fünfzehn Menschen waren an Bord, alle tot, mit Ausnahme eines Mannes, der kaum noch atmete. Das Essen und das Wasser waren ihnen ausgegangen.

Hong hatte auch gesehen, wie ein thailändisches Fischerboot ein Flüchtlingsboot in Richtung Songkhla geschleppt hatte. Da der Fischer fürchtete, von der Polizei festgenommen zu werden, weil er Flüchtlingen geholfen hatte, durchschnitt er das Tau, das die beiden Boote miteinander verband, bevor sie die Küste erreichten. Das Flüchtlingsboot versuchte gerade, an die Küste zu kommen, als ein Piratenboot hinzukam. Die Piraten nahmen Schmuck, Geld und Kleidungsstücke, soweit sie noch gut genug waren, aber sie vergewaltigten keine Frauen. Schließlich gelang es dem Flüchtlingsboot, an die Küste zu kommen, und die Insassen fanden Aufnahme im Flüchtlingslager Songkhla.

Hong lächelte, als sie Dao von einem seltsamen Boot berichtete, das ihr oftmals im Golf begegnet war. Es war ein thailändisches Fischerboot, das Shantisuk hieß. An Bord konnte Hong Fischereigerät aller Art ausmachen, einschließlich Harpunen für große Fische, aber nicht ein einziges Mal hatte sie die acht »Fischer«, unter denen auch eine junge Frau war, fischen sehen. Hong hatte aber beobachtet, wie sie Flüchtlingsboote mit frischem Wasser, Treibstoff und Seekarten versorgt hatten, auf denen versteckte Felsen und Flüchtlingslager eingezeichnet waren. Einmal war Hong der Shantisuk auch bis zum Hafen von Patthani gefolgt. Wie sie dort unter all den anderen Fischerbooten vor Anker lag, fiel sie überhaupt nicht auf.

Hong war voller Bewunderung für die stille Mission dieses Bootes und begann, ihm mehr Aufmerksamkeit zu schenken. Obwohl nur acht Menschen an Bord waren, sprachen sie in vier verschiedenen Sprachen miteinander – Thai, Französisch, Englisch und Vietnamesisch. Vier von ihnen waren Vietnamesen, drei Thai und einer Franzose. Hong schwamm direkt neben dem Boot her und hielt sich dicht unter der Wasseroberfläche, um ihre Gespräche zu belauschen.

Alle an Bord waren offensichtlich Vegetarier. Eines Morgens sah Hong, wie die vietnamesische Frau einige fliegende Fische, die während der Nacht ins Boot gesprungen waren, wieder zurück ins Meer warf. Sie sah auch, wie die Frau einige lebende Fische, die sie von einem kleinen Fischerboot gekauft hatten, in der Nähe der Küste freisetzte. Hong beobachtete, daß diese Frau sogar mit den Fischen sprach, und sie war sehr bewegt und fühlte sich ihr irgendwie verwandt. Mehrmals hatte die Frau Hong bemerkt und die anderen gerufen, um sie ihnen zu zeigen.

Da sie wußte, daß diese Menschen ihr nichts tun würden, schwamm Hong ohne Angst neben dem Boot her. Durch die Gespräche, die sie belauschte, war ihr bald klar, warum diese Rettungsmission im geheimen durchgeführt werden mußte. Die Regierungen von Thailand, Singapur, Malaysia und Indonesien wollten an ihren Küsten keine Flüchtlingsboote zulassen, und sie nahmen alle Bemühungen, Flüchtlingsbooten auf See zu helfen, sehr übel. Diese Regierungen zogen es vor, die Flüchtlinge auf See sterben zu lassen, anstatt ihre Länder den wirtschaftlichen und politischen Problemen auszusetzen, die eine Aufnahme der Flüchtlinge mit sich bringen würde. Deswegen mußte die Shantisuk sich als Fischerboot tarnen, um Menschen retten zu können. Die thailändischen Insassen, unter ihnen ein junger Mönch vom Lande, waren mit der herzlosen Politik ihres Landes nicht einverstanden. Die acht waren alle Schüler eines spirituellen Lehrers, der in einer kleinen Einsiedelei auf dem Gipfel des Berges Doi Sunthep im Norden Thailands lebte.

Die Vietnamesen an Bord der Shantisuk waren Bürger anderer Länder geworden. Als vietnamesische Staatsangehörige hätten sie niemals Einreisepapiere für Thailand, Malaysia, Singapur und Indonesien bekommen. Der Franzose an Bord, Jean Paul, war früher vor der bretonischen Küste zur See gefahren. Er konnte ebensogut sitzen und meditieren wie Hongs Großmutter, und einmal hatte Hong ihn beobachtet, wie er im vollen Lotussitz am Steuerruder des Bootes saß.

Hong wußte, daß sie große Mengen an Trockennahrung mit sich führten, einschließlich Paketen mit Nudelschnellgerichten, die Jean Paul besonders gern mochte. Obwohl die Shantisuk als Fischerboot getarnt war, war sie in thailändischen Gewässern einmal von Piraten überfallen worden. Das Piratenboot war mit Radar ausgerüstet und konnte mit seinem Achthundert-PS-Motor eine sehr hohe Geschwindigkeit erreichen. Die Piraten bedrohten die Bootsinsassen mit vorgehaltenen Gewehren und raubten ihr Geld und ihre Nahrungsvorräte. Da sie wußten, daß dies kein Flüchtlingsboot war, suchten sie erst gar nicht nach Schmuck oder Gold, und sie ließen die Männer und die Frau unverletzt. Sie alle saßen ruhig da und ließen zu, daß die Piraten sich alles nahmen, was sie wollten.

Nach diesem Überfall schlug Kapitän Luc vor, sie sollten ein Gewehr kaufen, um sich verteidigen zu können. Dies brachte eine Diskussion in Gang, die mehrere Tage und Nächte dauerte. Hong hörte ihnen zu und konnte ihr Dilemma verstehen. Lucs Vorschlag wurde von einigen aus der Crew abgelehnt. Als Schüler eines gewaltlosen Mönches wollten sie keine Waffen benutzen, um sich zu schützen. Aber Luc sagte: »Wenn wir ein Gewehr haben, so heißt das noch lange nicht, daß wir jemanden töten werden.« In der Vergangenheit war Luc ein guter Scharfschütze gewesen, und er war sicher, daß er ein Gewehr benutzen konnte, um in die Luft zu schießen oder irgendein kleines Ziel auf dem Piratenboot zu treffen und so den Piraten Angst einzujagen. Die Frau an Bord lächelte und warf ein, daß jemand nur dann an Gewehre dachte, wenn sein Geist schwach war. Wenn es ihre Motivation war, Menschen zu helfen, so würden sie geschützt sein. »Bevor wir den Berg verlassen haben«, sagte sie, »hat uns unser Meister gesagt, daß wir Leben als heilig achten müssen und nur mit Liebe auf Haß und Gewalt antworten dürfen. Er hat uns aufgegeben, nicht einmal einem Fisch im Meer etwas zuleide zu tun.«

Luc entgegnete: »Ein Gewehr ist lediglich eine äußere Form. Das Wesentliche ist, wie wir diese benutzen. Wir könnten das

Gewehr ausschließlich gewaltlos verwenden. Ich bin sicher, der Meister würde mir zustimmen.«

Inmitten all dieser Diskussionen war ihre größte Sorge, daß die Piraten entdeckt hatten, daß sie ausländische Fischer waren. Die Piraten waren aus Mahachai im Distrikt Samu Sakorn, einem Ort, dem ein schlechter Ruf anhaftete, so wie Cau Muoi in Vietnam.

»Wenn die Mahachai-Piraten uns drangsalieren wollen, werden wir unser Projekt nicht weiterführen können. Wir sind alle erwachsen, und wir haben unsere Entscheidung getroffen. Wir können nicht mit jedem Problem zum Meister auf den Berg zurück, um ihn um Rat zu fragen«, sagte Luc. Und so ging die Diskussion weiter.

Danach begegnete Hong der Shantisuk eine ganze Weile nicht mehr. Aber am Vortag hatte Hong sie in der Nähe der nördlichen Küste von Malaysia gesehen und einiges über ihren Umgang mit den Piraten erfahren, was sehr ermutigend war. In Mahachai war es Luc gelungen, den Anführer der Piraten, die sie überfallen hatten, einen Mann namens Tana oder kurz Tan, als Freund zu gewinnen. Tan, ein vollendeter Meister der Kampfkunst, hatte Luc als Bruder akzeptiert und pries seinen Mut und seine Geschicklichkeit.

Luc war auf eigene Faust nach Mahachai gegangen, um Tan ausfindig zu machen. Tans Gefolgsleute waren völlig verblüfft über den Ausdruck grimmiger Entschlossenheit auf Lucs Gesicht, insbesondere nachdem Luc einen von ihnen, der ihm den Weg versperren wollte, zu Boden geworfen hatte. Als sich Luc erkundigte, wo sich Tan aufhielt, machten sich gleich mehrere Piraten auf, um Tan vor seinem Kommen zu warnen. Tan lud Luc zu sich nach Hause ein und bat ihn, sich zu setzen. Und dann griff Tan Luc plötzlich mit einem Karateschlag an. Luc reagierte blitzschnell, er sprang aus dem Weg, um dem Schlag auszuweichen, und setzte sich dann ruhig wie-

der hin. Tan ergriff ein scharfes Messer vom Tisch und stieß damit drohend in Lucs Richtung. Luc versuchte nicht, das Messer zu ergreifen, er beugte sich nur weit genug zur Seite, um Tans Hieb auszuweichen. Nach einem zweiten Hieb hörte Tan auf, Luc zu testen, und akzeptierte ihn als Bruder.
Tan brauchte einen guten Scharfschützen und lud Luc ein, sich seiner Bande von Piraten anzuschließen. Er versprach auch, seinen Leuten zu befehlen, alles zurückzugeben, was sie von der Shantisuk geraubt hatten. Tan glaubte immer noch, daß Lucs Boot einfach ein Fischerboot sei. Er schlug vor, Luc solle die Shantisuk verkaufen und Kapitän eines mit Radar ausgerüsteten Achthundert-PS-Bootes werden.
Luc wagte nicht, Tans Angebot direkt abzulehnen. Er antwortete, daß er einige Zeit brauche, um das Angebot zu überdenken und es mit seinen Freunden zu besprechen. Luc sagte auch, daß er ein Gewehr brauche, um sich gegen die Piraten verteidigen zu können. Tan sagte, er kenne einige Polizisten und könne Luc einen Waffenschein besorgen. Wie seltsam, dachte Luc, sollte Tan so viel Autorität haben? Luc bekam seinen Waffenschein innerhalb einer Stunde, aber weil seine Freunde sich immer noch weigerten, ein Gewehr an Bord der Shantisuk zu akzeptieren, kaufte er keins.
Fortan wurde Lucs Boot nicht mehr von Tans Leuten belästigt, aber andere Piraten stellten immer noch eine Bedrohung dar, unter ihnen auch eine in Trad ansässige Bande. Die Politik der Shantisuk bestand darin, sich jedesmal, wenn ein Piratenschiff in Sicht kam, mit voller Kraft aus dem Staub zu machen, nach Hongs Ansicht das Klügste, was man tun konnte. Aber die Crew der Shantisuk fürchtete, daß viele der Piratenschiffe Radar und Gewehre hatten und viel schneller waren als sie. Bevor es in dieser Region Flüchtlinge gab, hatten die Piraten malaysische und thailändische Fischerboote angegriffen und manchmal die Fischer an Bord getötet, nachdem sie sie

ausgeraubt hatten. Die thailändische Marinepolizei hatte häufig Patrouillen ausgeschickt, war aber nicht in der Lage gewesen, den Piraten das Handwerk zu legen. Erst kürzlich war eine gesamte Patrouille, angeführt von einem thailändischen Polizeikapitän, in der Nähe der Insel Ko Kut ermordet worden – an derselben Stelle, an der die Shantisuk fast beraubt worden wäre.

Eines Abends, die Shantisuk hatte von Trad aus Segel gesetzt und fuhr in Richtung der Inseln Ko Chang und Ko Kut, entdeckten sie zwei Schiffe. Dank seiner wachen Beobachtung erriet Luc ihre bösen Absichten, als sie noch fünfhundert Meter entfernt waren. Der Kanal war ziemlich eng, und sie wußten, daß sie den Piraten unmöglich ausweichen konnten, wenn sie ihren Kurs beibehielten. Jean Paul beobachtete, daß die Boote einander durch Leuchtfeuer Signale gaben, obwohl es noch hell genug war, um sehen zu können. Um herauszufinden, ob es sich um Piraten handelte oder nicht, lenkte Luc nach rechts, um zu sehen, was sie tun würden. Nachdem sie ein weiteres Leuchtsignal ausgetauscht hatten, lenkten die beiden Boote ebenfalls nach rechts, um der Shantisuk den Weg zu versperren. Hong, die ganz in der Nähe war, begann sich schon Sorgen zu machen. Aber da drehte die Shantisuk plötzlich um und floh mit voller Geschwindigkeit zurück nach Trad, wo viele andere Boote immer noch vor Anker lagen. Um drei Uhr in der Frühe stach die Shantisuk dann gemeinsam mit einer Flotte anderer Fischerboote in See, um einen Überfall zu vermeiden. Von da an mied die Shantisuk die Gegend um Trad.

Eine geraume Zeit hatten die Piraten nun schon ganz nach Belieben schalten und walten können, und niemand konnte sie unter Kontrolle bringen. Nachdem Piraten zum ersten Mal auf einem Flüchtlingsboot Gold gefunden hatten, hatte sich die Nachricht wie ein Lauffeuer verbreitet. Einige Piraten hatten auf See Territorien abgesteckt, wo nur sie Flüchtlingsboote angreifen durften, besonders in der Nachbarschaft von Ko Kut und Ko Chang, wo die meisten Flüchtlingsboote vorbeikamen. Tag für Tag vermehrten Armut und schwierige Lebensverhältnisse die Zahl der Piraten. Viele waren keine »Professionellen« insoweit als sie keine Gewehre hatten, sondern statt dessen Messer, Hämmer und Schlagstöcke. Die thailändischen Behörden waren sich der Umtriebe der Piraten sehr wohl bewußt, aber weil sie nicht wollten, daß noch mehr Flüchtlinge an Land kamen, schlossen sie die Augen vor den Grausamkeiten, die begangen wurden. Doch selbst wenn die Behörden die Piraterie hätten in den Griff bekommen wollen, wäre es ihnen wohl kaum gelungen.

Eines Tages, als die Shantisuk vor Chanthaburi lag, wurde Luc von einem Thai angesprochen, der vorschlug, sie sollten die Jolle nehmen und ausfahren, um nach Gold zu suchen. Als Luc fragte, wo denn Gold zu finden sei, antwortete der Mann, er wisse von Gold, das auf einer kleinen Insel bei Ko Kut vergraben sei. Nachdem er ihn vorsichtig ausgefragt hatte, erfuhr Luc, daß der Mann der einzige Überlebende einer Bande von achtzehn Piraten war, die bei Ko Kut vier Flüchtlingsboote ausgeraubt und die Beute auf einer nahe gelegenen kleinen Insel vergraben hatten. Kurz darauf waren sie von einer anderen Piratenbande angegriffen worden, weil sie in deren Territorium eingedrungen waren, und außer ihm waren alle umgekommen. Und jetzt wollte er, daß Luc ihn zu dieser Insel begleitete, um das Gold zu holen. Luc weigerte sich, er sagte, er traue sich das nicht zu. Aber wie Hong wußte, war der wahre Grund, daß Luc sich nicht des Goldes wegen im Golf von Thailand aufhielt.

Hong berichtete Dao, daß die größte Gefahr für die Flüchtlinge die Piraten waren. Die Piraterie hatte sich so ausgeweitet, daß fast jedes Flüchtlingsboot mindestens einmal überfallen wurde.

Einige waren mehr als zehnmal überfallen worden. Der Durchschnitt lag bei drei- oder viermal. Einige Piraten waren sehr grausam und brutal. Andere hatten Mitleid mit den Flüchtlingen, nachdem sie sie ausgeraubt hatten, und erklärten sich sogar bereit, sie näher an die Küste zu schleppen. Wieder andere Piraten töteten alle an Bord und versenkten das Boot, nachdem sie die Frauen vergewaltigt hatten. Andere nahmen nur Geld und Kleidungsstücke, rührten aber die Frauen nicht an.
Dao zitterte, während sie Hong zuhörte. Sie fühlte, wie ihr der Mut schwand. Aber Hong versprach, ihr möglichstes zu tun, um Dao ans andere Ufer zu helfen, ohne sie weiteren Begegnungen mit Piraten auszusetzen. In jener Nacht bat Dao Hong, sie das Sutra vom Herzen des vollkommenen Verstehens zu lehren. Sie wußte, das Sutra würde ihr Gelassenheit schenken und ihren Mut stärken. Aus Trauer über ihr eigenes Schicksal und das ihres ganzen Volkes weinte Dao sogar noch im Schlaf.

Als sie aufwachte, wußte Dao sofort, daß Hong bereits auf dem Meer war. Sie ging zur Quelle, um sich zu waschen, und dann aß sie einen Keks, um ihren Hunger zu stillen, und trank noch etwas Quellwasser. Dao erkletterte einen großen Felsbrocken, der im Schatten lag, und versuchte zu sitzen und zu meditieren. Sie hatte niemals zuvor meditiert, aber sie imitierte die Haltung mit gekreuzten Beinen und hielt ihren Rücken gerade. Einmal hatte sie jemanden sagen hören, das Atmen sei der wichtigste Teil des Meditierens, also begann sie, langsam und ruhig zu atmen, und entspannte ihr Gesicht mit einem leichten Lächeln. Nach fünfzehn Minuten fühlte sich Dao entspannt, erfrischt und ziemlich stabil, sowohl körperlich als auch geistig.
Dao begann, das Herz-Sutra zu rezitieren. Nachdem sie es mehrmals rezitiert hatte, lächelte sie, weil sie merkte, daß sie Hongs Stimme imitierte. Sie verstand die Bedeutung der Wor-

te des Sutra nicht, aber es klang freudig und tröstend. Ein Abschnitt berührte sie ganz besonders:

Höre, Shariputra, alle Dharmas sind durch Leerheit gekennzeichnet. Sie werden weder geschaffen noch vernichtet, sie sind weder profan noch heilig, sie wachsen nicht und vermindern sich nicht. Deshalb gibt es in der Leere weder Form noch Gefühl noch Wahrnehmung noch geistige Formationen noch Bewußtsein.

Und es schien Dao, daß sich ihr das Sutra, wenn sie es vielleicht tausendmal wiederholte, in seiner ganzen Tiefe erschließen würde.
Diese Worte hatten gleichzeitig die Sanftheit von am Himmel dahinsegelnden Wolken und das gewaltige Kraftpotential eines Donnerschlages. Dao wußte, daß sie etwas sehr Wichtiges enthielten, obwohl es ihr nicht gelang, ihre Bedeutung zu erschließen. Gleichzeitig wußte sie aber, daß sie etwas verstanden hatte, obgleich sie nicht sicher war was. Sie wußte nur, daß sie sich zu diesen Worten hingezogen fühlte.
Dao hörte auf zu rezitieren, als sie sah, daß Hong viel früher als gewöhnlich zurückgekehrt war. Die Sonne stand voll im Zenith. Dao lief Hong entgegen, führte sie zu einem schattigen Platz und ging, um ein wenig Wasser zu holen. Als sie getrunken hatte, sah Hong Dao an und sagte:
»Ältere Schwester, mach dich bereit, heute nachmittag zum anderen Ufer überzusetzen.«
Bevor Dao irgendeine Frage stellen konnte, sprach Hong weiter: »In etwa drei Stunden wird hier ein Flüchtlingsboot vorbeikommen. Du hast genügend Zeit, dich vorzubereiten. Nimm die Kekse und den Kleidersack mit. Wenn das Boot sich nähert, sag den Bootsleuten, sie sollen an Land kommen und ihre Wasserbehälter auffüllen. Ich werde ihre Aufmerksam-

keit auf dich lenken, um sicherzugehen, daß sie dich sehen und dich abholen kommen.«
Dao griff nach Hongs Arm: »Wirst du mit mir kommen? Ich habe solche Angst.«
Hong lächelte und sagte: »Warum sollte ich auf die andere Seite übersetzen? Ich muß hierbleiben. Ich muß weiterhin nach meiner Mutter suchen und Flüchtlingen helfen, die in Not geraten. Heute ist das thailändische Neujahrsfest, und alle sind zu Hause und feiern. Kein einziges Piratenschiff ist in Sicht, nicht einmal ein Fischerboot. Laß uns zum Strand hinuntergehen, und ich werde dir die Route von hier bis Ko Kut, von Ko Kut nach Ko Chang und von Ko Chang zum Leam-Sing-Distrikt in der Provinz Chanthaburi in den Sand zeichnen. Die Dorfbewohner in diesem Gebiet bringen Flüchtlinge an Land und geben ihnen Essen, Wasser und Medikamente. Morgen schon wird die Polizei dich und die anderen zum Flüchtlingslager Leam Singh eskortieren.«
Hong führte Dao zum Strand hinunter. Mit dem Finger zeichnete sie eine Karte des Golfes von Thailand in den Sand und erklärte sie Dao in allen Einzelheiten. Sorgfältig wies sie auf die Stellen hin, an denen versteckte Felsen lagen, und zeigte Dao, wie sie den Meeresspiegel sorgfältig beobachten und Stellen vermeiden konnte, wo die Wellen anzeigten, daß dort große Felsen unter Wasser lagen. Hong lehrte Dao, wie sie nach dem Stand der Sonne und der Sterne und anhand der Lage der Inseln Ko Kut und Ko Chang die Richtung bestimmen konnte. Dann wischte sie die Karte wieder aus und bat Dao, sie allein zu zeichnen und alles, was sie ihr gesagt hatte, laut zu wiederholen. Hong erklärte alles, was Dao noch nicht vollkommen begriffen hatte, noch einmal.
Als sie fertig waren, fragte sie Dao: »Kennst du irgend jemanden in Europa, Australien oder Amerika?«
»Ja, ich habe einen Onkel in Frankreich.«

Hong riet ihr: »Wenn du in Leam Sing ankommst schreib sofort einen Brief an deinen Onkel. Bitte Pfarrer Doug Kellum, der einmal pro Woche nach Leam Sing kommt und den Flüchtlingen hilft, diesen Brief für dich in Chanthaburi zur Post zu geben. Bitte deinen Onkel, ein Telegramm an Dat im Pulau-Bidong-Flüchtlingslager in Malaysia, vor der Küste von Kuala Trengganu, zu schicken und ihm zu sagen, daß du noch lebst und dich im Lager Leam Sing aufhältst. Du kannst auch einen Brief an Dat direkt schreiben. Sag dem UN-Vertreter, daß du einen Onkel in Frankreich hast und daß du einen Antrag stellen möchtest, dort angesiedelt zu werden. Dat beabsichtigt doch auch, eine Übersiedlung nach Frankreich zu beantragen, oder? Erinnere ihn daran, daß er ausdrücklich beantragen soll, nach Frankreich gehen zu dürfen. Und wenn du im Lager ankommst, vergiß nicht, auf jeden Fall dafür zu sorgen, daß du von einem Arzt untersucht wirst. Sag ihm dann unter vier Augen, daß du nicht willst, daß von den Piraten irgendwelche Narben in deinem Körper oder deinem Geist zurückbleiben.«
Als sie aufschaute, sah Dao in Hongs Augen zwei Tränen glitzern. Sie umarmte Hong fest. »Ich werde es genauso machen, wie du sagst, kleine Schwester. Werde ich dich jemals wiedersehen?«
Hong entzog sich sanft Daos Armen und führte sie zu einem Felsen im kühlen Schatten. Sie sagte: »Es mag sein, daß wir uns wiedersehen, aber ich bin nicht sicher. Deshalb laß uns dies als unseren letzten gemeinsamen Nachmittag betrachten. Hör zu, ältere Schwester, Flüchtlinge strömen jetzt in so großer Zahl aus dem Land, daß alle Nachbarländer übereingekommen sind, strenge Maßnahmen zu ergreifen, um ihnen die Einreise zu verwehren. Sie lassen ihre Strände sorgsam von der Polizei bewachen, um Flüchtlinge daran zu hindern, an Land zu kommen. Aber das ist noch nicht alles. Sie planen auch, Demonstrationen zu organisieren, die ihre Politik, die Flücht-

linge in ihre Boote zurückzuzwingen und sie wieder in internationale Gewässer zu schicken, unterstützen sollen. Wenn sie einen solchen Plan ausführen, werden all unsere Leute sterben. Ich hoffe, die internationale öffentliche Meinung wird dies verhindern. Aber sobald du im Flüchtlingslager bist, mußt du unsere Leute warnen, damit sie darauf vorbereitet sind, sich zu verteidigen. Haltet zusammen und findet Wege, um solche Aktionen zu verhindern. Sogar nachts müßt ihr auf der Hut sein und bereit, Widerstand zu leisten. Wenn sie euch befehlen, wieder zurück in euer Boot zu gehen, weigert euch, selbst wenn sie euch ihre Gewehre auf die Brust halten. Falls ihr sehen solltet, daß sie ihre Drohungen wahrmachen wollen, müßt ihr irgendeinen Weg finden, alle sich außerhalb des Flüchtlingslagers noch am Strand befindlichen Boote zu versenken oder zu zerstören.

Das Leben in dem Flüchtlingslager, in das du bald kommen wirst, ist sehr hart, ebenso wie in den anderen Lagern in Songkhla, Pulau Bidong, Pulau Tengah, Pulau Pinang und vielen anderen in dieser Region. Du wirst vier, sechs oder vielleicht sogar acht Monate dort bleiben müssen. Wenn du kannst, ältere Schwester, bitte ich dich, als besonderen Gefallen für mich, deine ganze Energie für die notleidenden Menschen im Lager einzusetzen.«

Hong sah auf und lachte, obwohl ihre Augen noch feucht von Tränen waren. »Ich habe gute Nachrichten. Kapitän Luc hat Tan erneut getroffen, und diesmal hat er Tan die ganze Wahrheit über die Shantisuk erzählt. Er sagte zu ihm: ›Ritter unterdrücken ihresgleichen niemals. Ihr könnt vorübergehend Gold von den Reichen stehlen, um denen zu helfen, die hungrig sind, aber niemals habt ihr das Recht, zu töten oder zu vergewaltigen. Niemals sollten deine Leute deinen guten Namen beschmutzen.‹ Luc war sehr mutig, und Tan versprach, seinen Leuten einen entsprechenden Befehl zu geben.

Aber, ältere Schwester, es gibt auf dem Meer Hunderte von Piratenbanden. Mag sein, daß die paar Leute von Tan Leben und Wohlergehen der Flüchtlinge nicht bedrohen werden, aber was ist mit all den anderen? Die Shantisuk selbst wird ja von anderen Piratenbanden bedroht. Ich fürchte, daß sie eines nicht allzu fernen Tages nicht mehr wird aussegeln können. Ich fürchte für das Leben ihrer Besatzung. Vielleicht wird der Meister auf dem Berg Doi Suthep sie ja zurückrufen, weil es auf See zu gefährlich für sie wird. Aber schau, da in der Ferne naht dein Boot! Nimm den Stock mit dem Hemd, und wir gehen hinunter zum Strand.«
Am östlichen Horizont sah Dao einen schwarzen Punkt. Von Minute zu Minute wurde er größer, bis sie schließlich ganz deutlich erkennen konnte, daß es ein Flüchtlingsboot war. Hong sagte: »Warte, bis sie noch ein wenig näher sind, und dann winke mit dem Hemd. Erzähl niemandem von mir, okay? Ich werde hinausschwimmen und ihre Aufmerksamkeit erregen, so daß sie dein Hilfesignal sehen. Denk an das, was ich dir gesagt habe, und denk besonders daran, daß ihr sofort euer Boot zerstören müßt, wenn ihr an Land gekommen seid.«
Hong umarmte Dao fest. Dann, ganz wie ein Kind, machte sie sich unvermittelt von Dao los und lief zum Wasser. Sie tauchte im Meer unter und schwamm hinaus, bis Dao sie nicht mehr sehen konnte. Dao schwenkte das Hemd an ihrem Stock hin und her. Sie ging vorwärts, bis ihr das Wasser an die Knie reichte, die ganze Zeit über ihre Flagge schwenkend. Die Menschen im Boot sahen ihr Signal, und der Steuermann änderte seinen Kurs und lenkte auf die Insel zu.

Der Mondbambus

Es ging bereits auf den Abend zu, als Mia die letzte Schute mit Bambusschößlingen gefüllt hatte. Sie hob die Schute auf ihre Schulter und machte sich auf den Weg, der aus dem Bambushain hinausführte. Ihre beiden Cousinen, Chanh und Cam, saßen auf dem Hügel im Schatten eines Banyan-Baumes und kämmten einander müßig die Haare, während sie auf Mia warteten. Als sie sie schließlich herankommen sahen, klopften sie ihre Kleider ab, hoben ihre eigenen Schuten auf die Schultern und schlossen sich Mia zum gemeinsamen Heimweg an.

Seit dem frühen Morgen hatte Mia sehr schwer gearbeitet. Chanh und Cam hatten erst einige wenige Bambusschößlinge gepflückt, als sie die Arbeit ruhen ließen, um sich im kühlen Schatten des Baumes auszuruhen. Mia, sorgfältig nur die jüngsten, zartesten Schößlinge auswählend, füllte erst einmal die Schuten ihrer Cousinen, bevor sie sich an ihre eigene machte. Sie wußte, daß ihre Tante sie schlagen würde, wenn sie Schößlinge pflückte, die nicht zart und süß waren.

Seit dem Tag, als Mia zur Waise wurde und bei der Schwester ihrer Mutter Aufnahme fand, hatte sie Grausamkeiten und Mißhandlungen erdulden müssen. Weil Mia hübscher war als ihre älteren Cousinen, waren diese eifersüchtig auf sie und brachten es immer fertig, sie bei ihrer Mutter anzuschwärzen, obwohl es eigentlich meist Mia war, die die ganze Arbeit für sie erledigte.

Als die drei Mädchen einen Hain aus Sim-Bäumen erreichten, der eine Quelle säumte, legten sie ihre Bündel ab und ruhten sich aus. Chanh erklärte, sie sei hungrig und wolle eine Sim-

Frucht. Vergnügt pflückten die Mädchen einige Früchte und lagen dann im Gras, das süßsaure Aroma genießend. Es dauerte nicht lange, da ging der Mond am Himmel auf, und Mia drängte ihre Cousinen zur Heimkehr, aber sie hörten nicht auf sie. Cam wollte in der kühlen Quelle ein Bad nehmen, und so warfen die drei Mädchen ihre Kleider ab und sprangen in das erfrischende Wasser, kichernd und einander zurufend, während sie sich gegenseitig bespritzten.

Plötzlich hörte Mia, wie jemand sich leise räusperte. Sie drehte sich um, sah jedoch niemanden. Sicher, daß das Räuspern von einem Mann und nicht von einer ihrer Cousinen gekommen war, schaute sie auf und erblickte zu ihrer Überraschung im Mond einen jungen Bauern, der sich auf seine Hacke stützte, herniederschaute und sie anlächelte. Mia schämte sich schrecklich und tauchte rasch unter, während Chanh und Cam nichtsahnend weiteralberten. Als einige vorbeiziehende Wolken den Mond verdeckten, eilte Mia aus dem Wasser und schlüpfte geschwind in ihre Kleider. Chanh und Cam, die dachten, Mia sei des Schwimmens müde, riefen ihr zu: »Los Mia! Schwimm noch ein wenig! Warum hast du es so eilig, nach Hause zu kommen?«

Ohne zu antworten, hob Mia ihr Gesicht. Das sanfte, schimmernde Mondlicht schien durch die aufreißenden Wolken, und die drei Mädchen erblickten nun alle den jungen Bauern. Aber er schaute nicht nach Chanh oder Cam. Sein Blick galt nur Mia, die versuchte, sich hinter den dichtbeblätterten Zweigen des Baumes zu verstecken. Ihren Cousinen paßte es gar nicht, daß Mia so viel Aufmerksamkeit zuteil wurde, und sie taten ihr möglichstes, um die Aufmerksamkeit des jungen Mannes auf sich zu lenken, jedoch ohne Erfolg. Einen Augenblick später bedeckten wieder dichte Wolken den Mond, und die zwei Cousinen, ärgerlich und enttäuscht, kletterten ans Ufer, warfen sich die Kleider über und hoben ihre Bambus-

schuten auf. Auf dem Heimweg sprachen weder Chanh noch Cam auch nur ein Wort mit Mia. Der Mond zeigte in dieser Nacht sein Gesicht nicht wieder. Mias Tante schalt die Mädchen, daß sie so spät heimgekommen waren und daß sie so holzige Bambusschößlinge gepflückt hatten. Eigentlich waren alle Schößlinge, die Mia gepflückt hatte, jung und zart, gerade richtig zum Essen. Die holzigen Schößlinge hatten ihre achtlosen Cousinen gepflückt. Aber sie gaben vor, nichts zu wissen, und die ganze Schande fiel auf Mia. Natürlich war es auch nicht Mias Idee gewesen, so spät nach Hause zu kommen, wie sie sehr wohl wußten. Sehr wahrscheinlich wußte das auch Mias Tante, aber sie hatte sich bereits daran gewöhnt, all ihren Ärger an Mia auszulassen.
Am nächsten Abend fand im Dorf ein Vollmondfest statt, aber Mia durfte nicht hingehen. Um zu verhindern, daß Mia wieder die ganze Aufmerksamkeit des Mannes im Mond auf sich lenkte, erzählten Chanh und Cam ihrer Mutter, Mia solle daheimbleiben, um die Schweine vor Dieben zu beschützen. Außerdem versteckten sie Mias einziges gutes Kleid im Reisfaß, denn sie wußten, daß sie sich in ihren zerrissenen Hauskleidern nicht hinauswagen würde.
Das stete Schlagen der Dorftrommeln erklang die ganze Nacht hindurch, wie ein Echo von Mias eigenem heftigen Herzschlag. Es gab so wenige Vollmondfeiern im Jahr, so wenige Nächte zum Singen und Tanzen, und sie durfte nicht dabeisein und an dem Vergnügen teilhaben. Um ihre Enttäuschung zu lindern, blickte Mia von der Veranda aus den Mond an. Keine Wolke war am Himmel, und der Mond schimmerte hell. Aber heute war keine Spur von dem jungen Bauern zu sehen, der seine Felder mit der Hacke bearbeitete. Wußte er nicht, daß auf der Erde eine Feier stattfand? Das helle Mondlicht und das stete Schlagen der Trommeln steigerten Mias Enttäuschung ins Unerträgliche. Sie entschloß sich, trotz der Anweisungen

ihrer Tante der Feier beizuwohnen. Aber als sie ins Haus ging, um sich umzuziehen, konnte sie ihre guten Kleider nirgends finden. Sie wußte sofort, daß ihre Cousinen sie versteckt haben mußten. Vergeblich suchte sie überall und setzte sich schließlich nieder, um über ihre Lage nachzusinnen.

Sie dachte daran, wie ihre Tante und ihre Cousinen sie in den zurückliegenden Jahren behandelt hatten. Sie erinnerte sich der Zeiten, in denen sie gehungert, der Schläge und Flüche, die sie erduldet hatte. Chanh und Cam bekamen jedes Jahr neue Kleider, Mia hatte seit drei Jahren nichts Neues mehr bekommen, und nun hatten sie sogar noch ihr ohnehin sehr abgetragenes Festkleid versteckt. Je länger sie über ihre Lage nachdachte, desto größer wurde ihre Empörung. »Wie können sie so grausam sein?« dachte sie. »Ich haben ihnen nie etwas getan, und sie tun mir ständig weh.« Und so entschloß sie sich fortzulaufen. Sie nahm nur ihr Messer, das ihr persönlicher Besitz war, trat vors Haus und verriegelte die Tür hinter sich. Dann ging sie ganz allein in den Wald, einem neuen Leben entgegen.

Als Chanh, Cam und die Tante spät nachts zurückkehrten, konnten sie Mia nirgends finden. Sie vermuteten, daß sie entwischt sei, um heimlich auf die Vollmondfeier zu gehen, sogar in ihren zerlumpten Kleidern, und die Tante erklärte, sie werde Mia am Morgen für ihren Ungehorsam schlagen. Aber auch am nächsten Tag kehrte Mia nicht zurück. Chanh mußte das Wasser vom Brunnen holen, das ganze Essen kochen und das Haus fegen. Cam mußte Entengras im Sumpf pflücken und für die Schweine Kleiebrei kochen. Während der Arbeit verfluchten sie Mia. Wenn Mia dagewesen wäre, hätten sie niemals ihre Hände mit solcherlei Arbeit schmutzig gemacht. Einige Tage verstrichen, und noch immer gab es keine Spur von Mia. Sie wußten jetzt, daß sie fortgelaufen war. Ohne Mia kam die Hausarbeit zum Erliegen, und Tante und Cousinen erkannten, wie sehr sie auf sie angewiesen waren. Chanh und Cam waren nur gewillt, das Allernötigste zu tun, wie Wasser aus dem Brunnen holen und Essen kochen. Sie vernachlässigten alle anderen Arbeiten, wie das Haus in Ordnung bringen, wischen und schrubben, den Garten pflegen und die Tiere füttern. Die Leute im Dorf wußten sehr wohl, daß die grausame Behandlung, die Mia durch ihre Tante hatte erdulden müssen, der Grund für ihre Flucht war.

Im Dorf lebte ein sympathischer und fleißiger junger Mann namens Tao. Er war in Mia verliebt, und seine Mutter hatte bei der Tante um Mias Hand für ihren Sohn angehalten. Aber die Tante hatte nur geantwortet, sie müsse erst Ehemänner für Chanh und Cam finden. Sie schlug vor, Tao solle Chanh heiraten, aber der hatte das rundweg abgeschlagen. Mia wußte von alldem. Sie wußte, daß Tao sie liebte, und auch sie fühlte sich zu ihm hingezogen. Aber ans Heiraten hatte sie bisher noch nicht viel gedacht.

Eines Morgens ging Tao am Haus der Tante vorbei, um sich nach Mias Verschwinden zu erkundigen, und kam gerade dazu, als die Tante Männer anheuerte, die im Wald nach Mia suchen sollten. Sie trugen Pfeile und Bogen und lange Messer und schienen mehr für eine Jagd auf wilde Tiere gerüstet als für die Suche nach einem jungen Mädchen. Tao schloß sich ihnen an, aber auch nach drei Tagen des Suchens hatten sie noch immer keine Spur von Mia gefunden. Sie kamen schließlich überein, daß sie von einer Boa oder einem Tiger lebendig verschlungen worden war, mit Haut und Haaren. Tao kehrte schweren Herzens nach Hause zurück. Drei Tage lang brachte er keinen Bissen hinunter.

Das Bedauern der Tante war natürlich weiter nichts als das Bedauern, das man empfinden würde, wenn man eine gute Dienstmagd verliert. Als sie sah, wie es jetzt um ihren Haushalt bestellt war, begann sie Chanh und Cam auszuschelten und sie anzuschreien, und die Atmosphäre im Haus wurde immer unerträglicher.

Eines Tages, als sie gerade im Wald wilde Feigen sammelte, hörte Mia, wie sich eine Gruppe von Männern näherte. Geschwind sah sie sich nach einem Versteck um und fand eine Aushöhlung in einem Baumstamm, die gerade groß genug war, um sie aufzunehmen. Von diesem sicheren Versteck aus belauschte sie das Gespräch der Männer und erfuhr, daß sie von ihrer Tante angestellt waren, um sie zu finden. Sie wußte, daß sie sicherlich Schläge bekommen würde, wenn sie zu ihrer Tante zurückgebracht würde. Also verhielt sie sich mucksmäuschenstill.

Nach einer Weile sagte einer der Männer: »Wir haben jetzt überall gesucht. Sehr wahrscheinlich ist sie von einem Tiger gefressen worden. Laßt uns umkehren.« Mia wartete, bis die Männer außer Reichweite waren, bevor sie wieder richtig zu atmen wagte. Dann kletterte sie vorsichtig aus dem Baum heraus. Ihr schauderte bei dem Gedanken, wie es ihr ergangen wäre, wenn man sie gefunden hätte.

Von da an wußte Mia, daß niemand mehr nach ihr suchen würde. Erleichtert schnitt sie sich Blätter und Zweige zurecht, um eine kleine Hütte zu bauen. Sie kannte den Wald gut, und es fiel ihr nicht schwer, Früchte und wilde Pflanzen zum Essen zu finden. Sie hatte Glück und traf nicht auf Giftschlangen. Oft sah sie Hasen und Wild, aber sie hatte nicht das Bedürfnis, diese zu jagen und ihr Fleisch zu essen.

Eines Tages, als sie gerade Bambusschößlinge sammelte, fand Mia einen ganz zarten rosigen Trieb, samtweich und zart wie ein Pfirsich. Sie nahm ihr Messer und grub das Pflänzchen damit aus, sorgfältig darauf bedacht, seine Wurzeln nicht zu verletzen. Dann trug sie es vorsichtig zu ihrer Hütte. Täglich begoß sie nun das zarte Pflänzchen, und zu ihrer Freude wuchs

es schnell zu einem starken Bambusbaum mit smaragdgrünem Stamm und weichen, glänzenden Blättern heran. Liebevoll kümmerte sie sich weiter um das Bäumchen, und es dauerte nicht lange, da war der junge Bambusbaum so hoch geworden, daß er das Dach ihrer Hütte um ein Dreifaches überragte.
Eines Nachts war es zu heiß und feucht, um zu schlafen. Mia beschloß, sich zu erfrischen und in einem kühlen Fluß in der Nähe ein Bad zu nehmen. Der Mond erleuchtete den Wald. Während sie im Wasser planschte, erinnerte sich Mia an die Nacht, an diese so ferne Nacht, als sie und ihre Cousinen unterwegs auf ein Bad angehalten hatten. Mia hob ihr Gesicht zum Mond, und es verschlug ihr vor Überraschung fast den Atem, als sie wieder den jungen Bauern erblickte, der seine Felder beackerte. Er schaute herab und lächelte sie an.
Voller Scheu und Verwirrung tauchte Mia rasch unter, nur ihre Nase und ihre Augen waren jetzt noch zu sehen. Einen Augenblick später segelten ein paar Wolken heran und verdeckten den Mond. Mia eilte ans Ufer, zog sich an und rannte zurück zu ihrer Hütte. Der Mond enthüllte sich in dieser Nacht nicht wieder. Schwarze Wolken standen am Himmel, und ein heftiger Sturm hub an. Die ganze Nacht hindurch prasselte der Regen herunter.
Im Morgengrauen wurde Mia vom Geräusch des Wassers geweckt, das rauschend über die Ufer des Flusses trat. Wasser strömte von den Bergen herunter und umflutete Mias Hütte. Der Wind heulte. Als Mia nach draußen schaute, war alles, was sie sehen konnte, das gischtige tosende Wasser. Sie wußte nicht, was sie tun sollte, um sich zu retten. Wasser rauschte in ihre Hütte und reichte ihr erst bis an die Knöchel und schließlich bis zu den Knien. Von Panik gepackt lief sie nach draußen und klammerte sich an den Bambusbaum.
Sie begann, den Baum zu erklettern. Als sie so hoch war wie das Dach ihrer Hütte, sah Mia über den Wald. Alles, was sie

sehen konnte, war ein dichter Vorhang aus silbrigem Regen. Als die Flut weiter anstieg, kletterte sie sogar noch höher, mit Armen und Beinen den Bambusstamm umklammernd. Der Baum stand stark und fest, während die rauschenden Wasser ihn umtosten. Mia kletterte weiter und war bald höher als die höchsten Bäume des Waldes. Es fühlte sich jetzt so an, als ob der Bambusbaum selbst sich auch in die Höhe streckte, wobei seine grünen Blätter abwechselnd im tosenden Regen verschwanden und wieder auftauchten.
Ein mächtiger Windstoß fegte heran, und der Bambus lehnte sich zu Mias altem Dorf hinüber, bis er sich genau über dem Haus ihrer Tante befand. Mia sah auf das Haus hinunter, das von Areca-Palmen umgeben war, die wild im Wind hin und her schaukelten. Sie wußte, daß sie aufs Dach hinunterspringen konnte, wenn sie nur wollte. Aber sie hatte die jahrelangen Mißhandlungen durch ihre Cousinen und ihre Tante nicht vergessen. Sie zögerte. Sollte sie springen und sich in Sicherheit bringen? Nein, lieber würde sie sterben, als zu ihrem alten Leben zurückzukehren. In diesem Augenblick richtete sich der Bambus wieder auf und reckte sich geradewegs zum Mond hinauf. Als sie die Oberfläche des Mondes nur einige Meter vor sich sah, raffte Mia die ganze ihr noch verbleibende Kraft zusammen und erkletterte das letzte Stückchen Baum. Dann streckte sie sich und setzte einen Fuß auf den Mond.
Die unvertraute Oberfläche des Mondes schien bizarr. Felsen, Boden und Sand waren goldgelb, nicht so wie die braunen, roten und schwarzen Töne, die Mia von der Erde gewohnt war. Vor sich sah sie Felder mit einer seltsamen Sorte Reis, fremdartige Gemüsegärten und kleine Dörfer in der Ferne. Die Häuser hatten viele Fenster und waren viel solider gebaut als die mit Stroh und Palmblättern gedeckten Hütten, die Mia kannte.
Mia hörte Vogelgezwitscher und blickte nach oben. Sie hatte

niemals zuvor einen solchen Vogel gesehen. Und auch der Zweig, auf dem er saß, war anders als jeder Zweig, den sie bisher gesehen hatte. Mia stieß auf eine Überraschung nach der anderen. Sie folgte einem Pfad, der sich am Saum eines Feldes entlangzog, und entdeckte, daß er zu einem blitzsauberen Häuschen führte. Vor dem Tor zögerte sie.

Mia war überrascht, als sie den vertrauten Laut eines sich leise räuspernden Mannes hörte. Sie drehte sich um, und vor ihr stand der junge Bauer, den sie gesehen hatte, als sie auf der Erde gebadet hatte. Seine Hacke hatte er über die Schulter gelegt, und er strahlte wie jemand, der gerade einen Schatz gefunden hat. Mia war zu eingeschüchtert, um zu sprechen, aber ihr war klar, daß sie da nicht so einfach herumstehen konnte. Schließlich war es ja ihre eigene Entscheidung gewesen, auf den Mond zu kommen. Sie atmete ein, um sich zu beruhigen, und fragte dann: »Ist das dein Haus?«

Der junge Bauer nickte. »Und du bist eine Erdenfrau, die gerade auf dem Mond angekommen ist?«

Seine Sprache klang fremd in ihren Ohren, und doch verstand ihn Mia irgendwie. Sie nickte und sagte: »Auf der Erde gab es eine Flut, also kletterte ich hier herauf. In ein paar Tagen werde ich wieder nach Hause zurückkehren.«

Der junge Mann lud Mia in sein Haus ein und bewirtete sie mit einem erfrischenden Getränk. Lange Zeit saßen sie da und sprachen miteinander. Mia erfuhr, daß sein Name Dan war und daß er allein lebte. Seine Eltern waren beide gestorben, und seine jüngeren Schwestern waren verheiratet und lebten weiter entfernt in anderen Dörfern. Dan nannte mehrere Hektar Land sein eigen, die er beackerte und auf denen er ein seltsames, reisartiges Getreide anbaute, eine Art Süßkartoffel und Obstbäume. Er kümmerte sich selbst um das ganze Land.

Scheu sagte Mia: »Und heute ist nicht das erste Mal, daß ich dich sehe.«

Dan lächelte. »Und es ist auch nicht das erste Mal, daß ich dich sehe. Das erste Mal war, als du mit den beiden anderen Mädchen auf dem Feld warst, um Bambusschößlinge zu sammeln. Ihr drei habt in einer Quelle ein Bad genommen. Dann sah ich dich wieder, allein im Wald, mehrere Male – wie du eine Hütte bautest, dich um einen jungen Bambusbaum kümmertest, wilde Früchte und Körner sammeltest. Und letzte Nacht sah ich dich wieder, wie du allein ein Bad genommen hast.«

Mia erinnerte sich an die vergangene Nacht, als der Mond hell geschienen hatte. Sie senkte den Kopf. Als sie ihre zerschlissenen Kleider sah, schämte sie sich und bedeckte mit der Hand die Risse in ihrem Kleid, die ihre Haut freigaben.

Dan sagte sanft: »Mach dir deswegen keine Sorgen, Fräulein Mia.« Er ging in das hintere Zimmer und bot ihr Kleider an, die seiner jüngeren Schwester gehört hatten. Mia zögerte, aber dann nahm sie sie an. Dan führte sie ins Schlafzimmer und ließ sie dort allein, während er die Tür hinter sich schloß. Mia zog ihre alten Kleider aus, die noch immer feucht vom Regen waren. Sie hielt die seltsamen Kleider hoch, die Dan ihr gegeben hatte. Erst nach einigen Versuchen fand sie heraus, wie man sie tragen mußte.

Sie trat heraus und fragte Dan, ob sie ihre eigenen Kleider waschen könne, so daß sie die Sachen seiner Schwester zurückgeben könnte, wenn sie wieder auf die Erde zurückkehrte. Dan führte sie zu einem klaren Fluß und wartete, während sie ihre alten Kleider auswusch. Zusammen kehrten sie zu seinem Haus zurück, und er bereitete ein Mahl für sie. Er servierte das Essen auf einem ungewöhnlichen Teller ohne Eßstäbchen. Mia fühlte sich sehr linkisch, als sie Dan beobachtete, um zu lernen, wie man dieses Gericht aß.

Nach dem Abendessen fragte Dan sie über ihr Leben auf der Erde aus und hörte genau zu, während sie ihm alles erzählte.

Als er von ihrer Lage erfuhr, vertieften sich die Zuneigung und die Liebe, die er bereits jetzt für sie verspürte. Als sie geendet hatte, fragte er sie, ob sie seine Frau werden wolle. »Gemeinsam könnten wir dieses Land beackern, Mia. Es gibt genug zu essen hier. Warum solltest du zur Erde zurückkehren, wo deine Tante und deine Cousinen dich nur mißhandeln? Du kannst nicht ewig im Wald von Früchten und wilden Pflanzen leben. Irgendwann wirst du krank werden und sterben.«
Mia überlegte nur einen kleinen Augenblick. »Ja«, entschied sie dann, »ich werde deine Frau werden.«
Mia erlernte Dans Sprache, und schon bald konnte sie sich fließend mit ihrem Ehemann und den anderen Leuten im Dorf unterhalten. Schnell lernte sie auch, wie man auf dem Mond Felder beackert. Und es dauerte gar nicht lange, bis die beiden sehr glücklich und vertraut zusammen lebten. Mia gebar zwei Kinder. Ihren erstgeborenen Sohn nannte sie Sommer und ihre Tochter Frühling, nach den Jahreszeiten ihrer Geburt.

Eines Tages ging Mias Tante mit ihren beiden Töchtern tief in den Wald, um Bambusschößlinge zu sammeln. Zufällig entdeckte sie eine verlassene Hütte und erriet sofort, daß sie Mia gehört hatte und daß sie möglicherweise noch am Leben war. Als sie den Bambusbaum sah, der sich bis zum Mond erhob, war sie sicher, daß Mia zum Mond hinaufgeklettert war und nun dort lebte. Sie wollte selbst hinaufgehen, um Mia zur Rückkehr zu überreden, aber sie war viel zu ungelenk für eine solche Kletterpartie, und ihre beiden Töchter waren zu faul und verzärtelt.
Es war früh am Morgen, und der Mond war noch nicht untergegangen. Mias Tante blickte hinauf zu der schimmernden Kugel und konnte gerade noch erkennen, wie die obersten Blätter des Bambus die Oberfläche des Mondes streichelten. Als sie noch genauer hinsah, erhaschte sie sogar plötzlich ei-

nen undeutlichen Blick auf Mia, wie sie auf den Feldern des Mondes arbeitete. »Sie arbeitet immer noch so fleißig wie früher«, dachte die Tante. »Seit dem Tag, an dem sie ging, habe ich erkannt, was für eine Perle sie war.« Die Tante sann auf eine List, mit der sie Mia dazu bringen konnte, wieder zur Erde zurückzukehren. Sie rief ihre Töchter, um nach Hause zu gehen, und ein böses Lächeln umspielte ihre Lippen, als sie im Geiste ihren Plan durchging.

Am darauffolgenden Tag, als sie auf den Markt ging, erzählte sie all ihren Freunden, daß jeder Bursche oder Mann, der auf den Mond klettern und Mia zurückbringen würde, Mia zur Frau haben könne. Bis zum Abend hatten alle jungen Burschen in den umliegenden Dörfern von dem Angebot gehört. Es gab viele junge Männer, die gehofft hatten, Mia zur Frau zu bekommen, die aber abgewiesen worden waren, weil die Tante erst Ehemänner für Chanh und Cam hatte finden wollen. Das war genau die Chance, auf die sie gewartet hatten. Sie versammelten sich beim Haus der Tante, sechzehn an der Zahl. Unter ihnen war auch der sympathische und tüchtige Tao.

Die Tante führte sie zu dem Bambusbaum im Wald neben Mias Hütte, die sich bereits seitwärts neigte und kaum noch ein Dach hatte. Aber der Bambusbaum stand immer noch gerade und groß, sein Stamm glänzte wie Smaragd, und seine obersten Blätter durchstießen die Wolken.

»Wie können wir sicher sein, daß dieser Bambusbaum tatsächlich bis zum Mond hinaufführt?« fragte einer der Jünglinge. Es war ein wolkiger Tag, und man konnte den Mond nicht sehen.

Die Tante antwortete: »Glaubt mir, ich sah Mia mit meinen eigenen Augen, wie sie da oben auf einem Reisfeld arbeitete. Wer immer es bis zum Mond schafft, soll bitte Mia sagen, wie sehr ich sie vermisse. Sagt ihr, daß ich sie immer lieben und sie

nie mehr schlagen oder anschreien werde, wenn sie zurückkehrt.«
Der erste Bursche nickte und griff nach dem Baum, um mit dem Aufstieg zu beginnen. Aber der Bambusstamm war ungewöhnlich glatt, und die Zweige standen weit auseinander. Er war erst fünf oder sechs Längen hinaufgeklettert, als er glatt wieder nach unten rutschte. Unverzagt spuckte er in die Hände und nahm einen neuen Anlauf, aber auch diesmal kam er nicht weiter.
Die anderen, begierig ihre Stärke zu beweisen, hatten auch nicht mehr Erfolg, obwohl jeder es zwei- oder dreimal versuchte. Als Tao an der Reihe war, tat er sein Bestes, aber wie all die anderen rutschte auch er auf dem glatten Stamm ab. Einer der Burschen, der langsam Verdacht schöpfte, sagte laut: »Dieser Bambus ist so glatt, wie konnte Mia auf ihm jemals bis zum Mond klettern?« Tao hatte sich das auch schon gefragt. Die meisten von ihnen vermuteten, daß Mia niemals auf den Mond geklettert war. Sie hielten das ganze für einen Trick der Tante, sie Mia ein für allemal vergessen zu lassen und ihre Aufmerksamkeit auf Chanh und Cam zu lenken. Wütend und verärgert zogen sie von dannen und schworen sich, niemals mehr mit der intriganten Tante auch nur ein Wort zu wechseln.
Aber Tao glaubte tatsächlich, daß Mia auf den Mond geklettert war. Er ging mit den anderen davon, kehrte aber früh am nächsten Morgen zu Mias verlassener Hütte zurück, entschlossen, den Bambusbaum zu erklettern. Ausgerüstet mit einem scharfen Messer und einem Schlauch mit frischem Wasser begann er so weit hinaufzuklettern, wie er konnte, ohne abzurutschen. Dann zog er sein Messer und schnitt eine Kerbe in den Baum, gerade groß genug, um seinem Fuß Halt zu bieten. Es funktionierte! Er schnitt noch mehr Kerben, und bereits während er höher und höher stieg, heilten die Kerben,

die er weiter unten in den erstaunlich vitalen Baum geschnitten hatte. Bis zum Mittag war er mehr als eine halbe Meile geklettert. Er griff nach dem Schlauch und nahm einen großen Schluck, um seinen Durst zu stillen. Er wußte, daß er seinen Wasservorrat klug einteilen mußte, denn er hatte noch einen langen Weg vor sich. Vorsichtig kletterte er weiter und hielt von Zeit zu Zeit inne, um Atem zu schöpfen. Er wagte gar nicht mehr, nach unten zu blicken, aus Angst, die Höhe könne ihn schwindlig machen. Auf diese Weise kletterte Tao zwei Tage und zwei Nächte lang.

Am Morgen des dritten Tages, als die Sonne gerade aufgegangen war, hörte Tao über seinem Kopf einen Vogel singen. Er blickte auf und sah, daß er nur noch zehn Meter vom Mond entfernt war. Bambusblätter flatterten über ihm im Wind, und er fühlte einen plötzlichen Kraftschub. In nur drei Atemzügen war Tao auf dem Mond. Er hielt sich an einem Bambuszweig fest, während er einen Fuß auf die Mondoberfläche setzte.

Weil sein Aufstieg viel anstrengender gewesen war als der von Mia, nahm Tao gar nicht viel von der Mondlandschaft wahr. Er folgte einfach dem Pfad unter seinen Füßen. Natürlich war das genau der Pfad, der zu Dans Haus führte. Als er das Haus erreichte, war niemand zu sehen. Nachdem er eine Weile gewartet hatte, um zu sehen, ob nicht doch noch jemand auftauchen würde, ging Tao hinaus auf die Felder, und plötzlich erblickte er Mia, wie sie in einem Beet arbeitete, auf dem anscheinend Melonen wuchsen. Er versteckte sich hinter einigen Büschen, nahm seine Hände vor den Mund und ahmte den Schrei eines Kuckucks nach.

Mia war überrascht. Sie hielt in ihrer Tätigkeit inne und starrte geradeaus. Fünf Jahre lang hatte sie dieses vertraute Geräusch nicht gehört. Aufgeregt begann sie, nach dem Vogel Ausschau zu halten. Tao rief noch einmal, und Mia entdeckte

ihn. Er stand auf, um sie zu begrüßen. Es war das erste Mal seit ihrer Ankunft hier, daß sie jemanden von der Erde traf, und dann gleich die Person, zu der sie sich am meisten hingezogen gefühlt hatte. Außer sich vor Freude fragte sie Tao, wann er angekommen war. Sie setzten sich am Rande des Reisfeldes nieder und unterhielten sich, und Mia erzählte ihm, wieviel Heimweh der Kuckucksruf in ihr geweckt hatte.
Nach einem langen Gespräch erfuhr Tao, daß Mia bereits verheiratet war. Sein Herz sank, aber er bemühte sich sehr, seine Enttäuschung nicht zu zeigen. Er fragte Mia nach dem Leben auf dem Mond, den Bräuchen dort, nach Essen und Kleidung. Und Mia fragte Tao, was sich auf der Erde alles ereignet hatte.
»Während dieser letzten Jahre hat es keine Überschwemmungen mehr gegeben. Die Ernten sind reichlich gewesen. Du solltest wieder auf die Erde zurückkommen, Mia. Das Leben hier ist zu fremd. Du kannst doch unmöglich wirklich glücklich sein.«
»Bin ich glücklich?« fragte sich Mia. Fünf Jahre lang hatte sie in Frieden gelebt. Dan war freundlich und zärtlich gewesen und hatte niemals ein ärgerliches Wort an sie gerichtet. Ihr Fleiß hatte ihnen Wohlstand gebracht, und sie hatten weder Hunger noch Not gekannt. Sommer, ihr vierjähriger Sohn, und Frühling, ihre dreijährige Tochter, waren allerliebste, aufgeweckte Kinder. Sie mußte sich nur erinnern, wie das Leben mit ihrer Tante gewesen war, um zu wissen, daß ihr Leben auf dem Mond tatsächlich glücklicher war. Sie antwortete: »Tao, ich habe hier Frieden gefunden. Ich kann nicht wieder auf die Erde zurück. Wenn ich das täte, würde ich sicher wieder auf meine Tante treffen, und ich habe unter dieser Familie genug gelitten. Außerdem habe ich hier Mann und Kinder. Wie könnte ich sie jemals verlassen, um zur Erde zurückzukehren?«

Da er wußte, daß er Mia nicht überreden konnte, ihr Leben auf dem Mond aufzugeben, erzählte Tao statt dessen, was sich auf der Erde tat. Er schilderte, wie lustig es war, wenn die jungen Burschen und Mädchen bei der Reisernte ihre Lieder sangen. Er beschrieb, wie sie sich abends alle auf dem Dorfplatz einfanden, um den Reis unter dem goldenen Erntemond zu dreschen, während sie sich lebhaft miteinander unterhielten und flirteten. Mias Augen begannen zu leuchten.
Als er sah, wie ihr Heimweh wuchs, fuhr Tao fort, andere vertraute Szenen des Erdenlebens zu schildern – Schwimmen in erfrischenden, kühlen Quellen, Sim-Früchte am Vormittag ernten, Vollmondnächte voll Tanz und Gesang, die ersten warmen Frühlingstage mit Pfirsich- und Pflaumenblüten, die die Bergwälder betörend duften ließen. Er erinnerte sie an besondere Köstlichkeiten wie Neujahrskuchen, süßen Reis mit Mungobohnen, gedämpfte Kokoskuchen, kandierte Tamarinden, gekochte Bananen, rote Bohnen mit Reisklößchen und Kokosmilch, Ragout aus gesalzenem Fisch und Gemüse, gesäuerte Suppe, süße Mungobohnensuppe. Die Erwähnung dieser Köstlichkeiten ließ Mia das Wasser im Mund zusammenlaufen. Es war so lange her, daß sie all dies gekostet hatte.
»Du willst nicht wieder zurück auf die Erde, um dort zu leben, und ich werde nicht versuchen, dich zu überreden«, sagte Tao. »Aber warum kommst du nicht für einige Tage zu Besuch?«
Diese Idee ließ Mias Augen aufleuchten. Sie dachte, es könne doch sicherlich nicht schaden, auf einen kurzen Besuch zurückzugehen. Dan hatte die Kinder zu ihrer Tante gebracht, und sie würden nicht vor Anbruch der Dunkelheit zurücksein.
Mia antwortete: »Einige Tage wären zu lange, Lieber. Ich kann es meinen Kindern und meinem Mann nicht zumuten, nach Hause zu kommen und mich dort nicht vorzufinden. Ich komme nur für den Nachmittag. Und ich muß bei Einbruch der Nacht wieder zurück sein.«

Mia erinnerte sich, daß es an jenem vergangenen Tag etwa drei Stunden gedauert hatte, auf den Mond zu klettern. Sie war sich nicht bewußt, daß der Baum selbst mit rasender Geschwindigkeit aufgeschossen war, während sie selbst nur einige Meter geklettert war. Tao wußte, daß der Abstieg ziemlich schnell gehen würde, während der Aufstieg mehr als zwei Tage und Nächte dauern könnte. Aber er sagte nichts. Seine Gedanken kreisten nur darum, wie er Mia wieder auf die Erde holen könnte.

Zusammen gingen sie zum Bambusbaum. Tao sagte Mia, sie solle einen Zweig fassen, die Beine um den Baum schlingen und sich hinabgleiten lassen. Mia tat, wie ihr geheißen wurde, und glitt ziemlich schnell hinab. Tao wartete, bis sie ein ganzes Stück vor ihm war, dann griff er nach dem Baum. In seiner rechten Hand hielt er das Messer. In Abständen von etwa einem Meter langte er nach oben und hieb Stück für Stück von dem Bambus ab; die Stücke purzelten wild durcheinander zur Erde, ohne daß Mia es bemerkte. Als sie schließlich die Erde erreichten, stand die Sonne direkt im Zenit. Sie ließ den Baum los und erblickte ihre alte Hütte, die nun zerfallen war. Mia war noch dabei sich umzusehen, als Tao die Erde erreichte. Er sagte: »Wenn wir in unseren alten Weiler zurückkehren, könnten wir deine Tante treffen. Laß uns statt dessen ins Dorf in der Hochebene gehen, da kennt dich niemand.« Also gingen sie zusammen auf das Dorf in der Hochebene zu.

Mia war entzückt über den Anblick all der Bäume, die sie so gut kannte: Brotfrucht, Bananen, Sandelholz und viele andere. Als sie auf der anderen Seite aus dem Wald hinaustraten, machte es ihr große Freude, entlang der Felder mit Süßkartoffeln und süßem Reis zu wandern. Diese wunderschöne Erde war doch immerhin Mias Heimat. Ein Grashüpfer sprang neben ihrem Fuß in die Höhe. Sie lachte wie ein kleines Kind, jagte ihn und versuchte, ihn in ihrer hohlen Hand zu fangen.

Als sie an einen Obstgarten kamen, pflückte Mia ein Guavenblatt und zerrieb es in ihrer Hand, um seinen herrlichen Duft zu kosten. Das gleiche tat sie mit einem Zitronenblatt, und sie fühlte sich in ihrem ganzen Wesen erfrischt.

Nachdem sie einen grünen Bambushain durchquert hatten, erreichten sie die Ausläufer des Dorfes. Zwei Mädchen, die gerade Wasser aus dem Brunnen zogen, starrten Mias seltsame Kleidung an. Mia fühlte sich befangen und ging schnell vorbei. Hinter dem Brunnen verkaufte eine Straßenverkäuferin rote Bohnen mit Reisklößchen und Kokosmilch. Mias Augen glänzten. Tao kaufte ihr zwei Schalen der süßen Köstlichkeit. Es war so lange her, daß Mia so köstlich gegessen hatte, und es fiel ihr nicht schwer, beide Schalen leer zu essen.

Tao und Mia sahen zu, wie die Dorfkinder einen Drachen steigen ließen. Mia fragte, ob sie nicht den Kindern folgen könnten, und sie sah entzückt zu, wie einer der Jungen den Drachen festhielt und losrannte, während ein anderer die Schnur hielt und ihm nachjagte. Als sie schneller wurden, überließ der Junge den Drachen dem Wind, und er flog höher und höher, während sich die Schnur immer weiter abwickelte. Als sie den Drachen im Wind flattern sah, kehrten Mias Gedanken zum Mond zurück. Es war bereits später Nachmittag, und Dan und die Kinder würden bald wieder zu Hause sein. Mia sagte zu Tao: »Ich muß jetzt zurückkehren. Bitte bringe mich zurück zum Bambusbaum.« Tao antwortete nicht. Sie erriet, daß er sie überreden wollte, noch ein paar Tage länger auf der Erde zu bleiben, und sagte: »Ich kann nicht länger bleiben, Tao, Dan und die Kinder werden auf mich warten. Ich komme für einen Besuch wieder, wenn sich die Gelegenheit bietet.«

Tao blieb still. In seinem Gesicht spiegelte sich eine seltsame Mischung aus Bedauern und Furcht. Trotz Mias Bitten rührte er sich nicht von der Stelle. »Also gut, wenn du mich nicht zum Baum zurückbegleitest, gehe ich allein.« Hastig ging sie zurück in Richtung ihrer verlassenen Hütte, und Tao rannte ihr nach. Mia verlangsamte ihren Schritt, damit er sie einholen konnte, und beschleunigte ihren Gang dann wieder. Sie erreichten die alte Hütte gerade, als sich die Dunkelheit über den Wald zu legen begann. Der Mond war aufgegangen. Mia legte ihre Arme um den Baum und verabschiedete sich von Tao.

Sie hatte gerade begonnen hochzuklettern, als Tao endlich sprach: »Mia, du kannst nicht mehr zurück auf den Mond.« Bevor sie ihn noch fragen konnte, hatte Mia schon die Stücke des Bambusstammes gesehen, die auf dem Waldboden verstreut lagen. Als sie aufsah, gewahrte sie zu ihrem Entsetzen, daß der Baum nicht mehr als acht oder zehn Meter hoch war. »Tao, was ist geschehen? Der Baum ist gekappt worden!« rief sie.

Mias Angst steigerte sich, als sie sah, wie Tao das Gesicht mit den Händen bedeckte und keine Antwort gab. Sie ergriff seine Schultern und schrie: »Hast du den Baum gekappt, Tao? Antworte mir! Hast du ihn gekappt?«

Mia begann so schrecklich zu schluchzen, daß ihre Augen ganz rot wurden und ihr Haar ihr in Strähnen übers Gesicht fiel. Sie schlug sich mit den Händen an die Brust und dann auf Taos Schultern. Sie schrie ihm ins Ohr: »Sag es mir! Bist du taub? Warum hast du ihn gekappt?«

»Weil ich dich zu sehr liebe«, war Taos einzige Antwort. Wieder bedeckte er sein Gesicht mit den Händen in einem Ausdruck schrecklicher Zerknirschtheit.

»Mich lieben? Du sagst, du liebst mich, und doch hast du den einzigen Weg zerstört, auf dem ich zu meinem Mann und meinen Kindern zurückkehren kann? Tao! Wie konntest du mir das antun?«

Der ganze Wald erbebte unter Mias Schluchzen. Der Mond schien so hell, daß Mia nichts erkennen konnte, als sie aufsah. Der Gedanke, daß ihr Mann und ihre Kinder auf sie warteten, ließ ihre Tränen in Strömen fließen. Mia weinte sieben Tage und sieben Nächte lang. Sie aß nicht und schlief nicht. Ohne ein Wort schnitt Tao Bambuszweige und flickte das Dach ihrer alten Hütte, um sie vor Sonne und Regen zu schützen. Er brachte ihr Früchte zu essen und Wasser zu trinken, aber sie nahm nichts davon. Als ihre Kehle unerträglich angeschwollen war, lief sie selber zur Quelle und schöpfte mit den Händen Wasser, um zu trinken. Sie wusch ihr Gesicht und saß lange und still an der Quelle. Aber der Gedanke an ihren Mann und ihre Kinder ließ sie erneut in Schluchzen ausbrechen. Sie war untröstlich.

Tao bereitete Mia etwas Reisbrei, aber als er ihn ihr anbot, stieß sie seine Hand weg. Er stellte die Schale neben ihre Schlafmatte, aber zwei Tage vergingen, und Mia hatte den Reisbrei immer noch nicht angerührt. Er bereitete eine frische Schale zu und bot sie ihr an, aber wieder stieß sie seine Hand fort. Diesmal stellte er die Schale nicht nieder. Er hielt sie weiter vor sie hin. Als seine rechte Hand müde wurde, nahm er die Schale in die linke. Die ganze Nacht saß er so vor ihr, die Schale von einer Hand in die andere wechselnd. Bei Tagesanbruch konnte Mia es nicht länger ertragen. Sie nahm die Schale und stellte sie neben ihre Schlafmatte, aß aber nichts von dem Reisbrei. Tao verbrachte den Tag im Wald, wo er Holz hackte, um Möbel für die Hütte zu bauen. Als er am Abend zurückkehrte, war er überglücklich, neben Mias Matte eine leere Schale zu sehen. Das Obst, das er daneben gelegt hatte, war auch fort. Endlich hatte sie gegessen. Tao legte sanft seine Hand auf ihre Schulter, aber sie schob sie fort.

Aber Tao verlor nicht den Mut. Er wußte, Mia hatte all ihre Tränen geweint, und er mußte nur geduldig sein. Schweigend flickte er das gedeckte Dach und verwandelte die Hütte in ein gemütliches Heim. Eines Tages faßte er sich wieder ein Herz und legte Mia die Hand auf die Schulter. Und diesmal stieß sie

seine Hand nicht weg. Sie hatte ihm verziehen und sich mit ihrem Schicksal abgefunden.
Tao rodete einen Teil des Waldes und pflanzte Reis und Getreide. Gemeinsam begannen er und Mia ein neues Leben. Manchmal gingen sie auf den Markt in der Hochebene, um Feuerholz zu verkaufen und Zucker und Salz einzukaufen, aber Mia kehrte niemals mehr in ihr eigenes Dorf zurück aus Angst, dort ihrer Tante zu begegnen. Jedesmal, wenn sie an ihren Mann und ihre Kinder dachte, die allein auf dem Mond zurückgeblieben waren, vergrub sie ihr Gesicht in den Händen und weinte. In Vollmondnächten saß sie abseits für sich und starrte den Mond an. Aber wie angestrengt sie auch schaute, niemals sah sie Dan, Sommer oder Frühling.
Am Ende des Jahres schlug Tao vor, ihre Habe zusammenzupacken und in das Dorf in der Hochebene zu ziehen. Er hoffte, daß das Dorfleben mit dem geschäftigen Markt und den freundlichen Nachbarn Mia helfen würde, weniger oft an ihre alte Familie zu denken. Sie zogen um, und Tao verlor keine Zeit und pflanzte Reisfelder und Obsthaine. Und Mia begann zu weben.
Im Herbst des folgenden Jahres, am Vollmond des achten Monats, gebar Mia ein hübsches Mädchen. Sie nannten sie Herbst. Nun, da sie für die kleine Herbst sorgen mußte, regten sich Mias Lebensgeister wieder. Es war, als ob ihr Herz neue Wurzeln schlug, die tief in das Herz der Erde reichten. Diese erneute Verbindung zu ihrer Heimat ließ Mias Augen und Haar wieder glänzen. Und es kam sogar der Tag, an dem Mia für Herbst dieses Schlaflied sang:

Aus jungen Bambusschößlingen und kleinen Fischen
aus dem Bergquell bereitet sie eine Suppe.
Von nun an muß Mutter fröhlich sein und nicht mehr
trauern, mein Kind.

Mias Garten war erfüllt vom Duft der Minze und des Korianders, die sie gepflanzt hatte. Die Reben, die sich an den Spalieren hochrankten, waren schwer von Melonen und Kürbissen.

Mit Frühling auf dem rechten Arm und Sommer auf dem linken trat Dan ins Haus und rief fröhlich: »Da sind wir!« Aber das Haus war seltsam kalt und leer. Erschrocken setzte Dan die Kinder ab und ging nach draußen, um Mia zu suchen. Sie war nirgends zu sehen. Geisterhafte Schatten jagten über die leeren Weizenfelder. Dan ging zum Melonenfeld und fand Mias Fußspuren zusammen mit anderen, die Mannesgröße hatten. Dan rannte zum Bambusbaum. Er war nicht mehr da. Obwohl er angestrengt nach unten spähte, war keine Spur von wehenden Blättern zu sehen. Da wußte er, daß jemand den Baum gekappt hatte.

Dan kehrte zum Haus zurück. Er nahm seine beiden Kinder auf den Arm und weinte. Das Haus war dunkel. Niemand hatte die Lampen angezündet oder eine Mahlzeit zubereitet. Sein Haus war so kalt wie ein Sarg. Frühling und Sommer riefen beide: »Mama!« Dan ging in die Küche und fand einige Essensreste für seine Kinder.

Tage vergingen, und Mia kehrte nicht zurück. Dan tat sein Bestes, um für seine Kinder zu sorgen und das Leben weitergehen zu lassen, aber es war schwierig. Er dachte, daß es besser gewesen sei, wenn Mia niemals auf den Mond gekommen wäre, als zu kommen und sie dann zu verlassen. Er fühlte sich, als hätte Mia den Sinn seines Lebens mit sich fortgenommen. Obwohl er oft auf die Erde schaute, während er seine Felder beackerte, sah er Mia nie. »Warum hast du uns verlassen, Mia?« ging ihm ständig durch den Kopf.

In diesem Jahr wurde der Mond von einer schrecklichen Dürre heimgesucht. Ohne Regen war Dans Ernte ein Mißerfolg.

Die Kinder weinten noch immer ständig nach ihrer Mutter. Dan weinte auch, wenn er versuchte, sie zu trösten. Eines Tages, als er von seiner Arbeit in den Feldern zurückkehrte, konnte er keines der Kinder finden. Dan sah überall nach, bis er schließlich an dem Ort niederkniete, wo sie so oft zusammengekauert gesessen und um ihre Mutter geweint hatten. Dort fand er eine große Wasserlache. Dan begriff, daß seine Kinder so lange nach ihrer Mutter geweint hatten, bis sie sich in Tränen aufgelöst hatten. Er berührte das Wasser mit dem Finger und kostete es auf der Zunge. Der salzige Geschmack sagte ihm, daß dies tatsächlich die Tränen seiner Kinder waren.

Unfähig, seinen Schmerz zurückzuhalten, begann er zu weinen, bis auch er sich in einen Tränenstrom verwandelt hatte, der sich mit den Tränen seiner Kinder vereinte.

Die Hitze der Sonne ließ die große Tränenlache verdunsten und eine kleine Ansammlung von Wolken bilden, die mit dem Wind reisten und über der Erde hin und her zogen, als ob sie etwas suchten. Und die Wolken wanderten, bis sie eines Tages über dem Hof hinter Mias Haus stehenblieben.

Es war ein heißer, schwüler Tag. Tao und Herbst waren auf den Markt gegangen. Mia hatte den ganzen Tag vergeblich darauf gewartet, daß die Wolken sich in Regen auflösten und Erleichterung brachten. Sie hatte beschlossen, aus dem Brunnen hinter dem Haus kühles Wasser zu holen, um eine Dusche zu nehmen. Um den Brunnen herum hatte Mia eine dunkelgrüne Hecke aus Hibiskus gepflanzt, gesprenkelt mit leuchtenden, flammenfarbenen Blüten. Sie entkleidete sich und goß Eimer kühlen Wassers über ihren Körper. Sie war überrascht, als sie plötzlich nahen Donner hörte. Als sie aufsah, erblickte sie eine Wolkenansammlung über sich. Mia wußte nicht, daß diese Wolken ihr Ehemann und ihre Kinder vom Mond waren. Dennoch konnte sie den Blick nicht von ihnen wenden.

Die Wolken aber hatten Mia erkannt und brachen auf der Stelle in Ströme von Regen aus, die sich in Kaskaden über Mia ergossen. Die Regentropfen fielen warm und schmeichelnd auf Mias Haut. Als das Wasser ihre Haut berührte, begann es, Form anzunehmen, und im Nu standen Dan und die beiden Kinder vor Mia. Mia war außer sich. Sie umarmte Sommer und Frühling und wandte sich dann Dan zu, und ihr Herz drohte vor Freude zu zerspringen. Sie hatte keine Ahnung, wie sie auf die Erde gekommen waren, aber jetzt waren sie da!

Mia zog sich an und führte Dan und die Kinder ins Haus. Dan sprach zuerst: »Warum hast du uns verlassen, Mia? Liebtest du uns nicht mehr?«

Tränen traten ihr in die Augen, als sie antwortete: »Natürlich liebte ich euch. Ich war voller Heimweh nach der Erde und wollte nur für ein paar Stunden einen Besuch machen. Aber der Bambusbaum wurde gekappt. Ich habe viele Tage ohne Unterlaß geweint. All diese Jahre habe ich mich nach dir und den Kindern gesehnt, ich hatte niemals vor, euch zu verlassen.«

Mia erzählte in allen Einzelheiten, was geschehen war. Als sie geendet hatte, sagte Dan: »Nun, jetzt da wir dich gefunden haben, können wir ja zusammen zum Mond zurückkehren.« Er wußte nicht, wie sie das bewerkstelligen sollten, aber nun, da er Mia wiederhatte, war er sicher, daß er einen Weg finden würde.

Mia zögerte. Auf dem Mond würde sie Dan, Frühling und Sommer haben. Aber sie würde Herbst und Tao verlieren. Die fast drei Jahre ihres Zusammenlebens mit Tao hatten sie ihm verbunden. Wenn sie zum Mond zurückkehrte, würde sie ihn bestimmt vermissen, und sie wußte, daß sie sich schrecklich nach Herbst sehnen würde. »Auf der Erde vermisse ich den Mond. Ich sehne mich nach Dan, Frühling und Sommer. Auf dem Mond würde ich Tao und Herbst vermissen. Was soll ich nur tun?«

Gerade in diesem Moment hörte Mia Herbst an der Eingangstür lachen. Tao war vom Markt zurück. Voller Panik war Mia plötzlich hin- und hergerissen, und es schnürte ihr fast die Luft ab. In ihrer verzweifelten Unfähigkeit zu entscheiden, welcher ihrer Familien sie sich zuwenden sollte, griff sie ein Messer vom Tisch und stieß es sich in den Kopf.

Es war gerade Mittag, und die Sonne stand direkt über ihnen. Ohne daß es einer von ihnen wußte, hatte Mia einen sehr verzauberten und magischen Augenblick gewählt, um sich das Messer in den Kopf zu stoßen, und ein Wunder geschah. Das Messer, als hätte es einen eigenen Willen, schnitt mitten durch Mias Kopf, Hals und Körper und spaltete sie in zwei identische und völlig heile und lebendige Teile. Das einzige, was sie von der ursprünglichen Mia unterschied, war ihr kleinerer Wuchs. Eine Mia, das Messer noch in der Hand, sagte zu der anderen Mia: »Schwester, du nimmst Dan und findest einen Weg, um zum Mond zurückzukehren. Ich werde hierbleiben.«

Mond-Mia nahm ihre beiden Kinder und ging mit Dan zur Hintertür hinaus. Das alles geschah so schnell, daß Dan ganz vergaß, sich von der anderen Mia zu verabschieden. Sie gingen am Brunnen vorbei und folgten dem Pfad am Reisfeld entlang.

Mittlerweile hatten Tao und Herbst das Haus durch die Vordertür betreten. »Jemand zu Hause? Wir sind vom Markt zurück«, rief Tao. Er sah Mia eifrig arbeitend am Webstuhl sitzen. Sie gab seinen Gruß nicht zurück. Er sah sie forschend an und hob sie dann auf die Füße. Er sah in ihre Augen und rief aus: »Wie außerordentlich seltsam, Mia! Ich erkenne dein Gesicht und deinen Körper, aber warum bist du heute so klein?«

Mia antwortete: »Weil dies nur die eine Hälfte von mir ist. Die andere Hälfte ist mit Dan zum Mond zurückgekehrt.«

Mond-Mia führte Dan und die beiden Kinder hinter Taos Feldern zum Ende des Dorfes, damit sie von niemandem gesehen würden. Sie wußte nicht, wohin sie sie führen sollte, als sie sich plötzlich ihrer alten Hütte im Wald erinnerte, die Tao wieder aufgebaut hatte. Seit Mia und Tao in das Dorf in der Hochebene gezogen waren, hatte sich niemand um das Haus oder das Feld gekümmert. So führte sie Dan und die Kinder zu ihrem alten Heim im Wald.

Vieles war wieder verfallen, aber gemeinsam richteten Dan und Mia die Hütte wieder her und bestellten die Felder neu. Rechtzeitig säten sie Reis, Korn und Gemüse und zogen einige Hühner auf. Sommer und Frühling streiften frei und ungebunden durch die Wälder, und ihre Mutter lehrte sie, welche der Früchte man essen konnte.

Mia zeigte Dan den Fluß, an dem er ihr vor so langer Zeit zugelächelt hatte. Sie saßen auf einem großen Felsen am Ufer und sahen den Mond aufgehen. Mia fragte Dan, was seit dem Tag ihrer Rückkehr zur Erde auf dem Mond geschehen sei. Er berichtete in aller Ausführlichkeit und ließ keine Einzelheit aus. Er erzählte ihr, wie sie so sehr geweint und sich schließlich in große Tränenlachen verwandelt hatten, und sann vor sich hin: »Vielleicht ist der Ozean ja auch nur so salzig von den Tränen, die die Menschen vergossen haben. Wer kann sagen, wie viele Frauen durch all die Jahrhunderte hindurch von ihren Männern getrennt, wie viele Kinder ihren Eltern entrissen, wie viele Brüder und Schwestern gewaltsam getrennt wurden – ohne zu wissen, ob sie einander jemals wiedersehen würden. Aber jetzt sind wir zusammen, und ich werde nicht zulassen, daß wir jemals wieder getrennt werden.«

Mias Augen schimmerten feucht, als sie und Dan dort saßen, im Licht des Mondes gebadet. Sie schauten beide in den Mond. Nach einem langen Augenblick gewahrte Mia, daß in Dans Wimpern Tränen glitzerten. Sie wußte, er vermißte den Mond, ebenso wie sie einst die Erde vermißt hatte. Sie erinnerte sich, wie sie sich gefühlt hatte, als sie zum ersten Mal zurückgekehrt war, wie der Geruch der Guaven und der Limonen ihr Herz mit einer unsäglichen Liebe zu ihrer Heimat erfüllt hatte. Sie erinnerte sich, wie sie es genossen hatte, dem Gesang eines Hirtenjungen zu lauschen, den Kindern beim Drachensteigen zuzusehen, Tamarinden zu pflücken und wieder vertraute Gerichte zu schmecken. Und nun war es dasselbe für Dan. Er vermißte sein Leben auf dem Mond – dessen Häuser, Felder, Gerichte, Vogelstimmen, Pflanzen und die Art, wie die Menschen dort sprachen.

Mia fühlte eine Liebe zu Dan in sich aufsteigen, die so groß war wie niemals zuvor. Sie legte eine Hand auf seine Schulter und sagte: »Ich weiß, wie sehr du dein Zuhause vermißt. Alles ist hier fremd für dich – das Essen, die Tiere, die Sprache. Aber du hast mich und die Kinder. Jetzt weißt du das, und wir werden niemals wieder getrennt sein.« Mia hielt einen Augenblick inne und sprach dann weiter. »Du und die Kinder, ihr konntet nicht ohne mich leben, aber jetzt sind wir zusammen. Habt Geduld und findet hier euer Glück. Wer weiß? Eines Tages finden wir vielleicht einen Weg, um zum Mond zurückzukehren.«

Dan schaute sie an und fragte: »Wenn wir zum Mond zurückkehren können, wirst du dich dann wieder nach der Erde zurücksehnen? Wirst du uns dann verlassen, wie du es schon einmal getan hast?« Mia nahm Dans Hand und antwortete von ganzem Herzen: »Nein, niemals. Ich habe auf der Erde gelebt, und ich habe auf dem Mond gelebt. Ein Teil von mir wird immer auf der Erde bleiben, und der andere Teil von mir wird frei sein, um auf dem Mond zu leben. Weißt du, nachdem ich zur Erde zurückgekehrt war, habe ich das Leben auf dem Mond ja genauso vermißt. Ich hatte Heimweh, nicht nur nach dir und den Kindern, auch nach den Bäumen und Gräsern, den Vögeln und Flüssen, den Gerichten, die du mich zu kochen gelehrt hattest.«

Dan war überglücklich, als er Mia so sprechen hörte. Zusammen standen sie da und gingen dann zurück zu ihrer Hütte. Sie deckten die Kinder, die bereits schliefen, mit einer leichten Decke zu und legten sich dann selbst zum Schlafen nieder.

Erd-Mia lebte glücklich mit Tao und Herbst. Obwohl sie Erd-Mia war, war sie doch nicht verschieden von Mond-Mia. Sie war weder jünger noch kleiner. Immer wenn sie an Mond-Mia dachte, füllte sich ihr Herz mit warmer Zuneigung, und sie lächelte. Sie fühlte einen tiefen Frieden, da sie wußte, daß ihre identische andere Hälfte sich um Dan und die Kinder kümmerte. Sie wußte, daß sie mit Mond-Mia an ihrer Seite glücklich sein würden. Was immer sie tun konnte, konnte auch Mond-Mia tun. Sie war sogar davon überzeugt, daß Mond-Mia mit Dan, Sommer und Frühling zum Mond zurückgekehrt war, obwohl sie sich nicht vorstellen konnte, wie. Immer wenn sie an ihr altes Heim auf dem Mond denken mußte, mit seinen vielen Fenstern und festen Mauern, und an die Felder mit seltsamem Reis und Melonen, umspielte ein Lächeln ihre Lippen. Es war wohl wahr, der Mond glich der Erde ganz und gar nicht.
Erd-Mia gewann in nur drei Tagen ihre ursprüngliche Größe zurück, dank ihres plötzlich wachsenden Appetits. Sie kam sich vor wie eine Pflanze, von der man einen Trieb geschnitten hatte, damit daraus eine neue Pflanze wuchs. Die neue Pflanze führte das Leben der ursprünglichen Pflanze fort, indem sie Knospen, Blätter und Blüten und Früchte ansetzte – zwei Pflanzen, aber auch wieder ein und dieselbe. Aus einer Pflanze wurden zwei, und es hätten auch ebensogut fünf oder zehn neue Pflanzen werden können.
Plötzlich mußte Mia lächeln; ihr war nämlich ihre Mutter eingefallen, die so wunderschön gewesen war. Einmal war sie zufällig dazugekommen, als ihre Mutter der Großmutter ge-

rade den Kopf mit Balsam massierte, um deren Kopfschmerzen zu lindern. Mia erinnerte sich daran, wie sie ihre Mutter am Ärmel gezerrt hatte, damit sie mit ihr spiele. Plötzlich kam ein zischender Laut von kochendem Wasser aus der Küche. Mias Mutter rief: »O Liebes, die Suppe kocht über!« Sie legte den Massagebalsam beiseite, löste Mias Hand von ihrem Ärmel und wollte gerade in die Küche eilen, als just in diesem Augenblick die Stimme ihres Mannes ertönte: »O Liebling, komm schnell, ich kann den Stall allein nicht aufbekommen!« Mias Mutter stand zwischen Küche und der Vordertür, hin- und hergerissen zwischen der Wahl, ob sie das Feuer im Ofen kleiner machen oder ihrem Mann zur Hilfe eilen sollte. Sie drehte sich zu Mia um und rief: »Ach, wenn ich nur vier Arme hätte, dann könnte ich die Suppe kochen, deiner Großmutter die Stirn massieren, die Stalltür mit deinem Vater aufmachen und dich davon abhalten, zum See hinunterzulaufen! Aber ich habe nur zwei Arme!«

Mia hatte damals gedacht, wie seltsam wohl ein Mensch mit vier Armen aussehen würde. Aber einige Tage danach hatte ihre Mutter sie mit zu einem Tempel genommen, wo sie Buddha mit vielen Armen sah, und jede Hand hielt etwas anderes – einen Schreibstift, eine Lotusblüte, eine Flöte –, um eine andere Aufgabe durchzuführen. Mias Mutter erzählte ihr, daß dies Kwan Yin Bodhisattva sei, der tausend Arme hatte, um tausend Taten zu vollbringen, und tausend Augen, um tausend Dinge zu sehen. Mias Mutter hatte sich nur vier Arme gewünscht. Mia fragte sich, ob es deswegen war, daß Mias Mutter jetzt Kwan Yin opferte.

Aber in Wahrheit brauchte Mias Mutter ja gar keine vier Arme. Mit nur zweien kümmerte sie sich um Mias Großmutter, half ihrem Mann, sorgte für Mia, erledigte den Haushalt und arbeitete im Garten. Sie war ebenso begabt wie Kwan Yin. Es war wirklich traurig, daß sie so früh gestorben war und Mia

zurückgelassen hatte, die dann ihrer grausamen Tante in die Hände gefallen war.
Als Mia an ihrem Webstuhl saß und webte, glitten ihre Gedanken zurück zu dem Tag, an dem Dan kam, um sie zu bitten, mit ihm zum Mond zurückzukehren. Sie erinnerte sich an den schicksalhaften Augenblick, als sie Tao vom Markt heimkommen hörte, während Dan vor ihr stand. Sie erinnerte sich an die schreckliche Panik und Verzweiflung in ihrem Herzen. Und wäre nicht dieser verzauberte Moment jenseits von Zeit und Raum gewesen, so wäre sie jetzt tot und hätte beide Familien voller Kummer und Schmerz zurückgelassen.
Mia kannte andere Frauen im Dorf, die sich wünschten, sich zu vervier- oder verfünffachen – eine, um für ihre eigenen Eltern zu sorgen, eine, um für die Eltern ihrer Männer zu sorgen, eine, um für Mann und Kinder zu sorgen, eine andere, um Essen zu kochen und den Garten zu pflegen. Und Mia wünschte sich, daß jeder sich so teilen könnte, wie sie es getan hatte, wie eine Pflanze, die Triebe ansetzt, um daraus neue Pflanzen wachsen zu lassen.

Dan verwandelte die Hütte im Wald in ein geräumiges, gemütliches Heim. Die Reis- und Kornpflanzen auf den Feldern wuchsen gesund und kräftig heran. Dan gewöhnte sich daran, irdische Gerichte wie gekochtes Korn, Fischkuchen, Maniok-suppe und gesalzenen Fisch zu essen. Als er Mia anvertraute, daß er diese Gerichte ebenso köstlich fand wie seine Lieblingsgerichte auf dem Mond, strahlte ihr Gesicht vor Freude.
Mit Dan und den beiden Kindern neben sich fühlte sich Mia, als ob der Mond ihr gehörte, und sie vermißte ihn nicht mehr oder sehnte sich nach ihm. Aber sie wußte, daß, obwohl Dan auf der Erde glücklich geworden war, dieses Glück doch unvollständig war. Anders als Mia unterschied er immer noch zwischen Mond und Erde. Sie hatte ihm gesagt, daß sie die

Erde nicht länger vermissen würde, wenn sie zum Mond zurückkehren würden. Sie konnte das sagen, weil für sie die Erde nicht länger die Erde war und der Mond nicht länger der Mond. Sowohl Mond als auch Erde lebten in ihrem eigenen Herzen, und Mia hatte ihren Frieden gefunden. Sie hoffte, diesen Frieden mit ihrem Mann und ihren Kindern teilen zu können. Aber sie wußte, daß Frühling, Sommer und ihr Vater, die auf dem Mond geboren waren, ihr altes Leben vermißten.
Eines Tages, als sie mit Wasser beladen von der Quelle zurückkehrte, hörte Mia Frühling rufen: »Mutter, Mutter! Komm nur und sieh diese seltsame Pflanze!«
Mia setzte ihre Tragstange ab und fragte: »Wo denn, Tochter?«
Frühling zog sie am Ärmel mit sich und führte sie ans Ende des Gartens. »Es ist so komisch, Mutter. Ich sah einen neuen kleinen Bambustrieb, so rosig und zart wie eine Pfirsichblüte!«
»Und wo, mein Kind?«
Während Frühling auf die Stelle zeigte, erkannte Mia, daß sie auf die Wurzeln des alten Bambusbaumes blickte. Der Stamm des alten Baumes war schon längst abgestorben, und Mia hatte nie geglaubt, daß aus ihm ein neuer Trieb entspringen würde. Sie sagte Frühling, sie solle laufen und Dan holen. Als er von den Feldern kam, über der Schulter eine Tragstange, die schwer mit Kürbissen beladen war, zeigte ihm Mia den Bambustrieb.
»Schau nur, Dan, dieser alte Baum ist genau der, der sich einst zum Mond erhob, der, auf dem ich auf den Mond geklettert bin und der später gekappt wurde. Er treibt neu aus. Dieser Trieb wird ein ebenso mächtiger Baum werden wie sein Mutterbaum. Wir werden wieder zum Mond zurückkehren können!«
Dan verstand. Das Leuchten in seinen Augen erwärmte Mias Herz. Als Sommer und Frühling hörten, daß sie zum Mond

würden zurückkehren können, klatschten sie vor Freude in die Hände. Mia hatte ihren Mann und ihre Kinder nie so glücklich gesehen.

»Sommer«, sagte sie, »reich mir eine Gießkanne. Dan, bring mir einen Eimer Wasser. Wir müssen diesen Bambustrieb gießen, damit er schnell zum Baum heranwachsen kann.«

Und von da an verging kein Tag, an dem sie nicht liebevoll ihren Bambusbaum versorgten, die Quelle ihrer Hoffnung.

Pfingstrosen

Tanh drückte die Klingel und wartete, daß sein Neffe, Thi, ans Tor kommen und ihn begrüßen würde. Thi war ein blasser, zarter Junge von acht Jahren, in dessen großen schwarzen Augen man lesen konnte, wie sehr er seinen Onkel liebte. Jeden Samstag nahm er die Hand seines Onkels Tanh fest in die seine und führte ihn in den Garten, wo sie dann über eine halbe Stunde im kühlen Schatten der Bäume umherwanderten. Und Thi stellte Fragen über jedes nur erdenkliche Thema. This Familie lebte in einem eleganten Haus, das auf einem sechs Hektar großen Grundstück stand. Sie hatten großes Glück gehabt, denn es war schwierig, ein so schönes Anwesen so nah bei Montpellier, einer Industriestadt im Süden Frankreichs, zu finden. Doan, This Vater, arbeitete für das Physikalische Forschungsinstitut und lehrte an der Universität von Montpellier.

Aber an diesem Samstag war es Tuyet, This Mutter, die Tanh am Tor entgegenkam. »Dein kleiner Neffe liegt seit gestern krank im Bett«, sagte Tuyet, und aus ihrer Stimme war leise Besorgnis herauszuhören.

Schwester und Bruder folgten dem weißen Kiesweg, der auf das Haus zuführte. Als sie This Zimmer betraten, sahen sie, daß der Junge die Augen geschlossen hatte. »Er wird wohl schlafen«, sagte Tuyet. »Andernfalls hätte er die Augen aufgemacht und seinen geliebten Onkel mit einem Lächeln begrüßt.« Sie legte ihre Hand sanft auf die Stirn des Jungen, zog die Baumwolldecke über seinen Oberkörper und wandte sich dann an Tanh: »Ja, er ist endlich eingeschlafen. Laß uns ins Wohnzimmer gehen.«

Tuyet berichtete ihrem Bruder von This Krankheit. Am Tag zuvor hatte Thi über Kopfschmerzen geklagt. Tuyet hatte ihm ein Aspirin gegeben und ihn dazu überredet, ein Glas Milch zu trinken. Mittags hatte der Junge überhaupt nichts gegessen, und da er Fieber bekam, hatte Tuyet Dr. Peltier angerufen. Um drei Uhr nachmittags kam der Arzt und diagnostizierte nichts weiter als eine ganz gewöhnliche Erkältung. Er hinterließ eine weitere Flasche mit Tabletten für Thi. Um sechs schien es Thi besserzugehen, und er aß ein paar Löffel Suppe. Aber um neun war seine Stirn schon glühendheiß. Seine Eltern maßen das Fieber: 40 Grad! Voller Panik telefonierte Tuyet nach Dr. Peltier, der kam und beruhigte Tuyet erneut, daß es nicht sonderlich ernst sei. »Lassen Sie ihn die Nacht durchschlafen«, sagte er, »und morgen wird es ihm dann bessergehen.« Der Doktor versprach, am nächsten Tag wiederzukommen. In dieser Nacht machte Thi kein Auge zu, und auch seine Mutter kam nicht zum Schlafen. Sie wollte den Arzt anrufen, entschied sich aber zu warten, aus Angst, ihn schon wieder zu stören. »Er wird ja morgen wiederkommen«, tröstete sie sich. Aber erst kurz vor Tanhs Ankunft war der Junge endlich eingeschlafen.

Tanh hörte aufmerksam zu und sagte dann zu seiner Schwester: »Ich bin sicher, daß unser geliebter Thi wieder auf die Beine kommen wird. Es ist wahrscheinlich eine Grippe oder so was. Machen wir uns keine Sorgen.« Und er fragte sie, ob sie Neuigkeiten von Freunden und der Familie daheim in Vietnam hatte.

Eine halbe Stunde später, während sie sich noch unterhielten, kam der Vater des Jungen, Doan, aus seinem Arbeitszimmer. Er ging an seiner Frau vorbei direkt auf Tanh zu, umarmte seinen Schwager und sagte: »Ich hoffe, du bleibst zum Mittagessen. Ich habe heute nachmittag an der Universität eine Veranstaltung, und deine Schwester macht sich solche Sorgen um

ihren kleinen Racker. Ich wäre beruhigter, wenn du bei ihr bleiben würdest.« Tanh erklärte sich bereit zu bleiben, und Doan machte sich rasch zum Aufbruch fertig.
Tuyet sagte: »Ich bin ja so froh, daß du bleibst. Ich will sehen, was wir zum Mittagessen da haben.«
»Laß dir nur Zeit, es hat keine Eile«, antwortete ihr Bruder. »Ich bin draußen im Garten.«

Doans Garten war groß und gut gepflegt. Es war Anfang Mai, und die Blätter waren noch jung und grün. Besonders die Linden hatten viele neue Blätter. »In einigen Wochen«, dachte Tanh, »kann ich kommen und die Blüten für den Tee pflükken.« Tanh liebte Lindenblütentee. Er erfrischte ihn und verschaffte ihm nach langen Stunden der Arbeit an seinen Bildern Entspannung. Er dachte: »Wie seltsam. Die Chinesen nennen Linden Bodhi-Bäume, und ihre Blüten Bodhi-Blüten, die Blüten des Erwachens.« Dann ging er zu der hölzernen Bank unter dem großen Kastanienbaum. Die geraden Zweige, mit Blüten überladen, erinnerten Tanh an die Kerzenleuchter in buddhistischen Tempeln.
Tanh wußte, wenn Thi jetzt da wäre, würde er Dutzende von Fragen stellen, darunter auch viele, die Tanh nicht würde beantworten können. Einmal hatte Thi auf eine Stelle im Kastanienbaum gezeigt und gefragt, was für eine Farbe das sei. Es war ein Fleckchen Moos irgendwo zwischen grün und purpurrot, auf jeden Fall nicht blau. Tanh hatte nicht gewußt, wie er sie nennen sollte, also hatte er geantwortet: »Na, eben diese Farbe!« Der Junge verstand und war zufrieden.
Tanh fühlte sich Thi sehr nah. Eigentlich hatte er ja selbst diese Farbe oft beim Malen verwendet. Sie war ihm tatsächlich so vertraut, daß er niemals das Bedürfnis verspürt hatte, sie zu benennen. Desgleichen sind Namen nicht wichtig, wenn man in Vietnam Menschen begrüßt. Wenn man jemanden

trifft und lächelt oder seine Hand hält, so ist das genug. Es ist wichtiger, sich an den Menschen zu erinnern als an seinen Namen oder Titel.

Tanh erinnerte sich voller Zuneigung an einen anderen Vorfall, bei dem er sich seinem Neffen sehr nahe gefühlt hatte. Tuyet hatte Thi einen Pfirsich gegeben, und, anstatt ihn zu essen, hatte Thi ihn eingehend betrachtet und ihn an seine Wange gehalten. Tuyet hatte gesagt: »Onkel Tanh hat uns genügend Pfirsiche mitgebracht, du kannst diesen also ruhig essen und später noch einen haben.« Aber Thi hatte den Kopf geschüttelt: er wollte keinen anderen Pfirsich.
Als Tanh ihn später an dieses Gespräch erinnerte, hatte Thi zu ihm gesagt: »Als ich diesen Pfirsich betrachtete, erkannte ich, was für ein herrliches Geschöpf er war. Wie viele Monate muß seine Mutter, der Baum, gebraucht haben, um ihn zu erschaffen! Wie viele Brüder und Schwestern muß er haben! Ich legte ihn an meine Wange und genoß seine Freundschaft.« Thi hatte den Pfirsich als ein Geschöpf betrachtet, das seiner vollen Aufmerksamkeit wert war, nicht einfach als etwas, das man sich einverleibt. Als er schließlich in die Frucht biß und sie aß, hatte sein Onkel ihn geneckt: »Da verschwindet dein Freund!« Und Thi hatte auch gelacht, als er seinen Onkel lachen sah.

Die Zuneigung, die Onkel und Neffe einander so deutlich zum Ausdruck brachten, war zwischen Vater und Sohn nicht so häufig zu spüren. Doan ging ganz in seiner Lehr- und der Forschungstätigkeit auf und hatte sehr selten auch noch Zeit, um mit Thi im Garten spazierenzugehen. Sicher, er war ein sympathischer, rücksichtsvoller Mann, aber Physik war nun einmal seine Leidenschaft, und sie nahm ihn ohne Unterlaß in Anspruch. Doan mit seinen mathematischen Formeln im Kopf war Welten entfernt von dem offenen Gesicht und den lachenden Augen seines Sohnes. Er konnte mit Hilfe der Mathematik die physikalischen Gesetze erklären, die die Brechung und Fortbewegung des Lichtes lenken, aber er war nicht imstande, die einfachen Bedürfnisse seines kleinen Sohnes wahrzunehmen.

Und jetzt war Thi krank, und Tanh saß allein unter dem Kastanienbaum. Er dachte an die Kluft zwischen Doans Welt, der Welt der Elementarteilchen, und This Welt, der Welt der Gefühle und Empfindungen. Tanh verstand Doans Liebe zur Physik und Mathematik. Als Künstler wußte er, daß sowohl Naturwissenschaft als auch Kunst einen so völlig in Anspruch nehmen können, daß man die kleinen Geschehnisse des Alltags gänzlich übersieht. Obwohl er mit seinem Schwager nicht in dessen Fachsprache reden konnte, verstand Tanh doch, daß die Welt der Elementarteilchen für Doan wirklicher sein konnte, als die Welt der Sinne für seinen Neffen und ihn selbst war.

Als sie einmal zusammen Kaffe tranken, neckte Tanh Doan: »Weißt du, es ist sehr wohl möglich, daß deine subatomare Welt nur eine Geisterwelt ist!«
Doan lachte. »Ja, manchmal denke ich das auch. Aber diese Geister sind wirklich, und deshalb verbringe ich so viel Zeit damit, nach ihnen zu suchen. Weißt du, Atome und Elektronen sind nicht an bestimmte Orte in Raum und Zeit gebunden. Wenn wir uns ihnen nähern, entwischen sie. Was wir für festgefügt oder dauerhaft halten, existiert in der subatomaren Welt einfach nicht.«
»Dann muß es ja in dieser Welt einfacher sein, die gegenseitige Verwobenheit und Vergänglichkeit der Dinge zu erkennen, als es im Alltag ist.«

Doan nickte. »Ja, natürlich. Denk doch mal selbst. In der Welt unserer Sinne ist eine Tasse Kaffee eine Tasse Kaffee. Sie kann nicht gleichzeitig eine Tasse Kaffee und ein Glas Wein sein. Tanh ist Tanh. Du kannst nicht gleichzeitig Tanh und Doan sein. Aber in der Welt der Elementarteilchen können Elektronen sowohl als Teilchen als auch als Wellen erscheinen. Sind sie beides zugleich? Das bereitet den Wissenschaftlern ganz schönes Kopfzerbrechen!«

»Ich verstehe. Also habt ihr Wissenschaftler kapituliert?«

»Nein. Für uns sind sie sowohl eins davon als auch beides, und wir nennen sie »Wellikel«, was sowohl Welle als auch Partikel, Teilchen, bedeutet. Wir wissen, daß wir die Vorstellungen des gewöhnlichen Lebens nicht benutzen können, um die Erscheinungen der subatomaren Welt zu beschreiben. Schließlich, wie könnten wir ein Elektron, das ja nur Bewegung ist, als fest oder dauerhaft bezeichnen? Wie können wir ihm folgen oder auch nur einer seiner Flugbahnen? Wir können ein Elektron nicht ›erkennen‹, denn wir können seine ›Identität‹ nicht begreifen. Wir können den Unterschied zwischen Tanh und Doan sehen – jeder von uns hat seinen eigenen Personalausweis –, aber wir können nicht zwischen zwei Elektronen unterscheiden.«

Als Doan erklärte, daß Elementarteilchen keine eigene Identität haben, erinnerte sich Tanh daran, gelesen zu haben, daß sie sich nicht einmal nach den Regeln von Ursache und Wirkung oder den statistischen Gesetzen verhalten. Diese Wissenschaftler, die daran arbeiteten, sich von den allgemeinsten Grundannahmen des Alltags zu befreien, gefielen ihm. Schließlich würden sie sogar die wissenschaftliche Methode selbst überwinden müssen! Wie würde wohl der Geist beschaffen sein, mit dem sie sich dann in die Welt der Elementarteilchen vorwagten?

Tanh liebte solche Gespräche mit Doan, denn er fand seinen

Schwager bemerkenswert aufgeschlossen und intelligent. Oft blieben sie bis drei Uhr morgens auf und diskutierten über Wissenschaft, Kunst und sogar buddhistische Philosophie.

Als Tuyet in den Garten kam, fand sie ihren Bruder unter dem Kastanienbaum sitzend vor. »Thi ist wach und möchte dich sehen«, sagte sie. »Er sieht viel besser aus. Kannst du ein wenig bei ihm sitzen, während ich das Essen mache? Und bitte bleib doch auch zum Abendessen.«

»Das mache ich gern«, sagte er, als sie zusammen zum Haus zurückgingen.

Kaum daß er seinen Onkel sah, streckte Thi ihm die Arme entgegen, um ihn zu umarmen. »Da du krank bist, mußte ich ganz allein in den Garten gehen«, sagte Tanh und hob den Jungen in die Luft.

Als sein Onkel den Garten erwähnte, leuchteten This Augen auf. »Nächste Woche gehe ich wieder mit dir. Die glänzenden grünen Pfingstrosenknospen haben sich in wunderschöne Blüten verwandelt, hast du sie gesehen?«

»Nein, habe ich nicht. Ich bin nur bis zum Kastanienbaum gegangen. Ich werde bis nächste Woche warten, dann können wir sie gemeinsam betrachten. Wußtest du, daß Pfingstrosen auf vietnamesisch maudon heißen?«

This Französisch war viel besser als sein Vietnamesisch. Manchmal redete Tanh mit ihm auf französisch, in der vertraulichen Art, wie Kinder sie lieben, aber er achtete darauf, daß Thi sein Vietnamesisch nicht verlernte. Tanh war geduldig, und Tuyet war immer froh, wenn sie sah, wie ihr Bruder und ihr Sohn sich in ihrer Muttersprache unterhielten. Es schien dem Onkel immer, daß Thi ein ganz anderes Kind war, wenn er Französisch sprach, als wenn er Vietnamesisch sprach. Es war, als hätte er zwei Seelen, eine für jede Sprache. Tanh lächelte innerlich, denn er erinnerte sich an das Gespräch mit Doan über die beiden unterschiedlichen Naturen des Elektrons.

Nach einer kurzen Unterhaltung verließ Tanh This Schlafzimmer und ging in die Küche. Tuyet fragte ihren Bruder nach seiner Malerei. »Ich habe seit Monaten nichts gemalt. Irgendeine tiefe Verwandlung geht in mir vor. Ich habe sie aufmerksam verfolgt, und ich möchte da nicht reinpfuschen.«

Tuyet machte sich oft Sorgen um die Fähigkeit ihres Bruders, seinen Lebensunterhalt zu verdienen. Sie wußte, daß er ein integrer Künstler war, der sich nicht damit abgab, irgend etwas zu malen, um wohlhabenden Gönnern zu gefallen. Tanh war der Überzeugung, daß ein Künstler nur einige wenige Linien, Formen und Farben benötigte, um ein Bild zu malen, ebenso wie ein Schriftsteller nur einige Worte braucht, um ein gutes Gedicht zu schreiben. Wenn Tanh erst einmal klar wußte, was er durch seine Kunst ausdrücken wollte, entstand das Werk mit Leichtigkeit.

Aber es gab Zeiten, in denen er seine Pinsel nicht einmal anrührte, weil er wußte, daß der Samen in ihm noch nicht herangereift war. Wahres Künstlertum, so glaubte Tanh, beginnt immer mit der Bewußtmachung des Aufruhrs in seinem tiefsten Innern. Er mußte es ständig sorgfältig und ohne zu urteilen beobachten. Erst wenn diese Gefühle die erforderlichen Stadien durchlaufen hatten und transformiert worden waren, konnten sie sich in einem Kunstwerk ausdrücken. Dann mußte der Künstler nichts weiter tun, als seinen Pinsel ansetzen, und Stil und Gestalt würden wie von selbst entstehen. Farbe anmischen und die Pinsel führen waren zweitrangig, das wichtigste war das Innehalten, Beobachten und das Eindringen in das Leben selbst. Für Tanh bestand die Kunst darin, das, was in ihm geschah, zu nähren und kleinen Veränderungen gegenüber aufmerksam zu sein, nicht darin, technische oder stilistische Originalität zu erlangen.

Niemals waren unproduktive Perioden für Tanh vertane Zeit. Wenn er keine Bilder zu verkaufen hatte, begnügte er sich damit, als Anstreicher zu arbeiten. Er sagte oft zu Tuyet: »Mach dir keine Sorgen. Bevor ich verhungere, werde ich dich schon um etwas Reis bitten.«
Tuyet sagte immer zu ihm: »Mein Gott, mir wäre nichts lieber, als wenn du jeden Tag mit uns essen würdest! Besonders Thi würde begeistert sein. Überhaupt, warum ziehst du nicht zu uns? Wir haben genug Platz. Wir könnten im Keller ein Atelier einrichten. Warum mußt du Miete zahlen, wenn du es hier so bequem haben könntest?«
Tanh sah seine Schwester an und lächelte. »Ich fühle mich ziemlich wohl bei mir zu Hause. Ich bin daran gewöhnt, die Miete ist erträglich, und es gefällt mir, zwischen euch und mir hin und her zu pendeln.«
»Wie dickköpfig du bist, lieber Bruder! Aber ich werde nicht darauf bestehen. Ich glaube, du magst einfach deine Ruhe zu sehr. Und nun laß mich das Mittagessen auftragen.«

Um zwei Uhr morgens wachte Tanh plötzlich auf. Er hatte einen seltsamen Traum gehabt, und seine Stirn war schweißnaß. Er griff nach einem Waschlappen und wischte sich die Stirn trocken. Dann legte er sich auf den Rücken, Arme und Beine ausgestreckt, und begann eine langsame, tiefe Atemübung, damit sich sein Körper und sein Geist wieder beruhigen konnten.
In dem Traum hatte Tanh die Hand des kleinen Thi gehalten, und sie waren zusammen durch einen Wald voller herrlicher Bäume und wilder Blumen gewandert. Sie brachen kleine Zweige und sammelten Blätter, um einen kleinen »Palast« zu bauen, als sich der Himmel plötzlich verdunkelte und sie nicht einmal mehr des andern Gesicht erkennen konnten.
Tanh rief nach Thi, aber es kam keine Antwort. Er streckte

die Hand aus, tastete im Dunkeln umher. Selbst Bäume und Büsche schienen verschwunden zu sein. Er faßte nach dem Boden, aber der hatte sich in ein flüssiges Etwas verwandelt, und er verlor das Gleichgewicht und fiel hin. Als er mit etwas kämpfte, das sich wie Wasser anfühlte, fühlte er etwas und griff danach. Es war This Arm. Es gelang ihnen, sich lange Zeit schwimmend und tretend über Wasser zu halten. Schließlich erreichten sie einen Baum und erkletterten ihn. Mittlerweile war es Tag geworden, und sie sahen, daß der Wald verschwunden war.

Tanh nahm This Hand, und sie liefen über weite, leere Landstriche, die übersät waren mit scharfkantigen Felsen, Glasscherben und verkrüppelten, verbrannten Bäumen. Über ihren Köpfen näherte sich ein Sturm, und Tanh hörte, wie eine wütende Menge sie verfolgte. Er sah sich nach einem sicheren Unterschlupf um, aber da war nur Leere und Verwüstung um sie herum. Tanh und Thi erkannten, daß es sinnlos war, noch weiter zu laufen, und sie blieben stehen, bereit, ihren Verfolgern ins Gesicht zu sehen. Die Schreie verstummten, und der sich zusammenbrauende Sturm gefror zu Grabesstille.

An dieser Stelle wachte Tanh auf. Er wußte, daß er sich weiter auf seinen sanften, tiefen Atem konzentrieren mußte, wenn er einen Gedanken anlocken wollte, der ihm helfen konnte, den Traum zu verstehen. Er wollte nicht seinen Verstand zur Hilfe nehmen, um den Traum zu interpretieren, denn er fühlte, daß seine Intuition ihm ein viel tieferes Verständnis geben konnte. Viel Zeit verging, und keine Einsicht kam, aber Tanh fühlte sich von der Atemübung erfrischt. Er stand auf, ging langsam ins Badezimmer und drehte die Dusche auf. Das sanft rieselnde warme Wasser tat ihm gut. Nach einigen Minuten stellte er das Wasser ab, trocknete sich sorgfältig ab und zog sich bequeme Kleidung über.

In seinem Arbeitszimmer entzündete Tanh ein zart duftendes

Räucherstäbchen und setzte sich mit gekreuzten Beinen auf eine zusammengefaltete Decke auf den Boden. Sitzmeditation war ein wichtiger Bestandteil seiner Arbeit. Wie immer konzentrierte er seinen Geist auf seinen Atem. Etwa zwanzig Minuten später ließ er von dem bewußten tiefen Atmen ab und erlaubte seinem Geist zu wandern, wohin er wollte, während er ihn weiter beobachtete, so wie ein Hirtenjunge seine Herde beobachtet, die frei auf der Weide umherläuft.

Vor Tanhs innerem Auge entstanden Bilder von ihm selbst in dem Dorf am Flußufer, in dem er aufgewachsen war. Es war ein kleines Dorf am Hau Giang Fluß in der Provinz Long Xuyen. Riesige fruchtbare Reisfelder erstreckten sich zu beiden Seiten den Flusses. Als Kind war Tanh barfuß mit seinen Freunden auf den Deichen dieser Reisfelder entlanggelaufen; sie hatten nach Regenwürmern gegraben, Fisch gefangen, Krebsfallen gelegt und schwarze Grillen gejagt. Was war aus all diesen Freunden geworden? Einige waren im Krieg getötet worden, andere befanden sich in »Umerziehungslagern«, und wieder andere, so hatte er erfahren, waren einfach verschwunden, ohne irgendeine Spur zu hinterlassen. Er wußte, daß Que, sein bester Freund auf der Oberschule, im Kampf um Pleime getötet worden war. »Mittlerweile muß sein Körper schon wieder zu Erde geworden sein«, dachte Tanh. Viele Jungen aus späteren Generationen waren von Kugeln und Bomben getötet worden. Sein eigener Neffe Thi hatte mehr Glück gehabt. Obwohl seine beiden Eltern Vietnamesen waren, war er in Frankreich geboren worden. Sein kollektives Karma war mit dem anderer vietnamesischer Kinder verknüpft, aber sein persönliches Karma sparte ihn aus, verschaffte ihm Vorteile, von denen die Kinder in Vietnam nicht einmal träumen konnten.

Seit Tanh in Frankreich war, gingen seine Gedanken immer zurück zu den Kindern in Vietnam, wenn er auf dem Schulhof

oder auf dem Gehweg Kinder spielen sah. So oft hatte Tanh die kleinen, von Kugeln oder Bombensplittern zerfetzten Körper in seinen Armen gehalten, und oft hatte er sie mit seinen eigenen Händen begraben müssen. Als Mitglied der Ambulanzeinheit der buddhistischen Jugendorganisation hatte sich Tanh vielen Gefahren ausgesetzt, um verwundeten, hilflosen Zivilisten zu helfen.
Niemals würde Tanh vergessen, wie er den leblosen Körper eines vierjährigen Mädchens gehalten hatte. Ihr Kopf baumelte zur Seite, ihr Haar war blutverschmiert. Er hatte nicht die Zeit, auch nur eine einzige Träne um sie zu weinen, denn Hunderte anderer waren in großer Not, schrien um Hilfe nach ihm und seinen Kameraden. Er hatte nur zwei oder drei Sekunden, um dieses Mädchen anzusehen, aber es waren Sekunden, die er niemals vergessen würde. Tanh fühlte sich innerlich zerrissen. Je mehr Schmerz und Leid er sah, desto tiefer gruben sich die Wurzeln seines Wesens in den Boden seiner Heimat.
Es war jetzt vier Jahre her, seit er an Bord des Flugzeuges gegangen war, das ihn im Rahmen des »Familienzusammenführungsprogramms« nach Paris gebracht hatte. Wie hatte er Vietnam verlassen können? Nicht um seiner eigenen Zukunft willen. Nicht um seiner Kunst willen. Und ganz sicher nicht um des angenehmen Lebens willen. War es um der Freiheit willen? Konnte es für jemanden, dessen ganzes Sein so tief in der Erde seiner Heimat verwurzelt war, persönliche Freiheit geben? Tanh schüttelte zweifelnd den Kopf. Er wollte nicht weiterdenken.
Sein Freund Que – selbst seine Knochen mußten mittlerweile zu Staub zerfallen sein. Truc, sein älterer Bruder, war Nachrichtenoffizier in der südvietnamesischen Armee gewesen, als er 1972 fiel. Seine Überreste hatte man nie gefunden. Auch die Knochen seines Bruders mußten mittlerweile irgendwo in den

Bergen entlang der laotischen Grenze zu Staub zerfallen sein. Und das kleine Mädchen, das in seinen Armen gestorben war, waren auch ihre Knochen bereits wieder Teil der Erde ihres Volkes geworden? Tanh konnte sich noch genau an die Lage ihres kleinen Grabes auf dem Friedhof der Kongregation der Provinz Binh Dinh erinnern. War ihr Fleisch bereits wieder zu Erde zerfallen? Er hatte sie einfach so begraben, ohne Sarg oder Zeremonie. Er wußte nicht einmal ihren Namen, kannte ihre Familie nicht. Alles, was er tun konnte, während er das Loch in der Erde wieder zuschüttete, war, den Namen Amidha Buddhas immer wieder zu rezitieren.
Tanhs Eltern wurden getötet, als eine Bombe in ihr Haus in Long Xuyen einschlug. Das war, als er neunzehn war. Einige Jahre danach kam er zurück in sein Heimatdorf und saß auf dem Haufen aus Ziegeln, Mörtel und Holz, wo das Haus seiner Familie gestanden hatte. Während er so dort saß, blieb sein Auge an einer winzigen wilden Blume hängen, die mit ihrer fünfblättrigen Blüte durch einen Riß im Stein wuchs, und ihre zerbrechliche Schönheit rührte ihn zutiefst an. Er erkannte, daß die Blume sich überhaupt nichts aus der Zerstörung machte. Hier war das Leben in all seiner Kraft und mit all seinen Wundern, und es entstand inmitten von Chaos, Haß und Tod.
Die zarte Blume rief Tanh beim Namen und sagte ihm, daß das Leben zwar Leiden, Leiden aber doch nicht alles ist. Nichts bleibt für immer bestehen. Alle Dinge sind miteinander verwoben. Leben, das ist der endlose Zyklus von Schöpfung und Zerstörung. Tanh erkannte, daß Freude und Schmerz, weit davon entfernt, einander entgegengesetzt zu sein, sich ebenso ergänzen wie Schöpfung und Zerstörung.
Die winzige wilde Blume half Tanh, die Lehren des Toan zu verstehen, des älteren Bildhauers, bei dem er an der Kunstakademie studiert hatte. Wenn Toan Meißel und Hammer hielt

oder Ton formte, sah er aus wie ein Priester aus alter Zeit, der ein geheiligtes Ritual durchführt. Er war zugleich sanft und kraftvoll, anmutig und doch würdevoll. Er brachte nicht viele Kunstwerke hervor, aber alles, was er schuf, war tief und kraftvoll.

Einmal hatte er Tanh mit zur An-Quang-Pagode genommen, um ihm seine Statue von Manjushri zu zeigen, dem Bodhisattva des großen Verstehens. Danach kehrte Tanh noch oft nach An Quang zurück, um das Werk seines Lehrers zu betrachten. Wenn er die Statue ansah, spürte Tanh, daß kein Künstler ein solch herrliches Werk schaffen konnte, ohne vorher viel Schmerz erfahren zu haben und ohne lieben zu können.

Das war ein Gesicht, das ein tiefes Wissen um die gesamte Existenz verriet. Wenn man in die geschnitzten Augen des hölzernen Bodhisattva blickte, konnte man nicht umhin, die wahre Natur allen Schmerzes und aller Freude zu erkennen. Der Betrachter wurde durch den Blick des Manjushri geöffnet, so wie Blüten ihre Blätter zur Sonne hin öffnen, um beschienen zu werden. Seine Augen blickten den Betrachter an, nicht mit forschendem oder urteilendem Blick, sondern mit einem Blick, der verstand und ruhig werden ließ.

Es war ein mitfühlender Blick, der durch das Lächeln auf Manjushris Gesicht unterstützt wurde. Nur jemand, der durch tiefste Schmerzen gegangen war, konnte so sanft lächeln und die Welt mit so mitfühlenden Augen anblicken. Die Haltung des Bodhisattva und die Gestik seiner Hände waren die eines mitfühlenden menschlichen Wesens, nicht die eines übernatürlichen Gottes. Die Botschaft in Toans Statue war, daß ein Mensch zum Buddha werden kann, wenn er ganz und gar menschlich wird. Der Bodhisattva saß völlig bewegungslos, furchtlos und in sich ruhend, aber überhaupt nicht entrückt.

Tanh hatte Toan oft besucht und schließlich von ihm gelernt, zu sitzen und zu meditieren. »Sitzen«, hatte ihm Toan gesagt,

»ist ein Weg, der künstlerischen Inspiration zur Reifung zu verhelfen, bevor sie sich in einem Kunstwerk manifestiert.« Toan hatte Tanh auch geholfen, die Beziehung zwischen seiner Heimat, Vietnam, und sich selbst als Künstler zu verstehen: »Jede Nation, jedes Volk erlebt Zeiten des Ruhmes und Zeiten des Leidens. Ein Künstler kann für eine ganze Nation sprechen, indem er seinen eigenen Hoffnungen und seinem eigenen Schmerz Ausdruck verleiht, denn die Empfindungen eines Künstlers spiegeln zutiefst die Gefühle seines Volkes wider.« So richtig verstand Tanh Toans Worte erst, als er die winzige wilde Blume inmitten der Kriegstrümmer erblühen sah.

Oft sah Tanh seinen Neffen Thi an und dachte: »Dieses Kind ist in einem Land ohne Krieg geboren und wächst hier auf, es wird von seinen Eltern und anderen Erwachsenen in seiner Umgebung sehr geliebt und umsorgt und hat viele materielle Annehmlichkeiten.« Und dann dachte er an die Kinder, deren Körper von Bomben und Kugeln zerfetzt waren, an die Kinder, die hungrig und frierend umherzogen, ohne Zuflucht in einer Welt des Hasses.

Er erinnerte sich an den Traum, der ihn in der Nacht geweckt hatte. Er hatte This Hand gehalten, und sie waren gelaufen, während sich ein Sturm zusammenbraute. Tanh erkannte, daß das Laufen seinen Wunsch symbolisierte, dem Tod, der Verzweiflung und der Vergänglichkeit zu entkommen. Er erinnerte sich an das Ende des Traumes. Als er merkte, daß es unmöglich war, sich zu verbergen, war er stehengeblieben, und die Schreie der sie verfolgenden Menge waren verstummt. Könnte es sein, daß die wahren Feinde seine Angst und sein Schmerz waren, seine Sehnsucht nach einer Existenz, die von den Schattenseiten des Lebens verschont blieb? »Das Leben bringt uns auf die Welt, und sie begräbt uns«, dachte Tanh. »Es gibt kein Leben ohne Tod, und keinen Tod ohne Leben. Aus ganzem Herzen ja zu sagen zum Leben heißt, beide Seiten seiner Wirklichkeit anzunehmen.« Tanh sah das kleine Mädchen, das in seinen Armen gestorben war, und sie lächelte ihn an. Welch zauberhaftes Lächeln! Er sah, daß es dasselbe Lächeln war, das Thi lächelte. Ja, es war Thi, der da lächelte! Das kleine Mädchen, das durch dieses schreckliche Leid gegangen war, und Thi, der so angenehm lebte, waren ein und dasselbe Kind!

Obwohl der Krieg schon seit fünf Jahren zu Ende war und Onkel und Neffe in einem friedlichen, demokratischen Land ein sicheres Leben führten, war die Realität des Krieges in Vietnam in jeder Zelle von Tanhs Körper gespeichert und lebendig. Der Traum war keine Illusion. Er war ebenso wirklich wie die Dinge, die ihn umgaben. Er war die Stufen hinaufgestiegen und hatte das Flugzeug nach Frankreich bestiegen, aber seine Heimat hatte er niemals verlassen. Er selbst war seine Heimat.

Tanh ließ seine Meditation sanft ausklingen. Er stand auf und begann, langsam zu gehen, jeden Schritt mit äußerster Sorgfalt setzend, so als wolle er jeden Fußabdruck klar umrissen auf dem Fußboden hinterlassen, ihn der Erde selbst einprägen. An jenem Morgen begann Tanh ein Bild des kleinen Thi zu malen, wie er neben einem Strauß vollerblühter Pfingstrosen stand. Er arbeitete den ganzen Tag, bis spät in die Nacht hinein, und unterbrach die Arbeit nur, um ein Stück Brot, eine Orange und ein Glas Wasser zu sich zu nehmen. Dann schlief er vier Stunden lang.

Früh am nächsten Morgen machte er Licht in seinem Atelier und arbeitete weiter. Im Lauf des Vormittags läutete es mehrmals an der Tür, aber er machte nicht auf. Er wollte niemanden sehen oder sprechen, während er Thi malte.

Er arbeitete bis Donnerstagmittag durch. Dann hatte er das Gefühl, daß das Bild fertig war. Vielleicht noch einen Pinselstrich da und dort oder eine kleine Änderung hier und da, aber mehr brauchte es nicht mehr. Tanh schaltete den Scheinwerfer an der Südwand ein und richtete das Licht auf sein Bild; dann setzte er sich, um sein Werk zu betrachten. This Lächeln war strahlend und klar wie die Pfingstrose, die er in der Hand hielt. Es war dasselbe Lächeln wie das des kleinen Mädchens, das Tanh in seiner Meditation gesehen hatte. Er hatte seinen Neffen in der traditionellen vietnamesischen Tracht, bestehend aus grauen Hosen und grauem Hemd, gemalt, die das kleine Mädchen, das Jahre zuvor in seinen Armen gestorben war, auch getragen hatte. »Sie ist zurückgekommen«, dachte Tanh. »Sie lebt jetzt in Thi weiter und in allen Kindern, die leben und auf dem Boden seiner Heimat wandeln.«

> *O ihr Kinder, die ihr der Zukunft entgegengeht, nehmt all die Tausende Kinder mit euch, die getötet wurden. Wir Erwachsenen, die wir von Ehrgeiz und Haß verblendet wurden, müssen beiseite treten und euch vorbeiziehen lassen. Der kleine Thi wird niemals sterben. In ihm lebt die Vergangenheit, und durch ihn können alle Kinder, tot und lebend, in die Zukunft gehen und sie gestalten.*

Tanh drehte das Licht aus, schloß die Tür seines Ateliers hinter sich und ging die Treppe zum ersten Stock hinauf. Er fühlte Frieden. Er wollte zu Mittag essen und ein kleines Nickerchen machen, bevor er letzte Hand an sein Bild legte, aber als er an seinem Briefkasten vorbeikam, fand er eine dringende Nachricht. Sie war von seiner Schwester: »Ich brauche dich. Komm gleich. Tuyet.« Sofort zog sich Tanh an und begab sich zur Bushaltestelle.

Bis zum Mittwoch war This Fieber auf einundvierzig Grad gestiegen, und er hatte begonnen, sich zu übergeben. Er hatte starke Herzschmerzen und hörte nicht auf zu schreien, während er die Hände verzweifelt an seine Stirn preßte. This Schreie zerrissen seinen Eltern das Herz. Tuyet versuchte verzweifelt, Thi zu beruhigen und ihm Erleichterung zu verschaffen, und Doan rief Dr. Peltier an. Der Arzt sagte ihnen, sie sollten Thi sogleich ins Kinderkrankenhaus bringen, er würde sie dort erwarten. Als sie im Krankenhaus ankamen, war Thi kaum noch bei Bewußtsein.

Thi wurde eingehend untersucht, und die Ärzte fanden heraus, daß er einen Tumor im Gehirn hatte und darüber hinaus eine Gehirnhautentzündung. Sein Leben war ernsthaft in Gefahr, und sie entschlossen sich, ihn zu operieren, um den Tumor zu entfernen. Es war ein Glück, daß der beste Chirurg des Kinderkrankenhauses gerade anwesend war. Die Vorbereitungen dauerten fast drei Stunden, und Thi wurde hineingerollt und mit dem Gesicht nach unten auf einen speziell dafür ausgerüsteten Tisch gelegt.

Tuyet und Doan warteten in einem kleinen Zimmer vor dem Operationssaal. Die Zeit schien stillzustehen. Tuyet rezitierte leise vor sich hin, sie erbat das Mitgefühl des Bodhisattva Kwan Yin. Aber Doan konnte nicht beten. Sein Herz brannte lichterloh. Je mehr er über die Fehldiagnose von Dr. Peltier nachdachte, desto zorniger wurde er. Dreimal hatte der Doktor den Ernst von This Zustand unterschätzt!

Bei Einbruch der Nacht war die Operation beendet, und Thi war noch immer nicht bei Bewußtsein. Man sagte Doan, daß die Operation glatt verlaufen, der Zustand des Kindes aber weiterhin kritisch sei. Behandlungen mit verschiedenen Seren, Antibiotika und Kortison wurden durchgeführt, und man erwartete, daß Thi in etwa sechs Stunden wieder zu Bewußtsein kommen würde.

Das Krankenhaus gestattete nur einer Person, bei Thi zu bleiben, und Doan entschied, daß das Tuyet sein sollte. Er sagte ihr, sie solle sofort anrufen, falls sich eine Änderung ergeben sollte; ansonsten solle sie sich möglichst ausruhen. Als ihr Mann das Krankenhaus verließ, bat Tuyet ihn, inständig zu beten, und auch, ihrem Bruder Tanh ein Telegramm zu schikken.

An diesem Abend war Doan nicht in der Lage, etwas zu essen. Er trank ein Glas Milch und setzte sich hin, um auf den Anruf seiner Frau zu warten. Er konnte nicht stillsitzen, es war, als ob unter seinem Stuhl ein Feuer loderte. Er stand auf und ging auf und ab, vom Wohnzimmer in die Küche, zurück ins Wohnzimmer, ins Arbeitszimmer, in This Zimmer, von This Zimmer in sein eigenes und in Tuyets Schlafzimmer. Wo er auch hinging, er fühlte sich, als brenne er innerlich lichterloh. Er ging zurück ins Wohnzimmer, setzte sich dort in seinen altvertrauten Schaukelstuhl, aber es dauerte nur einige Minuten, bis er erneut aufstehen und auf und ab gehen mußte. Sein alter, sonst so bequemer Stuhl brannte unter ihm.
Um elf Uhr abends hatte Tuyet noch immer nicht angerufen. Das hieß, daß Thi noch immer bewußtlos war. Langsam geriet Doan in Panik. Er wollte die Ruhe bewahren, aber es gab nichts, was er tun konnte. Er wußte, daß seine Frau in diesem Augenblick für ihren Sohn betete, und er wünschte, auch er hätte einen so einfachen, klaren Glauben. Aber er konnte einfach nicht glauben, daß das Anrufen Buddhas auch nur den leisesten Einfluß auf die Überlebenschancen seines Sohnes haben sollte. Tuyet hatte ihn oft ermutigt, mit ihr zu beten, aber er hatte es niemals gekonnt. Solange sein Sohn in Lebensgefahr schwebte, würde er keine Ruhe finden, das wußte er.
Die Wanduhr schlug zwölf. Doan zog seinen Schlafanzug an und ging zu Bett, in der Hoffnung, er würde einfach einschlafen. Aber er konnte nicht einmal die Augen schließen. Und erst da, in diesem Augenblick, erkannte er langsam und in aller Deutlichkeit das wahre Gesicht seiner inneren Unruhe. This

Bild tauchte immer wieder vor seinem inneren Auge auf. Er zitterte, als er daran dachte, daß sein Sohn sterblich war. Er warf sich im Bett herum, versuchte, sich in eine bequemere Stellung zu bringen, aber ohne Erfolg. Auch sein Bett stand lichterloh in Flammen. Er fühlte sich, als ob er, Tuyet, Thi und das ganze Haus auf dem Ozean umhertrieben und jeden Augenblick von einer Welle ergriffen werden konnten. Zum ersten Mal erkannte er, wie sehr das Leben seines Sohnes mit dem seinen verbunden war. Wenn Thi starb, würde er nicht mehr er selbst sein. Er würde auch sterben, Thi war mehr als nur sein Sohn. Er war auch Doan, er selbst.

Jahrelang hatte Doan gedacht, es sei genug, seinem Sohn Sicherheit und Annehmlichkeiten zu verschaffen. Er war wie ein Gärtner, der einen gesunden Baum, nachdem er ihn gepflanzt und ihm fruchtbare Erde und einen Windschutz gegeben hat, sich selbst überläßt. Plötzlich erkannte er, daß Thi nicht einfach nur der Baum war. Er war auch der Gärtner und das Herz des Gärtners. Wenn der Baum starb, würde auch der Gärtner sterben.

Doans Familie lebte auf sicherem, festem Boden, nicht in einem Boot, das auf dem Ozean Spielball der Wellen ist. In Frankreich herrschte Frieden. Montpellier war eine Stadt, die alle nur erdenklichen Möglichkeiten bot, die Fähigkeiten seines Sohnes auszubilden und zur vollen Entfaltung zu bringen. Thi war behütet und umsorgt von der Liebe seiner Eltern, seiner Schule und seiner Gesellschaft.

Doan wußte von den Gefahren, die auf Flüchtlinge lauerten, die übers Meer entkommen waren, einschließlich Hunger, Durst, Stürme und Piraten. Letzten Monat erst hatte er gelesen, daß weniger als die Hälfte der Menschen, die Vietnam mit dem Boot verließen, überlebten. Er dachte an die Heimatlosen und Verzweifelten, die Kriegsopfer, und er dachte an sich selbst. Er lebte in seinem eigenen Haus, einem zauberhaften

Haus, umgeben von Bäumen und Blumen, einem Haus, in dem Liebe und Ruhe herrschten. Und doch konnte er nun einen Augenblick lang ganz deutlich erkennen, wie auch er von den Wellen des Ozeans auf- und niedergeworfen wurde. All sein Friede und seine Sicherheit hatten sich in nichts aufgelöst, und sein eigenes Schicksal war ebenso ungewiß wie das der Bootsflüchtlinge.

Doan hatte etwas außerordentlich Wichtiges entdeckt! Thi war nicht nur sein Sohn, nein, Thi war auch Doan. Wenn Thi starb, würde auch Doan sterben. Selbst wenn Doan nicht tatsächlich stürbe, so wäre er doch nur noch ein Schatten seiner selbst. Welch schockierende Einsicht! Wie konnte er nun, da er dies wußte, jemals einschlafen! Er fühlte sich wie ein Mann, der von einem Pfeil verwundet wird. Der Schock, der Schmerz, dies alles war so wirklich, daß er nicht einmal die Augen schließen konnte. Doan gab den Versuch einzuschlafen auf. Er ging in die Küche und machte sich eine Tasse starken schwarzen Kaffee.

Er wußte, daß er mit einer Realität konfrontiert worden war, der er nie zuvor ins Auge geschaut hatte. Sein Kampf ums Überleben war ebenso verzweifelt wie der der Flüchtlinge in ihren zerbrechlichen Booten. Wenn er keinen Weg fand, seine quälenden Gedanken und Sorgen zu überwinden, würde auch er Gefahr laufen zu ertrinken. Tuyet hatte noch nicht angerufen, und, so dachte er, wenn sie noch anriefe, so vielleicht auch nur, um ihm mitzuteilen, daß Thi noch immer bewußtlos war. Den ganzen Abend hatte Doan auf einen Anruf gehofft, aber nun fürchtete er das Klingeln des Telefons. Aber er mußte stark bleiben, denn der herannahende Sturm könnte sie alle auf den Grund des Meeres fegen. Die Nacht war erst halb vorbei, und Doan hatte das Gefühl, sein Haar sei ergraut. Er wußte, er mußte kämpfen, aber mit welchen Waffen? Tuyet konnte beten, denn sie glaubte an den Buddha. Ihr Bruder

Tanh konnte still sitzen und meditieren. Doan hatte weder Tuyets Glauben noch Tanhs Praxis. Und sein naturwissenschaftliches Wissen? Wie konnte es ihm in einer Zeit wie dieser helfen, in einer Zeit, in der Angst und Unsicherheit so überwältigend waren, daß er sich kurz vor dem Zerspringen glaubte?
Es war nun halb drei morgens. Doan war ruhelos von Zimmer zu Zimmer gegangen, hatte sich im Bett umhergewälzt und sich bestimmt hundertmal gesetzt, nur um wieder aufzustehen. Er hatte versucht, Zeitungen und Bücher zu lesen, aber jedesmal reichte seine Aufmerksamkeit nur für eine oder zwei Zeilen. Er fragte sich, welchen Menschen auf der Welt er jetzt am liebsten um sich hätte, um etwas von seiner Angst und Furcht mit ihm zu teilen. Er dachte an seine Freunde und entschied, daß keiner von ihnen dazu in der Lage sein würde. Niemand konnte in seine Einsamkeit kommen und ihm dort Gesellschaft leisten. Er wußte, es würde einfacher sein, dort zu sitzen und seinen quälenden Gedanken ins Gesicht zu sehen, als mit jemandem zusammenzusein, der sie nicht mit ihm teilen konnte. Dann fiel ihm Tanh ein, und ihm wurde klar, daß er sich weniger einsam fühlen würde, wenn Tanh jetzt bei ihm säße, selbst wenn sie nicht sprächen. Er wußte, daß Tanh Thi ebensosehr liebte, wie er und Tuyet den Jungen liebten.
Wenn Tanh nur ein Telefon hätte, würde er ihn sofort anrufen. Und doch wußte er, daß Tanh eine freiheitsliebende Seele war, die heute nacht vielleicht nicht einmal zu Hause war. Dann erinnerte er sich daran, daß er Tanh kein Telegramm geschickt hatte, wie Tuyet ihn gebeten hatte. Er griff nach dem Telefon, wählte und diktierte die Nachricht, in der Tuyet ihren Bruder bat, sofort zu kommen. Er legte den Hörer nieder, machte alle Lampen im Wohnzimmer an und setzte sich erneut in seinen Lehnstuhl. Das Telegramm würde nicht vor acht Uhr zugestellt werden, das hieß, daß Tanh frühestens um

zehn eintreffen würde. Doan wußte, daß Tanh Thi sehr liebte und daß eine Nachricht über den Zustand des Jungen ihn sehr treffen würde. Aber Doan konnte sich nicht vorstellen, daß sein Schwager so panisch reagieren würde wie er selbst.

Die Wanduhr schlug drei. Es war drei Uhr morgens. Doan wußte, daß sein Sohn noch immer ohne Bewußtsein war und daß sein Leben an einem seidenen Faden hing. Wie konnte ein so zarter kleiner Körper einen Gehirntumor und Meningitis überleben? Wäre Dr. Peltier da, Doan würde mit seinen Gefühlen nicht hinter dem Berg halten.

Doan wußte, daß This Zustand die medizinische Wissenschaft an ihre Grenzen brachte. Erst vergangenen Januar war sein Freund Binh im Lariboisière-Krankenhaus in Paris gestorben, sogar nach einer erfolgreichen Gehirnoperation. »Glauben an die Wissenschaft ist ja schön und gut«, dachte Doan, »aber im Leben muß man auch an Wunder glauben.« Er wußte, daß seine Frau jetzt um ein solches Wunder betete, sie bat um den Beistand der mitfühlenden und heilenden Bodhisattvas. Doan wünschte verzweifelt, auch er könne in solch religiöser Überzeugung Zuflucht suchen. Aber sein Interesse an Buddhismus war eher beiläufig und nicht so machtvoll wie der Glaube von Tuyet oder die pragmatische und philosophische Disziplin Tanhs.

Mittlerweile war Doan so angespannt, daß sich sein Gehirn anfühlte, als würde es gleich zerspringen. Er starrte das Telefon an, wollte das Krankenhaus anrufen, aber er wußte, es würde keinen Sinn haben. Wenn und falls Thi wieder zu Bewußtsein kommen würde, so würde Tuyet ihn eilends anrufen. Es war vier Uhr morgens. Doan lag auf seinem Bett, Arme und Beine steif von sich gestreckt wie die eines Toten. Er stand auf, nahm zwei Aspirin in einem Glas kalten Wassers und ging zurück zum Bett, um sich wieder hinzulegen, in der Hoffnung, die Tabletten würden seine Nerven beruhigen. Eine halbe

Stunde später brannte sein ganzer Kopf. Er rieb ihn eine Weile mit den Händen, gab es aber dann auf. Er ging an die Hausapotheke und nahm zwei Kapseln eines starken Schlafmittels heraus. Nachdem er sie geschluckt hatte, löschte er alle Lampen, sogar das winzige Nachtlicht im Schlafzimmer, und ging wieder zu Bett.

Es war viertel nach fünf morgens, als er endlich in einen betäubten Schlaf fiel. Er hatte beängstigende Träume, einen nach dem anderen. Im letzten Traum saßen Tuyet, Thi und er in einem kleinen Boot, das wie eine Nußschale auf der rauhen See tanzte. Eine Welle, so riesig wie ein Berg, erfaßte sie. Doan wachte schreiend auf. Er faßte sich an die Stirn, die schweißnaß war. Seine Armbanduhr zeigte zwanzig nach acht. Er hatte drei Stunden geschlafen, aber er fühlte sich noch müder als vorher, und seine Anspannung hatte sich nicht gelegt. Je mehr er versucht hatte, seine Ängste und Sorgen zu unterdrücken, desto mehr Schaden schienen sie seinem Körper zuzufügen.

Das Telefon klingelte. Doans Herz schlug in seiner Brust zum Zerspringen. Er rannte ins Wohnzimmer. Ja, es war Tuyet. Nein, Thi war noch immer nicht bei Bewußtsein. Tuyets Stimme klang tränenerstickt. Doan sagte ihr, daß er Tanh ein Telegramm geschickt hatte und daß er bis zehn Uhr bei ihnen zu Hause sein würde. Tuyet sagte, er solle auf Tanh warten, und die beiden sollten dann zusammen ins Krankenhaus kommen. Sie versprach ihm, sofort anzurufen, falls es irgend etwas Neues geben würde.

Als er den Hörer niederlegte, wurde Doan bewußt, daß der Zustand seines Sohnes noch ernster war, als er befürchtet hatte. Nachdem er mit seiner Frau gesprochen hatte, war seine quälende Unruhe sogar noch gewachsen. Wann würde sich bei Thi eine Besserung abzeichnen? Heute nacht, morgen, übermorgen? Würde er noch einen Tag dieser Prüfung überleben?

Regungslos saß Doan in seinem Lehnstuhl. In ebendiesem Augenblick kämpfte sein Sohn mit dem Tod. Immer und immer wieder murmelte Doan vor sich hin: »Halt durch, Sohn, halt durch.« Thi mußte kämpfen. Und er, Doan, mußte ebenfalls kämpfen. Er hatte nicht den Glauben seiner Frau oder die Meditationspraxis seines Schwagers, er mußte seine eigene Waffe finden. Welche Praxis hatte er, die er sein eigen nennen konnte? Er dachte an seinen Beruf, seine Liebe zur Physik und Mathematik. Gab es irgend etwas in der Wissenschaft, der er Jahre seines Lebens gewidmet hatte, das ihm nun helfen konnte? Diese Frage stellte er sich, und plötzlich fühlte er einen unwiderstehlichen Drang, in sein Arbeitszimmer zu gehen und sich an den Schreibtisch zu setzen. Zuvor ging er sich das Gesicht waschen und zog ein frisches Hemd über, und als er sein Arbeitszimmer betrat, fühlte sich Doan sogleich viel entspannter. Es fühlte sich so angenehm an, wieder in eine Welt einzutreten, in der er sich sowohl körperlich als auch geistig zu Hause fühlte. Er verglich es mit einer Schnecke, die sich in ihr Haus zurückzieht, oder mit einer Spinne, die sich in das Zentrum ihres Netzes zurückzieht, an dem sie so hart gearbeitet hatte. »Nehme ich Zuflucht in meinem Elfenbeinturm?« fragte er sich. »Und ist dieser Turm wehrhaft genug, mich gegen diese quälenden Nöte zu schützen?«

»Die letzte Nacht, das war die Ewigkeit«, dachte er. »Zeit, Zeit. Meine Zeit. This Zeit, die Zeit der Elektronen und Mesonen. Ist die Zeit der Physik unabhängig von der Zeit, die im menschlichen Gehirn abläuft?« Mehr als einmal hatte Doan sich mit dem Thema Zeit beschäftigt und mit Tanh darüber gesprochen. Sie hatten Zeit vor dem Hintergrund der Einsteinschen Relativitätstheorie diskutiert, und Tanh hatte bemerkt, daß Zeit, Raum und was wir physikalische Phänomene nennen in enger Beziehung zur menschlichen Wahrnehmung stehen. Tanh hatte gesagt, daß all diese nur durch den menschlichen Geist die Formen und Charaktere annehmen, als die wir sie gemeinhin wahrnehmen.

Doan konnte Tanh fast völlig zustimmen. Jüngste Entdeckungen im Bereich der subatomaren Physik hatten das gesamte Gebäude der materialistischen Physik so gut wie zum Einstürzen gebracht, so daß die Grundannahmen der Existenz, wie sie seit Demokrit gegolten hatten, ihre Glaubwürdigkeit verloren. Die Wissenschaftler konnten nichts finden, das eine von anderen getrennte, unabhängige Existenz hatte. Jedesmal, wenn sie Experimente mit subatomaren Teilchen durchführten, konnten sie lediglich die Reaktionen der Entitäten feststellen, manchmal als Wellen, manchmal als Teilchen. Sie konnten kein »Selbst« ausmachen, nur ihre eigenen Vorstellungen.

Doan wußte, daß weder Materie noch Raum noch Zeit unabhängig von den beiden jeweils anderen Größen beobachtet werden können. Er wußte, daß normalerweise eine Grenze zwischen Vergangenheit und Zukunft angenommen wird, die Gegenwart. Aber in seinen Relativitätsforschungen hatte er entdeckt, daß die Spanne der Gegenwart sich mit der räumlichen Entfernung zwischen Beobachter und dem beobachteten Phänomen verändert. Die Gegenwart kann ein kurzer Augenblick sein, sie kann aber auch in Jahren gemessen werden oder sogar in Millionen von Jahren. Jemand, der von der Erde aus eine Sternschnuppe beobachtet, weiß möglicherweise nicht, daß von anderen Stellen im Universum aus der Stern noch gar nicht gefallen ist, oder vielleicht ist er auch Millionen Jahre vorher bereits gefallen. Die Gegenwart ist keine universelle Entität. Sie kann auch mit der Vergangenheit oder der Zukunft in eins fallen.

Aus der Quantenmechanik wußte Doan, daß sich hinsichtlich Geschwindigkeit und Energie eine unendliche Unbekannte ergibt, wenn man versucht, die Lage eines Elektrons festzustel-

len. Die Aktionen und Reaktionen subatomarer Materie sind mit mathematischen Formeln nicht zufriedenstellend zu beschreiben. Im Bereich der subatomaren Physik wird selbst die Natur von Zeit und Raum ungenau, so daß man nicht immer sagen kann, was Vergangenheit und was Zukunft ist. Einige subatomare »Entitäten« scheinen sogar der Zeit entgegenzulaufen, in Gegenrichtung der kausalen Ordnung.
Doan fühlte sich, als sei er von einem Traum in den anderen gefallen. Thi war über acht Jahre lang Teil seiner Welt gewesen, und doch schien ihm sein Sohn niemals so wirklich wie jetzt, da er an der Schwelle zum Tod stand. Doan konnte jetzt Thi klarer sehen, daher konnte er auch sich selbst klarer sehen. Seine Illusion von Sicherheit und Dauerhaftigkeit hatte sich in nichts aufgelöst, und das menschliche Leben erschien ihm so zerbrechlich und schemenhaft wie eine Rauchwolke. Die Vergangenheit erschien wie ein Traum. Aber was war mit der Gegenwart, die angefüllt war mit Angst und Furcht, war die nicht auch ein Traum?
Doan wurde sich eines neuen Verlangens bewußt, das in ihm hochstieg. Er wollte aus seiner illusorischen Traumwelt erwachen und in die wirkliche Weit eintauchen. Er erkannte, daß Zeit und Raum ein Netz bildeten, das ihn gefangenhielt. This kritischer Zustand, die Quelle unerträglicher Angst, war zur Schwelle für Doans Befreiung geworden. Durch die harte Prüfung, die ihm die Krankheit seines Sohnes auferlegt hatte, hatte Doan schließlich erkannt, daß seine Welt der wissenschaftlichen Forschung ebenso gültig war wie die Welt der alltäglichen Tätigkeiten.
Für Doan waren bestimmte Tatsachen, die den meisten vielleicht amüsant erschienen, grundlegende Wahrheiten, die es eingehend zu betrachten galt. Er betrachtete zum Beispiel die leuchtendrote Sonne, wie sie über den Bergen unterging und mit ihren Strahlen sein Gesicht wärmte, und erkannte, daß sie

bereits acht Minuten vorher untergegangen war – die Sonne, die wir sehen, ist niemals die Sonne der Gegenwart. Er betrachtete den Stern, von dem der Dichter sagt, daß er ihn »vom Himmel holen möchte, um ihn seiner Geliebten ins Haar zu stecken«, und war sich bewußt, daß dieser Stern bereits Millionen von Jahren vor diesem Augenblick explodiert sein mochte. Sein Sohn Thi war 1972 geboren worden. »Allein diese Tatsache hat, von unterschiedlichen Punkten des Universums aus betrachtet, unterschiedliche Bedeutungen«, dachte Doan. »Von einigen Punkten aus gesehen, ist Thi noch gar nicht geboren. An anderen Punkten des Universums wird Thi sehr lebendig sein, lachen und reden, aber erst in tausend Jahren.« Wenn er solche Tatsachen auf sich wirken ließ, erkannte Doan, daß die meisten Menschen ihr Leben auf äußerst illusorische Annahmen gründen, die ihnen unsäglichen Schmerz und unsägliche Angst bereiten.

Jetzt begriff er, was praktisch aus dem Wissen folgte, daß Elektronen Manifestationen von Wellen und Partikeln sind. Was er Tag für Tag berührte, sah und hörte, waren einfach alles Phantome. Im Lichte der Wissenschaft betrachtet, hatten sich auch die allergrundlegendsten Annahmen über die Festigkeit der Dinge als irrig erwiesen. Plötzlich begriff Doan, daß seine Angst über die Möglichkeit von This Tod auf illusorische Annahmen gegründet war. Diese Erkenntnis durchzuckte seinen Geist wie ein Blitz.

Doan war sich der kritischen Situation seines Sohnes völlig bewußt, aber er war nicht länger in Panik. Die ganze Nacht über war sein Zustand zu aufgewühlt gewesen, als daß er sich mit Tabletten hätte beruhigen oder schlafen können. Aber sein wissenschaftliches Verstehen war in einem Augenblick der Not gekommen und hatte ihm tiefen Einblick in die Natur der Existenz geschenkt. Wissenschaftliche Forschung hatte sich als sein Schneckenhaus und sein Spinnennetz erwiesen.

Doan saß an seinem Schreibtisch, regungslos und still wie ein taoistischer Priester. Wenn ihn jemand gefragt hätte: »Was ist in diesem Augenblick dein sehnlichster Wunsch?«, so hätte er geantwortet: »Ganz wach zu werden.« Er wollte nicht zu dem Traum eines Sohnes in voller Gesundheit und seiner selbst, wie er emsig mit Forschung und Lehre beschäftigt war, zurückkehren. Obwohl es faszinierend und anregend war, war es doch ein Traum, und Doan wußte, daß auch auf die schönsten Träume Alpträume folgen können, so wie der, den er gerade durchlebt hatte.
Instinktiv riß sich Doan zusammen und setzte sich aufrecht. Er begann langsam und tief zu atmen. Gedanken über Geburt und Tod tauchten auf. Doan wußte, daß der Homo sapiens von Einzellern abstammt, und er lächelte, als er daran dachte, daß das Leben eine ununterbrochene Kette von der Amöbe bis zu ihm bildete. »Evolution ist Geburt und Tod, aber sie ist auch Nicht-Geburt und Nicht-Tod. Die Amöbe ist niemals gestorben und auch ich nicht. Wann wurde ich geboren? Habe ich nicht schon vor der ersten Amöbe existiert, in ebenjener Atmosphäre, die die Geburt der ersten Amöbe ermöglicht hat? Seit den allerersten Anfängen bin ich niemals gestorben, wie also kann ich jetzt sterben?« Einmal hatte Tanh zu ihm gesagt: »Geburt und Tod sind wie Sterne in deinen Augen«, aber Doan hatte ihn nicht verstanden.
Nun erinnerte er sich auch daran, daß der französische Chemiker Lavoisier gesagt hatte: »Nichts wird erschaffen, nichts zerstört.« Doan dachte, daß das Lavoisiersche Gesetz, das eigentlich eine Aussage über anorganische Materie und Energie macht, auch auf den Bereich der organischen Materie angewandt werden konnte. Alle lebendigen Kreaturen sind auch jenseits von Leben und Tod. Doans Leben und This Leben würden ohne Unterbrechung weitergehen. Sie waren jenseits von Zerstörung. Obwohl ein Wassertropfen zur Wolke, zu

Regen oder zu einem Reiskorn werden kann, fließt der Lebensstrom ununterbrochen. »Nichts wird erschaffen, nichts zerstört.« »Nichts wird geboren, nichts stirbt.« Wie seltsam, dachte Doan, daß die Sprache der Wissenschaft und die Sprache des Buddhismus so ähnlich sind.

Doan erinnerte sich an die Worte eines Philosophen: »Ich akzeptiere die Grenzen, die meinem Leben durch den Raum gesetzt sind, warum also sollte ich die Grenzen, die durch die Zeit gesetzt sind, nicht auch akzeptieren? Im Jahr 2000 werden nur noch wenige von uns leben, die jetzt leben, und niemand von uns wird im Jahr 3000 noch leben.« Doan erschien diese Art zu denken mechanisch und simplistisch.

Er wußte, daß alle Phänomene miteinander verwoben sind, daß wir alle Teile des gesamten Universums sind und daß andere Phänomene im Universum existieren, weil wir existieren. »Leben bedeutet, mit dem gesamten Universum zu leben«, dachte Doan. »Wer kann sagen, ob der Schall, den ich mit meinen Händen erzeuge, wenn ich klatsche, nicht das Sternbild Andromeda beeinflußt, wenn auch in ganz winzigem Ausmaß? Wer kann sagen, daß die Luft, die in meine Lungen einströmt, wenn ich einatme, nicht einen winzigen Teil der Luft enthält, die vor Jahrhunderten Julius Cäsar eingeatmet hat?

Existieren bedeutet, in der Totalität der Zeit zu leben, ohne Anfang und ohne Ende. Wenn es keine Vergangenheit gibt, dann gibt es auch keine Gegenwart oder Zukunft. Wenn es keine Zukunft gibt, gibt es keine Gegenwart oder Vergangenheit. Geburt und Tod sind konventionelle Konzepte, aber sie verschleiern den Blick auf eine umfassende Wirklichkeit, die niemals geboren wurde und niemals sterben wird.«

Über ein ganzes Jahr lang hatten Doan und Tanh Gespräche über Themen wie dieses geführt, aber erst jetzt wurde Doan plötzlich das Ausmaß ihrer Bedeutung bewußt. »Wir sind in den Grenzen unserer Wahrnehmung gefangen«, hatte Tanh gesagt. »Es ist unsere Wahrnehmungsfähigkeit, die die Wirklichkeit in Geburt und Tod aufteilt, in das Eine und die Vielen, in dauerhaft und vergänglich, in vergangen und gegenwärtig.« Tanh hatte scherzhaft zu Doan gesagt, seine Welt der Elementarteilchen sei eine Geisterwelt. Jetzt verstand Doan, daß es diese »Geisterwelt« war, die es ihm ermöglichte, durch die illusionäre Natur der gewöhnlichen Welt hindurchzusehen und zu erfassen, daß die Dinge, die wir mit unseren Sinnen wahrnehmen, selbst Illusionen sind.

Die Entdeckungen der Physik während der vergangenen fünfzig Jahre haben deutlich gemacht, daß die Dinge nicht sind, was sie zu sein scheinen. Obwohl Doan und seine Kollegen sich in diesem Punkt einig waren, hatten Wissenschaftler seit nahezu zwanzig Jahren über Themen wie »Welle und/oder Teilchen« diskutiert. Obwohl kaum jemand auch nur im Traum daran denken würde, die subatomare Welt mit Hilfe von Konzepten der visuellen Wahrnehmung zu beschreiben, blieben sich gegenseitig ausschließende Begriffe wie »Teilchen« und »Welle« doch bestehen. Die Wahrnehmung der Wissenschaftler war in der dualistischen Auffassung gefangen, sie sahen die Wirklichkeit in Begriffen von Gegensatzpaaren. Obwohl diese Sichtweise im Hinblick auf Phänomene, deren Natur ein Widerspruch an sich zu sein scheint – Materie und Energie, Bewegungslosigkeit und Schwerkraft, Zeit und Raum, Raum und Materie, Welle und Teilchen –, Risse bekommen hatte, blieb sie doch intakt in bezug auf Phänomene wie Materie und Geist, Subjekt und Objekt. Die Argumente gegen eine dualistische Sichtweise waren noch nicht stark oder klar genug, um deren völlige Auflösung herbeizuführen. Wie konnten Wissenschaftler sonst die nicht-dualistische Natur von Zeit und Raum anerkennen und doch weiterhin nach dem Ur-Anfang und den Grenzen des Universums suchen? Die Ur-

knall-Theorie, die Diskussion um das sich expandierende Universum oder um ein Universum mit definierbaren Grenzen schienen der vielverkündeten Überzeugung zu widersprechen, daß Raum-Zeit eine nicht-dualistische Wirklichkeit ist.
Kürzlich hatte Doan einen prominenten Naturwissenschaftler über Zeit in schwarzen Löchern und innerhalb von subatomarer Materie spekulieren hören. Zeit und Raum wurden zum Diskussionsgegenstand gemacht, als könne man sie an einem bestimmten Ort festmachen, sie von der subjektiven Wahrnehmung loslösen. Die Relativitätstheorie sagt uns, daß Materie und Raum dasselbe sind und daß Zeit nicht unabhängig vom Raum existiert. Also sind alle drei Phänomene – Zeit, Raum und Materie – von gleicher Art. Sie existieren nicht außerhalb der Wahrnehmung.
Einige Naturwissenschaftler haben behauptet: »Wir können subatomare Teilchen niemals an sich erkennen. Wir können sie nur auf dem Umweg über unsere eigene Wahrnehmung beobachten. Daraus folgt, daß jede Beobachtung des unendlich Kleinen das beobachtete Objekt nur verzerren oder verändern kann, die objektive Wirklichkeit bleibt unerreichbar.«
Doan erkannte, daß wissenschaftliche Beobachtung auf Dualität gegründet ist und daß die Objekte der Beobachtung als unabhängig von dem sie beobachtenden Betrachter angesehen werden.
Tanh hatte ihm gesagt, daß im Buddhismus »Beobachtung« den Weg für die »Durchdringung« ebnet. Wenn du die Wirklichkeit »durchdringst«, löst sich die Unterscheidung zwischen Subjekt und Objekt auf. Darin liegt, so dachte Doan, der größte Stolperstein der modernen Naturwissenschaft. Doan stimmte nicht mit den Wissenschaftlern überein, die glauben, daß die Sprache der Mathematik dieses Problem lösen kann. Für Doan war die Mathematik eine Sprache der Abstraktion, eine Ausgeburt des menschlichen Geistes, eine Spra

che, die der menschlichen Wahrnehmung und nicht der Welt an sich Ausdruck verleiht. Wie weit wir Menschen auch gehen mögen, grübelte Doan, wir stoßen immer wieder nur auf uns selbst.

Ach, wenn Tanh nur da wäre, dachte er. Tanh könnte Einsichten über »nicht-unterscheidende Weisheit« einbringen, die buddhistische Methode, die Wirklichkeit nicht-dualistisch zu sehen. Doan fragte sich, welche Art von Sprache man verwenden konnte, wenn man dieses Stadium erreicht hatte. Offensichtlich mußte es eine sein, die die Wirklichkeit nicht in Subjekte und Objekte aufteilt. Auf eine Art wäre es eine esoterische Sprache, denn jedem, der dualistisch dachte, würde es schwerfallen, die Sprache der Nicht-Unterscheidung zu verstehen. Vielleicht könnte man Begriffe verwenden wie die von Einstein geprägten, wie »Raumzeltkontinuum« und »vierdimensionaler Raum« oder einen Begriff, wie er von Atomphysikern geprägt wurde, daß physische Realität gleichzeitig »Welle und Teilchen« ist, verwenden, um die alten dualistischen Konzepte der Wirklichkeit aufzubrechen.

Und doch hatte ihm Tanh auch gesagt, daß im Buddhismus die Auflösung der dualistischen Sichtweise nicht bedeutet, eine monistische Sichtweise anzunehmen. Wenn die Wirklichkeit eins sein kann, dann kann sie auch zwei sein oder drei. Buddha würde nicht sagen, daß es dies ist oder nicht ist. Doan war bereit, Tanhs Erklärung von ganzem Herzen zuzustimmen. Die Wahrheit mußte irgendwo in einem Weg der Mitte liegen.

Doan erinnerte sich an einige der Möglichkeiten, die Tanh genannt hatte, um sich von dualistischen Begriffen freizumachen: »Der Buddhismus bietet Konzepte an wie ›Eins-sein‹ und ›Nicht-Selbst‹, um die Grenzen, die die Wirklichkeit unterteilen, aufzubrechen.« Doan dachte: »Sind nicht auch Heisenbergs ›unbestimmte Beziehungen‹ Werkzeuge, mit deren

Hilfe man unsere Gewohnheit, die Wirklichkeit durch diese ›bestimmten Konzepte‹ zu beschreiben, durchbrechen könnte? Ebenso wie der Buddhismus seine eigene Sprache geschaffen hat, um uns die Überwindung des Dualismus zu ermöglichen, so muß auch die Wissenschaft eine neue Sprache schaffen, um ihr neues Verständnis von Wirklichkeit auszudrükken.«

Langsam stand Doan auf. Durch das Fenster konnte er die strahlende Sonne in den Garten scheinen sehen und Dutzende von Vögeln, die durch das Gewirr der Blätter huschten. Es verlangte ihn danach, hinauszugehen und sich unter die starken, vor Leben strotzenden Bäume zu stellen. Die Sorgen und Ängste der vergangenen Nacht waren noch immer gegenwärtig, aber er fühlte sich ruhig und voller Energie. Sein Herz floß über vor Zärtlichkeit, als er an Tuyet dachte und daran, wie sie sich durch diese intensive Nacht und diesen Tag gekämpft hatte. Es schauderte ihn bei dem Gedanken, daß er in dem fürchterlichen Sturm so schwach wie ein Grashalm gewesen war, der jeden Augenblick umknicken konnte. Er wußte, daß der Schmerz über den Verlust von Thi gewaltig sein würde, sollte er den Kampf um sein Leben nicht gewinnen. Aber Doan hatte neue Kraft und neuen Mut geschöpft, die ihm helfen würden, die Prüfungen, die das Leben mit sich brachte, zu überstehen und Tuyet von nun an eine Stütze zu sein. Wie Tuyet und Tanh verfügte auch er ganz tief in seinem Innern über eine Quelle unerschöpflicher Energie.
Doan erreichte den Garten. Der an Lilien erinnernde Duft der Pfingstrosen erfüllte die Luft des nachmittäglichen Gartens. Doan wurde sich bewußt, daß er sich seit Jahren dermaßen in seine Welt der Neutronen, Mesonen und Elektronen vergraben hatte, daß er kaum einmal Zeit gefunden hatte, die Hand seines Sohnes zu halten und ein Stück mit ihm zu gehen. Jetzt,

nachdem er in die tiefsten Tiefen der subatomaren Physik eingedrungen war, war er auch in der Lage, in diesem wunderschönen, schattigen Garten wirklich anwesend zu sein.
Doan ging auf den Kastanienbaum zu. Die Türglocke ertönte, und Tanh stand vor dem Tor. Doan ging langsam, sehr langsam, über den Kiesweg auf seinen Schwager zu.
Tanh beobachtete Doan aufmerksam. Er hatte Doan nie so gehen sehen – mit so viel Haltung, so viel Würde. Tanh sagte leise zu sich selbst: »Etwas Wunderbares ist mit Doan geschehen!« Einen Augenblick lang vergaß Tanh, daß auch er in dieser Nacht einen großen Durchbruch erlebt hatte.
Die beiden Männer sahen einander tief in die Augen und erblickten dort das gesamte Universum und die ganze Ewigkeit. In diesem Augenblick drückte sich ihre Liebe und Dankbarkeit für einen achtjährigen Jungen aus, der gerade in einem nahe gelegenen Krankenhaus mit dem Tode kämpfte. Thi hatte einen Pfeil abgeschossen – und gleich zwei Ziele auf einmal getroffen.

Das Kieferntor

Es war ein kühler, fast frostiger Herbstabend, und der Mond war gerade aufgegangen, als der junge Ritter den Fuß des Berges erreichte. Die Wildnis lag im Licht des Vollmondes gebadet, das auf Zweigen und Blättern sein schimmerndes Spiel trieb. Ihm war, als habe sich hier während seiner siebenjährigen Abwesenheit nichts verändert, und doch schien nichts ihn willkommen zu heißen – ihn, der hier lange Jahre seines Lebens verbracht hatte und der nun aus der Fremde zurückkehrte.

Der Ritter hielt am Fuß des Berges inne und schaute hinauf. Der schmale Pfad vor ihm war von einem Kieferntor versperrt, das fest verschlossen war. Er drückte gegen die starken Torflügel, aber sie gaben nicht nach unter seinen kräftigen Händen.

Das verwirrte ihn. Niemals, soweit er zurückdenken konnte, hatte sein Meister das Tor so verschlossen und versperrt gehalten. Da dies der einzige Aufstieg zum Berg war, blieb ihm keine Wahl. Mit einer Hand seinen Schwertknauf umfassend, nahm er kurz Anlauf und schnellte in die Höhe. Aber das war alles. Eine seltsame Kraft erfaßte seinen ganzen Körper und zwang ihn wieder auf den Erdboden zurück; es war ihm nicht möglich, das niedrige Tor zu überspringen. Im nächsten Augenblick hatte er sein langes Schwert gezogen, aber die scharfe Klinge prallte an dem weichen Kiefernholz ab wie an Stahl. Der Rückschlag war so mächtig, daß eine Schockwelle durch seine Hand und sein Armgelenk schoß. Er hob sein Schwert und untersuchte seine im Mondlicht schimmernde Schneidefläche. Das Tor war tatsächlich zu hart. Es mußte wohl so sein, daß sein Meister es mit der Kraft seines eigenen Geistes verstärkt hatte. Es war verschlossen, und niemand durfte es passieren. So wollte es der Meister. Der Ritter seufzte tief. Er schob sein Schwert zurück in die Scheide und ließ sich außerhalb des Tores auf einem großen Felsen nieder.

Vor sieben Jahren, am Tag, an dem er den Berg verlassen hatte, hatte ihn sein Meister einen Augenblick lang wortlos angesehen. Seine Augen waren voller Güte, und noch etwas war darin, etwas, das aussah wie Mitleid. Er konnte nur schweigend den Kopf senken, als sein Blick dem mitfühlenden und verständnisvollen Blick seines Meisters begegnete. Kurz darauf sagte der alte Mann zu ihm: »Du kannst nicht für immer an meiner Seite bleiben. Früher oder später mußt du den Berg hinunter in die Welt gehen, wo du viel Gelegenheit haben wirst, den Weg zu leben und Menschen zu helfen. Ich dachte, ich könnte dich vielleicht noch ein wenig länger hierbehalten, aber wenn es dein Wille ist zu gehen, mein Kind, dann geh in Frieden. Nur eins noch: Denke immer daran, was ich dich gelehrt und dir gegeben habe, immer. Da unten in der Welt am Fuß dieses Berges wirst du alles davon brauchen.«

Dann war sein Meister noch einmal kurz durchgegangen, was er vermeiden, suchen, lassen und ändern sollte. Schließlich hatte er ihm freundlich die Hand auf die Schulter gelegt: »Dies sind die Richtlinien für dein Handeln. Tu niemals irgend etwas, das für dich selbst oder andere Leiden verursachen könnte, sei es in der Gegenwart oder in der Zukunft. Und geh ohne Angst den Weg, von dem du glaubst, daß er dich und andere zur vollkommenen Erleuchtung führt. Denke immer an die Maßstäbe, an denen Glück und Leid, Illusion und Befreiung zu messen sind. Ohne sie würdest du den Weg selbst verraten, nicht zu reden von deiner Aufgabe, der Welt zu helfen!

Ich habe dir mein kostbares Schwert bereits gegeben. Nutze es, um Dämonen und böse Geister zu unterwerfen. Aber ich

möchte, daß du es eher wie eine scharfe Klinge betrachtest, die aus deinem eigenen Herzen kommt und mit der du deinen eigenen Ehrgeiz und deine eigenen Wünsche unterwirfst. Nun habe ich auch noch dies hier für dich, es wird dir deine Aufgabe erleichtern.« Dann hatte der Meister aus seinem weiten Ärmel ein kleines Schauglas gezogen und es ihm hingehalten. »Dies ist das Me-Ngo-Glas«, hatte er gesagt. »Es wird dir helfen, das Gute vom Bösen, das Tugendhafte vom Verdorbenen zu unterscheiden. Es wird auch Dämonenseher genannt, denn wenn du hindurchschaust, wirst du die wahren Gestalten der Dämonen, bösen Geister und dergleichen sehen ...«
Er hatte das legendäre Schauglas aus der Hand seines Meisters entgegengenommen, aber er war so dankbar und so tief bewegt gewesen, daß er kein einziges Wort hervorbringen konnte. Am folgenden Tag, bei Anbruch der Dämmerung, ging er hinauf in die Haupthalle, um sich von seinem alten Meister zu verabschieden. Der alte Mann begleitete ihn den Berg hinunter, den ganzen Weg bis zum Tigerfluß, und dort, inmitten des Gemurmels des Gebirgsflusses, sagten sich Meister und Schüler Lebewohl. Wieder legte der Meister ihm eine Hand auf die Schulter und sah in seine Augen. Er sah ihm noch nach, als der junge Mann sich zum Gehen umgedreht hatte. Noch einmal rief er seinem Schüler nach: »Denk daran, mein Kind, Armut kann dich nicht schwächen, Reichtum dich nicht verführen, Macht dich nicht unterwerfen. Ich werde dich hier erwarten an dem Tag, an dem du zurückkehrst und deine Gelübde erfüllt hast!«
An die ersten Tage seiner Reise erinnerte er sich noch lebhaft. Dann zogen Monate und Jahre an seinem inneren Auge vorbei. Wie sich ihm die Menschheit in verschiedenen Verkleidungen gezeigt hatte! Und welch wertvolle Dienste ihm das Schwert und das Me-Ngo-Schauglas geleistet hatten! Einmal war er einem Priester begegnet, von äußerst achtunggebieten-

der Erscheinung, der – welch eine Ehre für den jungen Ritter – ihn in seine Klause eingeladen hatte, um, wie der weise Alte sagte, »zu besprechen, wie sie am besten zusammenarbeiten könnten, um ihren Mitmenschen zu helfen«. Zuerst lauschte der junge Mann hingerissen, aber dann kam ihm irgend etwas an dem Priester seltsam vor. Er wischte das Me Ngo blank und sah hindurch. Ein gigantischer Dämon saß da vor ihm! Aus seinen blauen Augen stoben knisternd Funken, auf der Stirn wuchs ihm ein Horn, und seine Fänge waren so lang wie seine eigenen Arme! Mit einem Satz wich der junge Mann zurück, zog sein Schwert und griff den Dämon heftig an. Der Dämon focht zurück, hatte aber natürlich keine Chance. Er warf sich dem jungen Mann zu Füßen und bat um Gnade. Der Ritter nahm ihm daraufhin den Eid ab, dahin zurückzukehren, woher er gekommen war, den Weg zu studieren und zu beten, daß er eines Tages als wahres menschliches Wesen in die Welt der Menschen zurückkehren könne, und sich niemals wieder als Priester zu verkleiden, um Unschuldige zu betören und ins Unglück zu stürzen. Ein anderes Mal begegnete er einem Mandarin, einem alten Mann mit einem langen weißen Bart. Es war eine glückliche Begegnung zwischen einem jungen Helden, der ausgezogen war, die Welt zu retten, und einem hohen Beamten, »Vater und Mutter des Volkes«, der sich der Aufgabe gewidmet hatte, immer noch bessere Wege zur Regierung und zum Wohl der Massen zu finden. Wieder meldete sich der Instinkt des jungen Mannes: Unter dem Me Ngo entpuppte sich der stattliche, ehrfurchteinflößende alte Beamte als riesiges Mastschwein, dessen Augen vor Gier förmlich trieften. In Sekundenschnelle flog das Schwert aus seiner Scheide. Das Schwein versuchte zu entkommen, aber der Ritter überholte es mit einem Satz. Mit gespreizten Beinen auf der Eingangsschwelle des Mandarinpalastes stehend, versperrte er den einzigen Fluchtweg. Und auch diesmal verließ der junge Mann

das Untier nicht, ohne ihm das heilige Versprechen abzunehmen, daß es dem Weg folgen und niemals wieder die Gestalt eines Mandarins annehmen würde, um das Fleisch des Volkes zu verzehren und dessen Blut zu trinken.
Und dann war da jene Zeit, wo er, über einen Markt schlendernd, eine Menschenmenge sah, die einen Bücherstand umringte. Bilder- und Bücherverkäufer war eine sehr schöne junge Frau, deren Lächeln wie eine erblühende Blume war. Daneben saß eine andere junge Frau, ebenfalls atemberaubend schön, die leise, melodiöse Weisen sang und dabei die Saiten einer Laute zupfte. Die Schönheit der Mädchen und die Anmut der Lieder nahmen alle der Umstehenden so gefangen, daß niemand den Stand wieder verließ, wenn er erst einmal stehengeblieben war, und jeder konnte nur stehen und lauschen, verzaubert, und die Bilder und Bücher kaufen. Der junge Mann fühlte sich ebenfalls angezogen von der Szene. Schließlich ging er näher und nahm eines der Bilder auf. Er war ganz überwältigt von der anmutigen Linienführung und den lebhaften Farben. Und doch war ihm irgendwie nicht wohl dabei. Er griff nach dem Me Ngo. Die beiden schönen Mädchen waren in Wirklichkeit zwei riesige Schlangen, deren Zungen wie Messerklingen vor- und zurückschnellten! Mit einer einzigen Armbewegung fegte der Ritter alle Zuhörer beiseite und rief mit Donnerstimme, sein Schwert auf die Monster gerichtet: »Dämonen! Zurück in eure unheilvolle Natur!« Die Menge zerstreute sich ängstlich. Die riesigen Schlangen gingen auf den jungen Mann los, aber sobald das berühmte Schwert einige surrende Kreise um ihre Körper gezogen hatte, rollten sie sich in Unterwerfung vor seinen Füßen zusammen. Er zwang ihre Kiefer auf und schnitt mit seinem Schwert ihre giftgefüllten Eckzähne heraus. Dann setzte er mit einer Fackel den Bücherstand in Brand und schickte die Monster zurück in ihre Behausungen, nicht ohne ihnen unter Androhung, sie völ-

lig zu vernichten, das heilige Versprechen abgenommen zu haben, niemals wieder zurückzukommen und die Dorfleute zu verhexen.

So zog der junge Ritter also von Dorf zu Dorf und von Stadt zu Stadt auf seiner selbstgewählten Mission und gebrauchte die Waffe und das Schauglas, die beiden Dinge, die ihm sein Meister zusammen mit unschätzbaren Ratschlägen gegeben hatte. Voller Eifer stürzte er sich in seine Aufgabe. Seit einiger Zeit nannte er sich in Gedanken den unentbehrlichen Ritter. Ohne ihn konnte die Welt nicht auskommen. Er war vom Berg herabgestiegen in die Welt, und er nahm vollen Anteil am Leben hier unten. Konfrontiert mit einer Welt, in der Verrat und Tücke herrschten, mußte er Flexibilität und Geduld lernen, und manchmal mußte er auch mit den Wölfen heulen, weil es sein Ziel war, zu überwinden und zu überzeugen. Es bereitete ihm große Freude, für das Gute zu kämpfen. Es kam sogar so weit, daß er vergaß, zu essen und zu trinken. Und noch mehr tat er, noch viel mehr, weil er aus der Verfolgung seines Zieles – den Menschen zu helfen – so viel Freude und Befriedigung zog, weniger um des Zieles selbst willen. Er diente, weil ihn dieses Dienen erfüllte, nicht unbedingt, weil die Menschen ihn brauchten.

So vergingen sieben Jahre. Eines Tages, als er sich am Ufer eines Flusses ausruhte und auf das langsam vorbeifließende Wasser schaute, wurde ihm plötzlich klar, daß er das Me-Ngo-Schauglas nun schon geraume Zeit nicht mehr benutzt hatte. Und ihm wurde auch klar, daß er es keineswegs vergessen hatte, sondern daß ihm einfach nicht danach gewesen war, es zu benutzen. Dann erinnerte er sich anderer Zeiten, wo er das Glas zwar benutzt hatte, aber nur sehr widerwillig. In jenen Tagen, als er gerade vom Berg hinabgestiegen war, kämpfte er bis auf den Tod, wann immer er durch das Me Ngo die wahre Natur all des Bösen sah, das ihm begegnete. Er

erinnerte sich daran, wieviel Freude es ihm jedesmal bereitet hatte, wenn er durch das Glas das Abbild eines tugendhaften Menschen oder eines wahren Weisen sah. Aber offensichtlich war in letzter Zeit irgend etwas Seltsames mit ihm geschehen, und er wußte nicht, was. Es schien ihm, daß er gar keine große Freude mehr empfand, wenn er durch das Schauglas einen Weisen erblickte, ebenso wie er keine große Wut mehr empfand, wenn er die Abbilder von Monstern und Teufeln erblickte. Und wenn unter seinem Zauberglas Dämonen sichtbar wurden, konnte der junge Ritter nicht umhin festzustellen, daß sogar in ihren schreckenerregenden unmenschlichen Zügen etwas eigenartig Vertrautes lag.
Das Me Ngo war sicher in seiner Tasche verwahrt, obwohl er es lange Zeit nicht benutzt hatte. Dann dachte der junge Ritter, daß er eines Tages wieder auf den Berg zurückkehren und den Rat seines Meisters erbitten würde: Warum hatte er solche Widerstände, etwas zu benutzen, das ihm doch offensichtlich so sehr geholfen hatte? Aber erst am zwölften Tag des achten Monats, als er einen Wald mit weißblühenden Pflaumenbäumen durchquerte und von den schneeweißen, unter dem Herbstmond schimmernden Blüten angerührt wurde, sehnte er sich plötzlich nach jenen Tagen, da er als junger Mann bei seinem alten Meister studiert hatte, dessen Hütte am Rand eines ebensolchen alten Pflaumenhains lag. Erst da beschloß er zurückzukehren. Sein Wunsch, den Meister zu sehen, ließ ihm die Reise endlos erscheinen: sieben Tage und sieben Nächte lang Hügel erklimmen und Ströme durchqueren. Aber als er den Fuß des hohen Berges erreichte, von wo er den Aufstieg zur Einsiedelei seines Meisters beginnen würde, senkte sich bereits die Dunkelheit herab. Der aufgehende Mond beleuchtete die fest geschlossenen Flügel des schweren Kieferntors, das ihn hinderte, den Berg weiter hinaufzusteigen.

Er konnte nichts anderes tun als warten. Wenn der Morgen dämmerte, dachte er, würde einer seiner »Brüder« bestimmt herunterkommen, um Wasser aus dem Fluß zu schöpfen, und könnte ihm dann das Tor öffnen. Mittlerweile hatte der Mond seinen Höchststand bereits überschritten. Der ganze Berg und der Wald waren in sein kühles Licht getaucht. Als die Nacht weiter voranschritt, wurde die Luft noch eisiger. Er zog sein Schwert aus der Scheide und sah zu, wie der Mond auf seiner kalten, scharfen Klinge schimmerte. Dann steckte er es wieder in die Scheide zurück und stand auf. Der Mond schien außergewöhnlich hell. Der Berg, der Wald, alles um ihn herum – alles war still und ruhig, als ob die Welt seine Gegenwart mit völliger Nichtbeachtung strafte. Er fühlte sich zurückgewiesen und ließ sich auf einen anderen Felsen fallen. Erneut zogen die sieben Jahre seines jüngsten Lebens an ihm vorbei. Langsam, ganz langsam, bewegte sich der Mond auf den entfernten Gipfel eines fernen Berges zu. Die Sterne am Himmel leuchteten hell, aber dann begannen auch sie sich zurückzuziehen und wurden blasser und blasser. Im Osten war schon die Andeutung eines Glühens zu sehen. Die Umrisse des Berges hoben sich plötzlich schärfer gegen den blassen Himmel ab. Gleich würde die Dämmerung anbrechen.

Der Ritter hörte trockene Blätter rascheln. Er sah auf und erblickte den undeutlichen Umriß eines Menschen, der den Berg herabgestiegen kam. Er dachte, es müsse wohl einer seiner jüngeren »Brüder« sein, obwohl es noch nicht hell genug war und die Gestalt noch zu weit entfernt war, um ihre Züge auszumachen. Es mußte ein »Bruder« sein, weil er so etwas wie einen großen Krug trug. Wer immer es war, er kam näher und näher, und der Ritter hörte ihn schließlich freudig ausrufen: »Älterer Bruder!«

»Jüngerer Bruder!«

»Wann bist du angekommen? Gerade eben?«

»Nein, eigentlich bin ich angekommen, als der Mond gerade aufstieg! Ich habe die ganze Nacht hier unten gewartet. Warum in Gottes Namen hat jemand das Tor so verbarrikadiert? War es auf Befehl des Meisters?«
Der jüngere Schüler hob lächelnd seine Hand und zog, ganz sanft, an dem schweren Tor. Es schwang mit Leichtigkeit auf. Er trat heraus und sah den Älteren an, während er ihm seine Hände reichte.
»Du mußt ja bis auf die Knochen durchgefroren sein, wenn du die ganze Nacht hier unten gewartet hast! Du bist ja völlig mit Tau bedeckt! Nun ja, ich habe immer den ganzen Tag hier unten verbracht, habe Kräuter gepflückt und das Tor bewacht, weißt du ... Wenn ich der Meinung war, jemand verdiene eine Audienz beim Meister, habe ich ihn hinaufgeführt, und wenn nicht, habe ich mich einfach unsichtbar gemacht! Ich versteckte mich dann hinter den Büschen, und sie gaben irgendwann auf. Weißt du, der Meister will niemanden sehen, der nicht wirklich entschlossen ist zu lernen. Kürzlich erlaubte mir dann der Meister, mich weiterführenden Studien zuzuwenden, und da ich jetzt die meiste Zeit oben in der Klause verbringe, sagte er mir, ich solle das Tor schließen. Er sagte, es würde sich tugendhaften Menschen von selbst öffnen, denjenigen jedoch, die den Staub der Welt mit sich bringen, würde es verschlossen bleiben und ihnen den Weg versperren. Niemand kann es jemals erklettern oder überspringen, besonders diejenigen nicht, die mit den Geistern von Dämonen und ähnlichem belastet sind!« Der Ritter runzelte die Stirn: »Würdest du sagen, daß ich so jemand bin? Würdest du das? Warum blieb mir das Tor verschlossen?«
Der jüngere Mann lachte herzlich: »Aber natürlich nicht! Wie könntest du wohl so jemand sein? Auf jeden Fall können wir jetzt hinaufsteigen, wie du siehst, ist der Weg frei. Aber einen Augenblick noch, älterer Bruder! Ich muß zuerst etwas Was-

ser holen! Lächle doch, Bruder, lächle! Auf wen bist du wütend?«

Die beiden Männer lachten. Sie gingen zum Fluß hinunter. Die Sonne war noch nicht aufgegangen, aber im Osten schimmerte es bereits hell. Die beiden Schüler konnten jetzt jede Linie im Gesicht des anderen ganz deutlich sehen. Das Wasser war von der Morgenröte blaßrosa überhaucht. Sie erkannten ihre Spiegelbilder darin: der Ritter kühn und stark in seiner Rüstung, das lange Schwert quer über den Rücken geschnallt; die Gestalt des jüngeren Schülers, sanfter in dem fließenden Dienergewand mit dem Krug in den Händen. Ohne ein Wort zu sagen, schauten beide ihr eigenes Spiegelbild an und lächelten einander zu. Eine Wasserspinne sprang hoch, und die rosiggetönte Wasseroberfläche kräuselte sich, so daß ihre Spiegelbilder von Tausenden von Wellenmustern überzogen wurden.

»Wie wunderschön! Bestimmt würde ich unsere Spiegelbilder endgültig zerstören, wenn ich den Krug jetzt eintauchte. Übrigens, hast du das Me-Ngo-Schauglas noch? Der Meister gab es dir doch, als du vor Jahren den Berg hinabstiegst!«

Der Ritter erkannte, daß er das Schauglas all die Jahre tatsächlich nur benutzt hatte, um andere anzusehen, nicht einmal hatte er sich sein eigenes Abbild angeschaut! Er zog das Glas heraus, wischte es an seinem Ärmel ab und richtete es auf die Wasseroberfläche. Die beiden Köpfe kamen nah zusammen, um gemeinsam durch die kleine Linse zu schauen.

Ein gellender Schrei entfuhr den Kehlen der beiden jungen Männer. Er hallte im Wald wider. Der Ritter fiel vornüber und brach am Ufer des Flusses zusammen. Ein Hirsch, der weiter flußaufwärts trank, sah furchtsam auf.

Der jüngere Schüler konnte nicht glauben, was er durch das Glas gesehen hatte. Da stand er in seinem fließenden Gewand, einen Krug in der Hand, neben einem riesigen Dämonen, mit Augen so tief und dunkel wie tiefliegende Brunnen und langen

Hauern, die sich um seine eckigen Kinnladen bogen. Ja, er sah die Gesichtsfarbe des Dämonen. Ein bläuliches Grau war es, die Farbe von Asche und Tod. Den jungen Mann schauderte; er rieb sich die Augen und sah erneut den Älteren an, der nun bewußtlos auf den blauen Steinen am Flußufer lag. Schock und Entsetzen standen ihm noch immer im Gesicht geschrieben; diesem Mann, der sieben Jahre lang mutig der grausamen Welt am Fuß ihrer Bergeinsiedelei getrotzt hatte, hatte sich das Leid in die Züge gegraben.

Der junge Schüler eilte zum Fluß, um Wasser zu holen und das Gesicht des Älteren damit zu benetzen. Augenblicke später kam der Ritter wieder zu sich. Sein Gesicht war von Verzweiflung verwüstet. Sein wahres Abbild war im Me Ngo so unerwartet erschienen; es hatte ihm auf so schockierende und brutale Weise Selbsterkenntnis gebracht, daß er unter dem Schlag nur zusammenbrechen konnte. All seine Energie schien ihn verlassen zu haben. Er versuchte aufzustehen, aber er hatte keine Kraft in seinen Beinen und Armen.

»Ist schon gut, ist schon gut, Bruder! Wir gehen jetzt hinauf.«

In den Ohren des Ritters klang die Stimme seines Bruders wie das kaum wahrnehmbare Geräusch einer zarten Brise, ein schwaches Murmeln aus der Ferne. Er schüttelte den Kopf. Seine Welt war zusammengebrochen, er wollte nicht länger leben. Er fühlte sich, als seien sein Körper und seine Seele von einem Wirbelsturm hinweggefegt worden. Er konnte sich nicht vorstellen, seinem geliebten Meister jemals wieder unter die Augen zu treten.

Der jüngere Mann fegte den Sand von den Schultern seines Bruders: »Aber nein, mach dir deshalb keine Sorgen. Du weißt, daß der Meister nichts als Mitgefühl für dich hat. Laß uns jetzt hinaufgehen. Wir werden wieder zusammen leben und arbeiten und studieren ...«

Langsam gingen die beiden Gestalten den steinigen steilen,

gewundenen Pfad den Berg hinauf. Der Tag war noch nicht angebrochen. Die Silhouetten zeichneten sich in dem dünnen Schleier aus Tau ab, der Bäume und Felsen überzog. Schließlich fielen die ersten Sonnenstrahlen auf die beiden Männer und verschärften den Kontrast: Der Ritter schien noch gebrochener an Körper und Geist, wie er neben dem jüngeren Schüler ging, dessen Schritte fest und dessen Miene sanft war. Über dem Berggipfel in der Ferne ging die Sonne auf.

Anmerkung:
Im Fernen Osten (China, Japan, Korea, Vietnam) gab es eine alte Tradition, der zufolge sich weise alte Männer (taoistische Mönche oder buddhistische Priester) auf Berggipfel zurückzogen, wo sie Einsiedeleien bauten, die meist »Steingrotten« oder »Grashütten« genannt wurden. Sie nahmen einige auserwählte Schüler an und lehrten sie den »Weg«. Außer auf geistig-spirituelle Studien wurde großer Wert auf Kriegskünste mit gewaltfreier Tradition gelegt. Die alten Meister brachten ihren Schülern die Kunst des Schwert-, Stabkampfes, Joga, Judo, Karate, Kung Fu und andere Fertigkeiten bei und schickten sie dann hinunter in die Welt. Die Schüler wurden entweder nach der Reihenfolge ihrer Aufnahme beim Meister eingestuft oder nach Alter oder nach ihren Fähigkeiten. Sie nannten einander »Älterer Bruder« oder »Jüngerer Bruder«. Die »Gurus« wurden su-phu genannt: Meister-Vater.

Die Riesenkiefern

Nachdem er die große bronzene Tempelglocke einhundertsiebenmal angeschlagen hatte, drehte Tam-The, Novize des Phap-Van-Tempels, den großen hölzernen Klöppel um und schlug damit zweimal leicht an den Glockenkamm: ein Hinweis für seinen älteren Mitnovizen Tam-Hien, daß das Glokkenritual nach dem nächsten Schlag beendet sein und die Frühzeremonie beginnen würde. Er wartete geduldig, bis die letzten Schwingungen des einhundertsiebten Schlages verklungen waren, dann hob er den Klöppel und schlug die Glokke zum einhundertachten Mal an.
Aus einer Ecke des Tempels drang der Klang von Tam-Hiens »Gong« an sein Ohr. Tam-The beantwortete die ersten drei Schläge mit drei neuen Schlägen seiner großen Glocke, dann legte er den Klöppel nieder, denn er hatte jetzt Pause, während Tam-Hien drei Durchgänge mit dem Gong schlagen würde. Die Mönche hatten sich alle in der Großen Halle eingefunden und waren bereit zur Morgenandacht.
Tam-The warf den Regenmantel aus Palmblättern über seine Schultern – die Luft draußen war kalt –, stieg den Glockenturm hinab und trat ins Freie. Der Morgennebel war noch dicht. Rasch begab er sich zum Haupttor des Tempels, wo der Wandermönch über Nacht Unterschlupf genommen hatte.
Sein Gast war am Nachmittag des Vortages angekommen, hatte jedoch sein Angebot, Unterkunft und Verpflegung im Tempel zu nehmen, abgelehnt und statt dessen um Erlaubnis ersucht, draußen rasten zu dürfen. Das einzige, worum er gebeten hatte, war eine Strohmatte, auf der er unter der Torüberdachung liegen konnte. Er bestand darauf, daß dies alles

sei, was er brauche, denn sobald sich der Nebel am Morgen lichtete, würde er schon wieder gehen. Sein braunes Mönchsgewand, schon sehr abgetragen und verblichen, war dick mit Staub von der Reise bedeckt. Anstatt glatt rasiert zu sein, wie es einem Mönch geziemt, trug er Haare und Bart lang und ungepflegt. Sein Gesicht und seine Hände starrten vor Schmutz, und ein säuerlicher, abstoßender Geruch ging von ihm aus. Tam-The war ins Haus gegangen, um ein Becken mit Wasser und ein Handtuch zu holen. Dann ging er noch einmal fort und kam mit einer Strohmatte zurück, die er auf den Steinstufen des großen Tores ausbreitete. Er wartete, bis der Reisende mit dem Waschen fertig war, um das Becken mit dem Schmutzwasser wegzubringen, dann kam er noch einmal mit einem kleinen hölzernen Tablett zurück, auf dem er eine Schale Reissuppe, einige eingelegte Senfkörner, ein kleines Töpfchen Sojasoße und ein Paar Eßstäbchen angerichtet hatte. Der alte Mönch dankte ihm und begann völlig ohne Hast zu essen. Tam-The legte zum respektvollen Gruß seine Hände vor der Brust zusammen und ging wieder hinein. Etwa eine Stunde später, als er zum Tor zurückkehrte, sah er, daß sich der Reisende bereits in seine Strohmatte eingewickelt hatte und fest schlief. Er bückte sich, um das Tablett mit beiden Händen aufzunehmen, und trug es dann, ohne ein Geräusch zu machen, zur Tempelküche.

Am darauffolgenden Morgen, als er wieder zum Tor ging, fand Tam-The seinen Gast in tiefer Meditation sitzend. Er saß nicht im Lotussitz, sondern hatte sein rechtes Knie bis an die Brust hochgezogen und den rechten Fuß fest auf den Boden gestellt. Tam-The bemerkte, daß der Mönch noch immer denselben abscheulichen Geruch verströmte, aber er war beeindruckt von seiner edlen Erscheinung. Er war etwa fünfundvierzig oder fünfzig, und obgleich halb verdeckt von Haaren und Bart, war sein Gesicht von einer Klarheit und Vornehmheit, die achtungeinflößend waren. »Dies muß einer dieser geheimnisvollen Mönche sein, von denen man immer hört«, dachte Tam-The. »Der Mönch wollte uns mit seiner abstoßenden Erscheinung nicht belästigen. Wenn ich mich ein wenig mit ihm unterhalte, erfahre ich vielleicht etwas über ihn.« Tam-The wollte gerade umkehren, um für seinen Gast ein Becken mit warmem Wasser zu holen, als dieser die Augen öffnete. Tam-The legte die Hände zum Gruß zusammen und verneigte sich. Der alte Mönch räusperte sich und sagte mit sanfter Stimme:

»Verehrter Novize, sag mir bitte, wie weit ist es von hier bis zum Berg Cuu Lung?«

Tam-The antwortete in aller Bescheidenheit:

»Ehrwürdiger, es ist nicht weit, nur etwa einen halben Tagesmarsch. Ich würde gern gehen und dir ein Becken warmes Wasser für deine Morgentoilette bringen.«

Der Reisende hob eine Hand, um anzuzeigen, daß das nicht nötig sei. Er lehnte sich zurück und erhob sich, seinen Rücken an der Wand abstützend, mit Mühe. Dann griff er nach seinem Bambusstab.

»Trotzdem vielen Dank, junger Mönch. Ich muß jetzt gehen, wenn ich vor Einbruch der Dunkelheit dortsein will.«

Kaum hatte er das gesagt, hinkte er auch schon los, den Stock in der Hand. Tam-The setzte sich ebenfalls in Bewegung in der Absicht, ihn bis zum Fuß des Hügels zu begleiten, bis an die Stelle, wo sich die Bergstraße in zwei Richtungen gabelte, aber der Fremde hob wieder die Hand, um ihm zu verstehen zu geben, er solle sich keine Umstände machen. Dann zog er hinkend und humpelnd von dannen.

»Es ist mir unbegreiflich, wie er es rechtzeitig zum Cuu Lung schaffen will.« Tam-The schüttelte voller Mitgefühl den Kopf. »So weit zu gehen, und ohne auch nur das geringste Gepäck! Und so dünn, ganz Haut und Knochen, und über und über mit

Staub und Schmutz bedeckt. Warum um alles in der Welt hat er es so eilig, zum Cuu Lung zu kommen?«
In all den Jahren hatte er niemals etwas von einem Tempel oder Glockenturm auf dem Berg Cuu Lung gehört. Er hatte nicht einmal den Berg selbst jemals gesehen. Er wußte nur, daß der Cuu Lung hoch und wild war und daß sein Gipfel ständig in Nebel und Wolken lag. Ihm wurde klar, daß er den alten Fremden sehr liebgewonnen hatte, eine Zuneigung voller Sympathie und Respekt. Irgend etwas war an dem Mönch, das Tam-The wünschen ließ, ihn näher kennenzulernen, ja sogar, ihm nah zu sein. Aber jetzt war er fort. Am Abend zuvor hatte Tam-The noch nicht einmal etwas von seiner Existenz gewußt, und auch jetzt wußte er nicht viel mehr, außer, daß sich der alte Mönch auf seinen Bambusstab gestützt und humpelnd auf die Bergstraßen in Richtung des Cuu Lung begeben hatte. Es blieb ihm nichts übrig, als zurück zum Tempel zu gehen und zusammen mit anderen jungen Novizen die Reissuppe für das Frühstück der Mönche zuzubereiten. Die Morgenandacht wird bald zu Ende sein, dachte er.

Der alte Mönch kam nur langsam vorwärts, unter vielen Mühen, denn an seinem linken Oberschenkel hatte er ein Furunkel von der Größe einer Pampelmuse. Das Furunkel bereitete ihm quälende Schmerzen, aber nur im Schlaf stöhnte er manchmal leise. Nachdem er von dem jungen Novizen erfahren hatte, daß zwischen ihm und dem Cuu Lung nur noch ein halber Tagesmarsch lag, hatte er gehofft, bei Einbruch der Nacht wenigstens den Fuß des Berges zu erreichen, wenn er zeitig aufbrach. Aber das Furunkel schmerzte ihn so sehr, daß er nicht viel weiter kam, und er mußte diese Nacht unter einem Baum verbringen. Daß er nichts zu essen hatte, war kein großes Problem; in den sechs Monaten, die er schon unterwegs war, hatte es unzählige Nächte gegeben, in denen er

ohne auch nur einen einzigen Bissen Reis im Magen unter einem Baum geschlafen hatte. Wenn bei Einbruch der Dunkelheit eine Pagode in der Nähe war, klopfte er wohl an und bat um Erlaubnis, unter dem Tor schlafen zu dürfen. Ein junger Novize – wie Tam-The – brachte ihm dann eine Schale Reissuppe oder Reis und bot ihm Essen an, wie es der Brauch verlangte. Ganz besonders erinnerte er sich des Novizen der letzten Nacht – welche Umsicht, welche Freundlichkeit! Er hatte ihm sogar ein Becken warmes Wasser und eine Strohmatte gebracht, offensichtlich frisch gewaschen, denn sie roch immer noch nach Sonne. Aber in dieser Nacht hatte er nur die große Wurzel eines riesigen Baumes, auf die er sein Haupt betten konnte. Er wollte schlafen, aber die Bergluft in dieser Höhe war so eisig, daß er sich zusammenrollen mußte, um sich warm zu halten, und selbst dann fror ihn noch so, daß er die ganze Nacht kaum ein Auge zutat.
Es war noch nicht ganz Tag, als der Reisende bereits wieder auf den Beinen war, um seinen Weg fortzusetzen. Er war so schwach, daß er mehrmals hinfiel, einmal befürchtete er sogar, nicht wieder aufstehen zu können, aber er schaffte es. Nach einigen hundert Schritten hielt er an und setzte sich auf einen Felsen. Sobald sein Atem wieder normal geworden war, griff er nach seinem Bambusstab, stützte sich darauf und machte sich wieder auf den Weg. So ging er weiter, bis er zur Stunde des Affen schließlich am Fuß des Cuu Lung ankam.

Er stand am Fuß des Berges und sah sich um. Weit und breit waren keine Spuren menschlicher Anwesenheit zu sehen. Er hielt, soweit sein Auge reichte, Ausschau nach einer blassen, grauen Rauchfahne, die ihm anzeigen würde, daß weit entfernt, vielleicht in der Hütte eines Holzfällers, der Reis für das Abendessen gekocht wurde. Der Gipfel des Berges war nicht zu sehen, da er in dichten Nebel gehüllt lag. Wie sollte er nur die Einsiedelei desjenigen finden, den er sehen wollte? Der alte Mönch setzte sich auf einen großen hervorspringenden Stein, um auszuruhen. Da war er nun, nachdem er sich sechs Monate lang zum Cuu Lung geschleppt hatte. Welch seltsames Zusammentreffen, dachte er bei sich, als ihm plötzlich jene Verse des alten chinesischen Dichters Gia-Dao in Erinnerung kamen:

Mein Freund, früher lebte er hier,
am Fuß dieses Berges,
Aber in diesem dichten Nebel und Wolkendunst,
wie soll ich ihn da finden?

Vor sechzehn Jahren war der betagte Reisende, damals Tri-Huyen, ein junger Mann, der für das Priesteramt studierte, in einem alten Tempel der Hauptstadt einem indischen Mönch begegnet. Der Inder, mit Namen Kaniska, war am ganzen Körper mit stinkenden Wunden bedeckt. Als er zum Tempel kam und um vorübergehende Unterkunft bat, waren alle von Abscheu überwältigt. Nur Tri-Huyen machte es nichts aus; er sorgte gut für den Fremden. Jeden Morgen brachte er Kaniska ein Becken mit heißem Wasser in sein Zimmer. Nachdem er eine Handvoll Meersalz darin aufgelöst hatte, half er dem indischen Mönch, sich zu baden. Danach brachte er ihm ein frischgewaschenes Gewand zum Wechseln und nahm das mit Eiter und Blut durchtränkte mit, um es zu waschen und in die Sonne zu hängen. Mittags brachte Tri-Huyen ihm dann seinen Reis. Abends brachte er ihm heißen Tee und räumte das schmutzige Geschirr ab. Und obwohl Kaniskas Leiden sich nicht zu bessern schien, brachte ihm die Fürsorge des Tri-Huyen mit der Zeit doch große Erleichterung. Zwei lange Jahre sorgte Tri-Huyen für Kaniska wie für einen Bruder. Seine Geduld war stetig und seine Umsicht beständig, Tag für

Tag, zwei Jahre lang. Glücklicherweise sagten Tri-Huyens Obere niemals ein Wort des Tadels zu ihm; man gab ihm stillschweigend die Erlaubnis, für den Fremden zu sorgen, denn gleichzeitig vernachlässigte Tri-Huyen nicht ein einziges Mal seine Studien und andere Tempelpflichten.

Eines Morgens, nachdem Tri-Huyen ihm bei seiner schmerzvollen Wasch- und Ankleidungsprozedur geholfen hatte, sagte der indische Mönch zu ihm:

»Lange Zeit hast du dich jetzt um mich gekümmert. Ich stehe tief in deiner Schuld. Aber ab morgen wirst du nichts mehr für mich tun müssen, denn heute nachmittag werde ich aufbrechen.«

Tri-Huyen war wie vor den Kopf gestoßen:

»Aber Ehrwürdiger, wohin gehst du? Du bist noch immer ziemlich krank. Wer wird für dich sorgen?« Kaniska sah ihn mit unendlicher Güte an. Langsam antwortete er:

»Ich habe etwas zu erledigen, und es ist an der Zeit zu gehen. Bitte mach dir keine Sorgen. Es gibt ja Tempel auf dem Weg. Irgend jemand wird sicherlich die Güte haben ...«

Der indische Mönch sah, daß das klare und ruhige Gesicht des Schülers von Traurigkeit überschattet war:

»Bitte glaub nicht, daß dies das Ende unserer Freundschaft ist. Unsere Wege werden sich wieder kreuzen. Ich weiß sicher, daß du einen brillanten Geist hast und daß deine Studien Früchte tragen werden. Eines Tages wirst du ein großer Mönch und Lehrer sein. Dein Ruhm wird sich allenthalben verbreiten. Laß mich dir nur dies sagen: Wenn man den Weg studiert, besteht das Ziel nur darin frei zu werden, nicht sonst irgendeinen Gewinn daraus zu ziehen, wie erstrebenswert dieser auch immer sein mag. Wir kennen uns erst kurze Zeit, aber unsere Freundschaft ist tief und echt, deswegen denke ich, kann ich es mir erlauben, dich daran zu erinnern. Bitte vergiß es nicht.«

Tri-Huyen neigte den Kopf in Zustimmung und Dankbarkeit. Dann fragte er:
»Du sagst, wir werden uns wieder begegnen ... aber bitte sag, wann denn? Ich fürchte, du wirst auf deiner Reise nicht einmal deine Fußabdrücke hinterlassen.«
»Wenn es uns bestimmt ist, uns zu begegnen, dann werden wir uns begegnen, selbst wenn wir versuchten, voreinander zu fliehen! Mach dir darüber keine Sorgen! Laß mich dir nur sagen, daß du in diesem Leben den Gipfel der Leistung und des Ruhmes erreichen wirst. Aber in vierzehn oder fünfzehn Jahren wirst du auch mit deiner grausamsten Prüfung konfrontiert werden. Dann denk an mich und komm zu mir, ich werde dir helfen können.«
»Aber wie werde ich dann wissen, wo ich dich finden kann?« fragte Tri-Huyen. Der indische Mönch legte Tri-Huyen eine Hand auf die Schulter und führte ihn aus der Mönchszelle nach draußen: »Du wirst zum Berg Cuu Lung kommen, im Ban-Thanh-Distrikt, im Land Tay-Thuc. Du wirst an seinem Fuß stehen und hinaufschauen, und wo du zwei riesige Kiefern nebeneinander stehen siehst, dort wirst du mich finden. Präge dir die Namen gut ein: Cuu Lung. Im Land Thuc.«
Und so ging der Inder, und niemals hörte Tri-Huyen wieder von ihm. Die Zeit verging, und der junge Schüler wuchs zum Mönch heran, dessen Belesenheit, Weisheit und Redegewandtheit weit und breit Anerkennung fanden. In der Hauptstadt herrschte wahrlich kein Mangel an großen Mönchen und Lehrern, aber Tri-Huyens Ruf war so groß, daß er sogar König Y-Tong zu Ohren kam. Jedes Jahr während der Feierlichkeiten zum Geburtstag des Buddha lud der König ihn ein, in den Palast zu kommen und vor der königlichen Familie und dem gesamten Hof zu sprechen. Und da war er dann: auf einem erhöhten Diwan über den Köpfen aller übrigen Anwesenden sitzend, das Abbild eines lebenden Buddha. Stattlich

war seine Erscheinung, edel seine Haltung, wohlklingend und tief seine Stimme, und seine Worte trugen die gesamte Zuhörerschaft in die wunderbare Welt des Dharma. Der König war überaus zufrieden mit ihm und ordnete an, daß ihm ein purpurnes Mönchsgewand gebracht werde. Von da an verbreitete sich der Ruhm des ehrenwerten Tri-Huyen sogar noch weiter. Und dabei war er erst dreiundvierzig. Nachdem Tri-Huyen mehrere solcher Darbietungen gegeben hatte, warf sich seine Majestät eines Tages sogar vor Tri-Huyen nieder und erklärte ihn zum »Lehrer der Nation«. Kraft königlichen Erlasses verlieh der König dem Mönch den ruhmreichen Namen Ngo-Dat (»der Erleuchtung erlangt hat«). Der Tempel An-Quoc, direkt neben dem königlichen Palast, wurde herausgeputzt und hergerichtet, um als Wohnstatt und Tempel des Meisters zu dienen. Der König wollte ihn in seiner Nähe wissen, damit er ihn oft und leicht sehen und von seinen Lehren profitieren konnte.

Aber alle diese Ehren verblaßten noch neben dem, was am fünfundvierzigsten Geburtstag des großen Lehrers geschah. Zu dieser besonderen Gelegenheit schickte auf königliche Proklamation hin das gesamte Volk seine gewählten Vertreter in die Hauptstadt, um dem großen Lehrer zu lauschen, wie er über die »Lotusblume des wundervollen Dharma« sprach. Wie eine Lawine strömte das Volk aus der Hauptstadt herbei. In dichten Reihen standen die Menschen und füllten jeden verfügbaren Zentimeter des Tempelhofs. Zu Tausenden lauschten sie der Stimme des großen Lehrers, wenn sie sich erhob, und einen ganzen Monat lang dauerten die Lehrreden an, und der König verpaßte die ganze Zeit nicht eine einzige davon.

Und dann kam die Abschlußveranstaltung des einmonatigen Ereignisses. Dafür hatte der König von den geschicktesten Handwerkern des Königreiches ein ganz spezielles Podium aus duftendem Zedernholz anfertigen lassen. Es war sehr hoch angebracht, so daß Tausende von Gläubigen ihn würden sehen können. Die Zeremonie wurde mit allergrößtem Aufwand durchgeführt. Der König stand auf, näherte sich dann dem großen Lehrer, verneigte sich vor ihm und lud ihn ein, das prachtvolle Podium zu besteigen. Als der Ehrwürdige Ngo-Dat dies tat, fiel die gesamte Zuhörerschaft auf die Knie; viele waren so bewegt, daß sie weinten. Und so begann die letzte Sitzung. Und es sollte eine werden, die der große Meister und Lehrer Ngo-Dat niemals in seinem Leben vergessen würde, denn sie brachte den grundlegendsten Wandel in der gesamten spirituellen Existenz desjenigen, der einmal der Mönch Tri-Huyen gewesen war.

Wie er nun so auf einem Felsen am Fuß des Cuu Lung saß, erinnerte sich der abgemagerte Wanderer in aller Lebhaftigkeit des Augenblicks, wo er sich mit gekreuzten Beinen auf dem Zedernpodium niederließ, das ihm der König angeboten hatte. Unter ihm und um ihn herum verneigten sich tief und voller Ehrfurcht die Tausende – einschließlich des Königs. Ngo-Dat sah hinab, und sogar er war erstaunt. Es war in der Tat außergewöhnlich für einen Mönch, für einen, der alles dem Weg geopfert hatte, eine solch herausragende Stellung unter den Sterblichen einzunehmen. Und so fühlte er einen Moment, einen kurzen Augenblick lang, Stolz auf das Erreichte. Ja, er war stolz auf sich! In diesem Augenblick schoß ein seltsames Feuer in sein Gesicht, und er wußte sofort, daß das Böse in ihn eingedrungen war. Er schüttelte sich leicht und versuchte, seine Haltung wiederzugewinnen, aber es war zu spät. Aus dem fernen Himmel schoß ein winziges leuchtendes Objekt wie ein glitzerndes Sandkorn herab, fuhr in seinen linken Oberschenkel und schoß einen marternden Schmerz durch sein Fleisch, der tief in Mark und Bein eindrang. Dieser Schmerz war so fürchterlich, daß Ngo-Dat ein Schrei entfuhr und er seinen Oberschenkel mit beiden Händen festhielt. Der König erhob sich sogleich von seinem Thron und rief nach Dienern, die dem großen Lehrer vom Podium herabhelfen sollten. Und so fand die letzte, ruhmreiche Sitzung von Ngo-Dats Lehrreden über das Sutra der »Lotusblume des wunderbaren Dharma« niemals statt. Jeder glaubte, der große Lehrer sei von einem kleinen giftigen Tierchen gebissen worden, einem Tausendfüßler vielleicht, denn er bekam sogleich hohes Fieber. Nur Ngo-Dat wußte, daß kein Tausendfüßler ihn gebissen hatte; er hatte jenes leuchtende Teilchen aus dem Universum direkt auf sich zufliegen und in sein Fleisch eindringen sehen, das Mönchsgewand, das ihn bedeckte, unversehrt lassend. Er wußte es, aber er sagte nichts; er ließ die geschäftigen königlichen Ärzte mit ihren Theorien und Behandlungen weitermachen. Die kleine Wunde begann zu schwären. Sie entwickelte sich rasch zu einer geschwollenen purpurnen Masse von der Größe einer Pampelmuse, die schrecklich schmerzte. Etwa zehn Tage später brach die Schwellung auf und verwandelte sich in eine riesige Wunde, aus der sich Blut und Eiter ergossen, jeden Tag genug, um eine große Schale zu füllen. Die königlichen Ärzte waren eifriger denn je damit beschäftigt, alle Arten von Arzneien zu verschreiben, einige zum Einnehmen, einige zur äußerlichen Anwendung. Keine jedoch erwies sich als irgendwie hilfreich. König Y-Tong, in tiefer Besorgnis, kam jeden Tag, um seinem Lehrer seine Aufwartung zu machen, und ordnete an, daß alles Erdenkliche getan werden müsse, um noch bessere Ärzte und bessere Heilmittel zu finden. Ein Jahr verging, und der Zustand des großen Lehrers verschlimmerte sich nur. Er verlor an Gewicht, und seine Kraft schwand dahin. Während eines seiner Besuche glaubte der König sogar, im Auge des heiligen Mannes eine Träne zu sehen.

Eines Nachts, nachdem er schmerzvolle, schlaflose Stunden

verbracht hatte, traf Ngo-Dat eine Entscheidung: er würde den großen Tempel, den König und das Volk, das er für sich gewonnen hatte, verlassen. Ein ganzes Jahr hatte er nun hier gelegen, für jede kleinste Verrichtung von einer Armee von Ärzten und Bediensteten aufgewartet, ohne der Nation auch nur irgendwie von Nutzen zu sein. Er hatte den Gipfel des Ruhmes erreicht, und er kannte nun auch die bodenlosen Abgründe der Scham und Qual. Noch in derselben Nacht stahl er sich davon, nur mit einer einfachen braunen Mönchskutte, die er sich überwarf, und einem Stab, einem Geschenk des Königs, in der Hand. Die Wunde peinigte ihn, aber unter Aufbietung all seiner Kräfte machte er sich auf den Weg durch die Nacht, aus der Hauptstadt hinaus. Als er zufällig am Straßenrand einen Bambusstock liegen sah, hob er ihn auf; und beim Überqueren der ersten Brücke warf er den königlichen Rohrstock in den rasch dahinfließenden Fluß. Der kostbare Stab trieb in Richtung Hauptstadt, während der ehemalige Lehrer der Nation, jetzt ein kranker, verzweifelter Mann, weiter in Richtung Berge humpelte.

Am Mittag des ersten Tages kam der Reisende über einen ländlichen Markt. Als sie einen Mönch in solch bemitleidenswertem Zustand sah, bot ihm eine Bauersfrau zwei Bananen und eine Handvoll süßen Reis an. Er fürchtete jedoch, der Reis könne seine Wunde verschlimmern, und nahm nur die Früchte an. Als er sich auf einen Erdhügel gesetzt hatte und sie aß, wurde ihm klar, daß man ihn ja erkennen könnte. Also rieb er sein Gesicht mit Schmutz und Schlamm ein. Dann, plötzlich, während er damit beschäftigt war, nicht wissend, wohin er gehen und was er als nächstes tun sollte, durchzuckte das Bild des alten indischen Mönches seinen Geist wie ein Blitz. Er erinnerte sich an das, was der heilige Kaniska ihm vor Jahren gesagt hatte: »In vierzehn oder fünfzehn Jahren wirst du mit der grausamsten Prüfung deines Lebens konfrontiert werden.

Dann komm zu mir, ich werde dir helfen ... Komm zum Cuu Lung im Land Thuc ...«
Und so machte sich der Wandermönch Ngo-Dat auf nach Thuc, bei Tage wandernd und bei Nacht ruhend, trotz der Schmerzen in seinem Körper. Blut und Eiter sickerten ohne Unterlaß durch seine Hosen, aber er hatte keine Kleider zum Wechseln. Die übelriechenden Absonderungen ergossen sich über seine Beine und trockneten an. Seine Hosen waren mittlerweile völlig durchtränkt und steif, und der Gestank war überwältigend. Sogar sein Mönchsgewand war voller Flecke, sowohl vorn als auch hinten. Und wo keine Flecken waren, war das ursprüngliche Braun so verblichen, daß es die Farbe des Staubes angenommen hatte. Wenn der Abend hereinbrach, hielt er an, um sich auf der großen Wurzel eines Baumes niederzulassen oder auf einem Felsen, und er zog sein Hosenbein hoch und schaute seine Wunde an. Sie war groß wie eine Pampelmuse, und ihre eiternde Oberfläche hatte vier kleine Öffnungen, die ihm blutrot entgegenleuchteten. Die beiden unteren am Knie sahen aus wie Augen, das in der Mitte wie eine Nase, und das obere klaffte wie ein wutverzerrter, blutiger Mund. Er schaute auf die Wunde, als schaue er in ein menschliches Gesicht. Er und seine Wunde starrten einander an wie in stummem Zweikampf. Die Wunde schien voller Haß und Zorn mit den Augen zu rollen und ihre Zähne gegen ihn zu fletschen; aber er konnte nur zurückstarren. Er fühlte keine Wut, nur Trauer und Betrübtheit. Er wußte ja, daß er den Fluch anschaute, den er über sich selbst gebracht hatte.
So schlief der ehemalige Lehrer der Nation auf seiner langen Reise nach dem Land Thuc unter vielen Tempeltoren, aber niemals erkannte ihn jemand unter all dem Schmutz und dem üblen Gestank. Jeder war freundlich zu ihm gewesen, aber niemand so freundlich wie der junge Novize im Phap-Van-Tempel, der ihm sogar warmes Wasser und Reissuppe ge-

bracht hatte. Es tat ihm sehr wohl, an ihn zu denken. Und jetzt war er am Fuß des Berges Cuu Lung.

Der Wandermönch – vor gar nicht allzulanger Zeit noch der große Lehrer der Nation – zuckte zusammen. Er hörte das Murmeln eines nahen Baches, und die Worte des indischen Mönches Kaniska kamen ihm plötzlich in den Sinn: »Der Berg Cuu Lung ... Du wirst an seinem Fuß stehen und hinaufschauen, und wo du zwei riesige Kiefern siehst, dort wirst du mich finden ...«

Ngo-Dat schaute auf, und da waren sie, die riesigen Kiefern. Am linken Berghang, ganz hoch oben, wo sich der Nebel gelichtet hatte, standen zwei große Bäume nebeneinander in all ihrer außerordentlichen Größe und Geradheit, ihre Wipfel noch immer im Nebel verborgen. Ngo-Dat griff nach seinem Bambusstock; Schritt für qualvollen Schritt tastete er sich den Berg hinauf.

Zeitweise kroch er sogar auf dem Bauch, denn er war am Ende seiner Kraft, und seine große Wunde bereitete ihm starke Schmerzen. Aber schließlich schaute er auf und traute seinen Augen kaum: Halb verborgen hinter üppiger Vegetation lagen die bunten, leuchtenden Dächer und Tore eines Tempels, der, sogar aus einer solchen Entfernung, von außerordentlicher Schönheit zu sein schien. Von fern klangen die zarten Klänge einer Windglocke an seine Ohren, und er glaubte zu hören, wie der Wind durch den Baum der sieben Juwelen strich, wie es im Amitayus-Sutra beschrieben wird. In der Nähe ertönte das melodische Gezwitscher eines einheimischen Vogels. Als er das dreiportalige Haupttor erreichte, traf er auf einen Novizen, der unter dem Tor erschien. Auf seine Nachfrage erfuhr er, daß dies in der Tat der Tempel war, in dem der Ehrwürdige Kaniska lebte. Dann ging der Novize zurück, um den Besucher anzukündigen, und einen kurzen Augenblick später kam ihm Kaniska entgegen. Sein alter Freund, glanzvoll wie ein

Bodhisattva, war ein solcher Anblick, daß Ngo-Dat auf die Knie fiel und sich in tiefem, ehrerbietigem Gruß zu Boden warf. Kaniska beugte sich nieder, half dem ehemaligen Lehrer der Nation auf die Füße und geleitete ihn mit sanfter Hand in die Hauptempfangshalle seines Tempels.
Dort leerten die beiden eine kleine Kanne Tee, die einen Duft verströmte, der Ngo-Dat den tiefen Traum der letzten fünfzehn Jahre fast vergessen machte. Kaniska begann, seinen Freund nach dessen Leben und Arbeit in den letzten Jahren zu fragen. Und obwohl bereits ein Mann im Alter von sechsundvierzig Jahren und einst der meistgerühmte Große Lehrer der Nation, konnte Ngo-Dat nicht anders: Er fühlte sich wie ein bemitleidenswertes hilfloses kleines Kind. Ohne irgend etwas auszulassen, berichtete er seinem Gastgeber ausführlich alles. Kaniska hörte aufmerksam zu, dann und wann seufzte er in traurigem Mitgefühl für das, was sein Freund durchgemacht hatte. Dann bat er darum, die Wunde sehen zu dürfen. Ngo-Dat stand auf, zog sein Hosenbein hoch und zeigte sie seinem Freund. Die Wunde bot einen grauenvollen Anblick, wie sie den beiden Männern so entgegenstarrte. Kaniska bat seinen Freund, sich wieder hinzusetzen, und sagte:
»Mein Freund, unterhalb dieses Berges gibt es einen Bach, den man den »Bach, der den Knoten löst« nennt. Sein Wasser kann dir helfen, dich von dieser schrecklichen Wunde zu befreien. Du wirst heute nacht hierbleiben. Morgen früh werden wir als erstes gemeinsam hinabsteigen, und ich selbst werde dir beim Waschen helfen. Ich versichere dir, daß die Wunde verschwinden wird. Zwei Waschungen werden bereits genügen, mein Freund.«
Dann ging der Ehrwürdige Kaniska kurz hinaus, kam mit einem Becken warmen Wassers und einer Schale Salz zurück und sagte lächelnd:
»Verehrter Freund, vor langer Zeit hast du diesen meinen be-

dauernswerten Körper zwei Jahre lang gewaschen, erinnerst du dich? Jetzt, bevor das Wasser des wundersamen Baches sein Werk tut, erlaube mir die Freude, deine Wunde für dich zu säubern. Zum letzten Mal ...«

Aus Achtung vor ihm wollte Ngo-Dat das Angebot seines Freundes zuerst ablehnen, aber als er aufschaute, begegneten seine Augen denen Kaniskas, und er wußte, es würde nichts nützen. Auf dem Boden kniend und mit allergrößter Konzentration und Umsicht schöpfte Kaniska Wasser und wusch die eiternde, übelriechende Wunde Ngo-Dats. Mit nichts anderem als gesalzenem warmem Wasser und einem Handtuch zauberte Kaniska die Einsamkeit und den Schmerz hinweg, die sechs Monate des Unterwegsseins über seinen Freund gebracht hatten. Ngo-Dat schaute seinem Freund zu und war so gerührt vor Dankbarkeit, daß ihm Tränen in die Augen traten. Als Kaniska fertig war, trug er das Becken mit dem Schmutzwasser fort und kam mit klarem Wasser und einem anderen Handtuch zurück. Er zog Ngo-Dat das Gewand aus und begann, ihn zu baden. Dann sagte er ihm, er solle all seine Kleider ausziehen, und wusch seinen ganzen Körper, vom Kopf bis zu den Zehen, als sei der ehemalige Lehrer der Nation ein kleines Kind. Dann ging er fort, kam mit einem sauberen Mönchsgewand wieder und half seinem Freund beim Anziehen. Alles, was Ngo-Dat tun konnte, war zuzulassen, daß für ihn gesorgt wurde. Das saubere Gewand, das noch nach Sonne duftete, war leicht und angenehm, und der Duft von Zedernholz stieg daraus auf und füllte seine Nase. An jenem Abend aß Ngo-Dat von dem Ehrwürdigen Kaniska persönlich zubereitete und servierte Suppe aus weißem Reis. Dann führte man ihn in ein kleines, leeres Zimmer mit einer sauber duftenden Bettstatt. Kaniska wünschte ihm eine gute Nacht, und sie verabredeten, am nächsten Morgen nach dem Tee gemeinsam hinunter zum Bach zu gehen.

Aber bereits kurz nach Mitternacht, als er den ersten Glockenschlag hörte, konnte Ngo-Dat nicht länger warten. Die ganze Nacht hatte die Wunde ihn mehr als je zuvor geschmerzt. Es war noch lange hin bis zum Morgen. Er erinnerte sich, bei seiner Ankunft am Fuß des Berges das Murmeln eines Bachs gehört zu haben, also erhob er sich von seiner Bettstatt, zog sein Gewand an und stahl sich aus der Zelle.

Der Nebel war dicht und Ngo-Dat konnte kaum sehen, wo er ging, aber er schaffte es, einen Pfad nach unten zu finden. Nachdem er noch ein Stück weiter gehumpelt war, hörte er wieder den Bach, und schließlich fand er ihn auch.

Er kniete an einem Felsen nieder, zog sein linkes Hosenbein hoch und entblößte die Wunde. Langsam und tief atmend versenkte er sich in einen Zustand tiefster Konzentration. Im Geist rezitierte er den Namen des Buddha. Dann beugte er sich vor und schöpfte mit beiden Händen Wasser. Das Wasser war beißend kalt in seinen Händen, und er verschüttete mindestens die Hälfte davon. Aber das wenige, das in seiner hohlen Hand verblieb, genügte. Als es in Kontakt mit der offenen Wunde kam, versetzte es ihm einen solchen Schock, einen solch stechenden Schmerz, daß es ihm durch Mark und Bein fuhr und er das Bewußtsein verlor und am Ufer des Baches zusammenbrach. Obwohl er bewußtlos war, sah er ein wütendes rotes Gesicht mit gesträubten Kopf- und Barthaaren. Es starrte ihn an und sagte:

»Ah! Du! Du, der als so weise und belesen giltst, sag mir, hast du jemals das Buch des Westlichen Han gelesen?«

Obwohl er völlig überrascht war, bewahrte Ngo-Dat die Fassung und antwortete:

»Ja, das habe ich.«

»So, du hast. Nun, dann wirst du dich sicher auch an die Geschichte mit Vien-An und Trieu-Pho erinnern, oder? Trieu-Pho mußte wegen der verleumderischen Behauptungen Vien-

Ans mitten auf dem Östlichen Markt sterben. Erinnerst du dich daran? Welch grauenvolle Tat! Welche Ungerechtigkeit! Und jetzt, sieh mich an. Ich bin Trieu-Pho, und du, du bist niemand anders als Vien-An, der Verleumder, der Mörder! Schreckliches Unrecht hast du mir zugefügt. Und viele Leben lang habe ich dich jetzt verfolgt, um dich für das Verbrechen zahlen zu lassen. Während zehn aufeinanderfolgender Existenzen auf der Erde habe ich dich verfolgt, aber ich konnte nichts tun, weil du in jeder dieser Existenzen ein großer Mönch warst, ein Heiliger gar, und deine Wege und dein Verhalten so tadellos waren, daß ich keine schwache Stelle finden konnte, um anzugreifen. Aber, Vien-An, jetzt habe ich dich endlich erwischt! Endlich bist du vom geraden und schmalen Pfad abgewichen. Die Verehrung des Königs und die Anbetung des Volkes haben es geschafft: Du hast dich dem Stolz und der Egozentrik geöffnet. Und hier bin ich also. Ich bin diese Wunde, die du an deinem Körper mit dir herumträgst! Ich bin dein eigener Fluch und deine eigene Verleumdung!«
Der ehemalige Lehrer der Nation sah seinem Gegenüber ins Gesicht, in das struppige und zornesrote Gesicht, und der kalte Schweiß brach ihm aus. Er wollte etwas sagen, aber er wußte, daß es eigentlich nichts zu sagen gab, und blieb stumm. Er sah, daß das rote Gesicht jetzt einen etwas milderen Ausdruck angenommen hatte. Und jetzt fuhr es in weniger rachsüchtigem Ton fort:
»Nein, du mußt natürlich nichts sagen. So viele Existenzen lang habe ich gelitten an diesem Wunsch nach Rache, ich bin selbst in Dunkelheit versunken wegen meines Hasses auf dich. Aber der Ehrwürdige Kaniska hat das wundersame Wasser genommen, um deine Wunde zu waschen, und indem er das tat, hat er diesen Haß fortgewaschen. Ich werde dich nicht länger verfolgen. Und du, es ist ein großer Segen für dich, dem heiligen Kaniska begegnet und heute von ihm gerettet worden

zu sein. Von nun an stehen wir nicht länger einer in des anderen Schuld. Bitte, nimm etwas Wasser und wasch dich noch mal! Mach rasch!«

Ngo-Dat erwachte plötzlich und schoß kerzengerade in die Höhe. Er kniete an einem großen Felsen nieder, beugte sich über den Bach und ließ zwei Handvoll Wasser über die große Wunde laufen. Der Schmerz war sogar noch schrecklicher als das erste Mal, und er verlor erneut das Bewußtsein. Aber diesmal sah er das zornige rote Gesicht nicht mehr. Er fühlte nur, wie ein tiefer Friede sich über seinen Körper und seine Seele senkte. Er sah sich selbst in einem tiefen Wald, laufend und geschwind und wendig über Stock und Stein springend, als hätte er Flügel, mit der Leichtigkeit eines über eine Wiese flatternden Schmetterlings. Er war ein kleines Kind und lief im Frühling durch ein Feld, das dicht mit gelben und scharlachroten wilden Blumen bewachsen war. Dann lag er rücklings auf der Oberfläche eines Flusses; er sah hinauf und erblickte einen unendlichen blauen Himmel. Jetzt war er ein Knabe. Er trug seine Neujahrskleider und lief und hüpfte auf einem schneebedeckten Hügel. Schließlich fror der Knabe und rannte nach drinnen, um seine Händchen über einem Feuer zu wärmen, und der Knabe sah seine Großmutter mit ihrem Nähkorb dasitzen. Rechts vom Feuer saß seine Mutter, deren Augen übervoll von Zärtlichkeit für ihn waren. So geborgen fühlte er sich hier, daß er gar nicht wieder hinaus in die Kälte wollte. Dann, plötzlich, hörte er draußen die Schreie von Affen.

Ngo-Dat erwachte und fand sich noch immer am Ufer des Baches liegen. Um ihn herum war der Wald voller Vogelgezwitscher. Die Sonne war aufgegangen und wärmte jetzt alles, was sie berührte. Auch Ngo-Dat fühlte sich warm und voller Frieden. Rasch erhob er sich und zog sein linkes Hosen-

bein hoch. Die große Wunde war nicht mehr rot, ihre Oberfläche war trockener, die Öffnungen waren nicht mehr so tief, die Haut fühlte sich fester an: Die Wunde heilte.
Ngo-Dat stand auf und fühlte sich so voller Energie, daß er seinen Bambusstab nicht mehr brauchte. Er ließ seine Augen umherschweifen, um den Pfad zu finden, der zum Tempel auf den Berg führte. Er wollte hinaufgehen und seinem Freund Kaniska danken, aber kein Pfad war zu sehen. Das verwirrte ihn, denn er war ja in der Nacht auf dem Pfad zum Bach hinuntergelangt. Aber nein, da war kein Weg, nirgendwo ein Pfad; da waren nur Steine und Büsche. Sein Blick fiel auf einen großen Felsen in der Nähe. Das war der Felsen, auf dem er gestern am späten Nachmittag geruht hatte, nachdem er den Fuß des Berges erreicht hatte. Er sah hinauf. Die Sonne hatte den Nebel vertrieben, aber er sah keine Dächer, kein Tor. Sogar die zwei riesigen Kiefern, so groß, daß ihre Wipfel bis in die Wolken ragten, waren verschwunden. Wie ein Traum erschienen ihm jetzt all die Ereignisse des gestrigen Tages. Er setzte sich auf den Felsen und ließ diese Ereignisse noch einmal an sich vorüberziehen: die großen Bäume, die Entdeckung des prachtvollen Tempels, die Begegnung mit dem jungen Novizen, das Wiedersehen mit seinem Freund Kaniska ... Er erinnerte sich der Tassen mit duftendem Tee, die seine Erschöpfung vertrieben, wie Kaniska ihn gewaschen hatte, das nach Zedern duftende Mönchsgewand ... Er sah an sich hinunter, sah, daß er noch immer dieselben zerrissenen, übelriechenden Kleider trug, die er vor sechs Monaten zu Beginn seiner Reise angelegt hatte ...
Ngo-Dat seufzte tief. Jetzt wußte er, was tatsächlich geschehen war, und er erkannte, daß sich der Kreis des Schicksals geschlossen hatte. Er wandte sein Gesicht dem Berg zu und verneigte sich dreimal, das Herz übervoll von Dankbarkeit, einer Dankbarkeit, in die Bedauern gemischt war, denn er

wußte, daß er seinen Freund, den heiligen Kaniska, nun niemals wiedersehen würde.

Der Ehrwürdige Tam-The, Patriarch des Phap-Van Tempels, traf an einem sonnigen Frühnachmittag in Begleitung zweier Schüler in Chi-Duc ein. Chi-Duc war nur eine kleine Einsiedelei am Fuß des Berges Cuu Lung, aber sie war ungewöhnlich schön gelegen. Als sie sich näherten, stand der Meister dieses Reiches, ein sanft aussehender Mönch Anfang Vierzig, der den Dharma-Namen Tin-Co trug, bereits auf der kleinen Brücke, die den Bach überquerte, um sie zu begrüßen. Die Kiefern in der Umgebung gehörten zu der Art, deren Nadeln zwar nicht sehr dicht wachsen, die aber sehr gerade stehen und alle vollkommen aufrecht in den Himmel ragen. Lange schon hatte der Patriarch von Phap-Van von dieser kleinen Einsiedelei am Cuu Lung gehört und sie aufsuchen wollen, aber erst jetzt hatte er seinen Wunsch in die Tat umgesetzt. Er war froh, daß er die Reise gemacht hatte. Als er sich umsah, verspürte er tiefe Freude über jeden Baum, jeden Fels, jedes Blatt, auf das sein Blick fiel. Er erhob seine Augen zum Gipfel des Berges, der noch in Nebel und Dunst gehüllt war; er schaute auf die großen Kiefern, wie sie in all ihrer Großartigkeit und Noblesse ins Unendliche ragten, und auf die entzückende kleine Tempel-Klause, die halb verborgen im Grün lag. Er nickte in stiller Zustimmung und Bewunderung.
Sobald Gastgeber und Gast ihre Plätze eingenommen hatten, wurde der Tee von einem Novizen heraufgebracht. Die erste Kanne Tee war kaum geleert, als der Ehrwürdige Tam-The auf einem nahe stehenden Tisch ein gebundenes Buch bemerkte, in dem offensichtlich zur Zeit geschrieben wurde. Ausgezeichnete Kalligraphie, dachte er bei sich. Er bat darum, es ansehen zu dürfen, und las auf dem Einband: »Wasser der Barmherzigkeit – Das Buch der Buße«. Der ehrwürdige Tam-

The legte das Sutra wieder auf den Tisch zurück und wollte sich gerade danach erkundigen, als der Abt von Chi-Duc zu ihm sprach:
»Dieses ist, Ehrwürdiger, der Text über ein von meinem Meister persönlich zusammengestelltes Bußeritual. Die Welt hat seinesgleichen noch nicht gesehen, denn dies ist die erste Abschrift.«
Während er den kleinen Band noch immer eingehend betrachtete, sagte der Ehrwürdige Tam-The:
»Darf ich annehmen, daß dein verehrter Meister derjenige ist, der diesen höchst edlen Tempel gegründet hat? Wie war sein gepriesener Name, bitte sei so gut und sag es mir.«
»Ja, so ist es, du hast recht, Ehrwürdiger. Diese bescheidene Wohnstatt hat mein Meister selbst vor etwa vierzig Jahren errichtet. Solange er lebte, hatte der Platz keinen offiziellen Namen. Erst nachdem er von uns gegangen war, habe ich ihm einen Namen gegeben. Da ich mir der Schuld, in der ich gegenüber meinem Meister stehe, sehr wohl bewußt bin, habe ich den Namen Chi-Duc für diese Einsiedelei gewählt. Als er hierherkam, gab es in der Umgebung meilenweit keine Ansiedlung. Erst Jahre, nachdem er seine kleine Klause gebaut hatte, kamen ein paar Bauern und Holzfäller hierher und begannen, ihre eigenen Hütten zu bauen.«
Der Ehrwürdige Phap-Van warf sanft ein:
»Ich nehme an, als der hochverehrte Meister hier ankam, warst du bei ihm, als kleines Kind natürlich?«
Tin-Co schüttelte den Kopf:
»O nein, Ehrwürdiger, mein Meister kam ganz allein zum Cuu Lung. Ich war damals erst sieben Jahre alt. Mein Vater war einer der Holzfäller, von denen ich gerade gesprochen habe. Es war mein großes Glück, daß ich der Schüler meines Meisters wurde, als seine Augen auf mich fielen. Meine ganze literarische und religiöse Erziehung habe ich von meinem Mei-

ster erhalten. Nur eins, wenn ich das erwähnen darf, mein Meister hat mich immer für meine Kalligraphie gelobt. Aber bis zum heutigen Tag glaube ich immer noch, daß die Tuschearbeit meines Meisters selbst ein Werk der Götter ist.«
Abt Tin-Co griff nach einem gebundenen Band und reichte ihn dem Ehrwürdigen Phap-Van. Mit einem Blick erkannte Phap-Van, daß es sich um die Originalausgabe von »Wasser der Barmherzigkeit – Das Buch der Buße« handelte, mit der Kalligraphie von Tin-Cos Meister persönlich. Die Schrift war fest und doch anmutig, forsch und doch zart, wie der Tanz der Phönixe. Er schüttelte, außer sich vor Begeisterung, den Kopf: »Welche Schönheit! Welch herrliche Schrift!«
Dann schaute er auf und sagte:
»Dies ist ohne Zweifel ein sehr wertvolles Werk. Ich frage mich aber, warum du, Ehrwürdiger, nicht den edlen Namen deines verehrten Meisters auf die erste Seite geschrieben hast, damit die Nachwelt von ihm weiß und ihm Ehre erweise?«
Tin-Co entgegnete:
»Mein Meister wollte seinen Namen nicht darauf haben. Er kam hierher und lebte das Leben eines Einsiedlers, unbekannt und namenlos. Wozu sollte es gut sein, seinen Namen auf einem Stück Papier zu hinterlassen?«
Dann, nach einem Augenblick der Stille, fuhr er fort:
»Damals, als mein Meister hier eintraf, gab es hier nur Wildnis. Mit seinen eigenen Händen hat er die Klause gebaut, das Unterholz gerodet, Bohnen gepflanzt und Reis angebaut. Wie ich später erfuhr, hatte er in seinem ganzen Leben zuvor niemals eine solche Arbeit verrichtet. An dem Tag, als er hier ankam, saß er auf einem Felsen am Ufer des Baches, er litt große Schmerzen und war völlig entkräftet.«
Während Tin-Co sprach, blitzte im Geist des Patriarchen von Phap-Van das Bild des wandernden Mönchen von vor vierzig Jahren auf. Ja, damals war er noch der Novize Tam-The, sech-

zehn Jahre alt. Wieder sah er im Geist den würdevollen Ausdruck des Mönches vor sich, seine majestätische Haltung, sein abgetragenes und mit Staub und Schmutz bedecktes Gewand, und er roch erneut die schreckliche Ausdünstung. Tin-Cos Meister war der Fremde gewesen, der um Erlaubnis gebeten hatte, unter dem Tor seines Tempels schlafen zu dürfen! Er war es, der diesen Tempel Chi-Duc errichtet hatte! Der Ehrwürdige Phap-Van stand auf und legte die Hände vor der Brust zusammen:
»Hochverehrter Gastgeber, einst, vor vierzig Jahren, kam dein Meister zu unserem bescheidenen Tempel und blieb über Nacht. Ich selbst hatte die Ehre, ihm Wasser zum Waschen zu bringen und Reissuppe für sein Nachtessen. Ich darf sagen, daß unsere beiden Tempel, Chi-Duc und Phap-Van, Nachbarn sind, denn nur eine halbe Tagesreise trennt uns voneinander. Würdest du mir um all dessen willen den edlen Namen deines Meisters nennen, für den ich, selbst nach einer so kurzen Begegnung, bis zum heutigen Tage die allertiefste Zuneigung und Verehrung empfinde?«
Angesichts solch ehrlich gemeinter und respektvoller Empfindungen fühlte sich Tin-Co veranlaßt, ebenfalls aufzustehen, und nun war er es, der sich vor dem Gast verneigte:
»Ich bitte dich, bleib sitzen, ich bin dieser Ehre nicht wert. Nein, ich werde nichts vor dir geheimhalten, Ehrwürdiger. Es ist jedoch bereits spät, und du und deine Begleiter täten gut daran, die Nacht hier zu verbringen. Laß uns Kerzen anzünden und unser Gespräch fortsetzen. Ich verspreche, dir nichts zu verschweigen.«
Die Nacht schritt weiter fort, und als die Schüler sich bereits alle zurückgezogen hatten, saßen der Abt von Chi-Duc und der Patriarch von Phap-Van sich noch immer gegenüber. Auf dem Schreibtisch brannten still zwei weiße Kerzen. Still war es auch draußen auf dem Berg. Nachdem er Phap-Van alles

erzählt hatte, was er über seinen Meister wußte – von der ersten Begegnung des Novizen mit dem indischen Mönch Kaniska, von der Zeit, in der er der »Große Lehrer der Nation« in der Hauptstadt war, und schließlich von jener Nacht, in der er Wasser aus dem Bach schöpfte und es über seine Wunde laufen ließ, räusperte sich Tin-Co noch einmal und fuhr dann fort:

»Mein Meister war dem heiligen Kaniska so dankbar dafür, daß er ihn von solch tödlichem Haß befreit hatte, daß er an Ort und Stelle einen Schwur tat, diesen Berg für den Rest seines Lebens nie mehr zu verlassen. Mit bloßen Händen brach er Zweige und baute eine kleine Hütte. Er sammelte eßbare Kräuter und Früchte, trank Wasser aus dem Bach und verbrachte die ganze übrige Zeit in Meditation. Von den paar Holzfällern, die er traf, bekam er Samen für Bohnen und Gemüse, eine Hacke und sogar eine Machete. Später erfuhr ich, daß mein Meister in jener Zeit unendlich viel friedvoller lebte als zu der Zeit, da er in der Hauptstadt als ›Großer Lehrer der Nation‹ gefeiert wurde.

Nachdem ich sein Schüler geworden war, vergrößerte ich den Garten und das Gemüsebeet, und von da an bauten wir immer genügend Essen für uns an. Wann immer ich ein wenig freie Zeit hatte, schnitt ich zusätzliches Feuerholz und ließ es durch meinen Bruder, der damals noch zu Hause lebte, auf dem Markt verkaufen. Die Erlöse reichten aus, um Tinte, Pinsel und Papier für meine Studien zu kaufen. Wenn ich so zurückdenke, konnte mein Meister, als er diese Utensilien sah, nicht widerstehen! Er begann, wieder zu schreiben. Er hat viel geschrieben, aber ›Wasser der Barmherzigkeit – Das Buch der Buße‹ war das erste, das auf diesem Berg aus seiner Feder kam. Er nannte es Wasser der Barmherzigkeit zu Ehren des heiligen Kaniska, der mit Wasser aus dem Bach den Fluch fortwusch, der ihn zehn Existenzen lang gebunden hatte … Mein Meister

hat mich oft belehrt: ›Dem Weg folgen heißt Erleuchtung und Befreiung suchen, nicht Ruhm erwerben.‹ Wie gut ich dies verstand, wußte ich doch von den Wechselfällen im Leben meines Meisters! Aber oft sagte er mir auch, ich solle alles, was ich über ihn wisse, für mich behalten, und so hätte ich ihm eigentlich gehorchen sollen.
Aber heute nacht weiß ich, daß ich das nicht länger tun kann. Ich habe nicht die Kraft dazu. Warum? Weil du selbst ihm begegnet bist, bist du, Ehrwürdiger, für mich, verzeih, ein Freund. Oder vielleicht fühle ich mich, nun, da ich dir gegenüberstehe, meinem dahingeschiedenen Meister näher, so daß ich durch dich seine Gegenwart fühlen kann. Jetzt, wo ich zu dir gesprochen habe, werde ich niemals wieder das Bedürfnis verspüren, mit irgendeinem anderen Menschen darüber zu sprechen. Dir von meinem Meister erzählt zu haben war, als würde eine Last von meinen Schultern genommen. Ich danke dir. Es ist spät, fürchte ich. Laß mich dir dein Quartier zeigen und dir einen erholsamen Schlaf wünschen. Morgen früh werde ich dich zum Grab meines Meisters führen. Ich bin auch sicher, du wirst die vielen Werke einsehen wollen, die er uns hinterlassen hat.«

Der Patriarch des Phap-Van-Tempels lag wach auf der kleinen Bettstatt. Er dachte, daß mittlerweile wohl dichter Nebel den Cuu Lung vollkommen verhüllte. »Sind all die anderen Geschöpfe des Berges und des Tales wohl auch noch wach?« fragte er sich, so lebendig erschien ihm die Stille. »Vierzig Jahre. Was bedeutet diese Zeitspanne? Was habe ich in diesen vergangenen vierzig Jahren getan? Gewiß, ich habe studiert, ich habe mit meinen Händen gearbeitet, in Meditation gesessen, die Sutren erklärt und den Dharma erläutert. Ich war ein junger Novize von sechzehn Jahren, und jetzt bin ich Patriarch eines großen Tempels. Und doch, vierzig Jahre lang war ich an Phap-Van gebunden, während so viel Wasser diesen Bach am Fuß des Cuu Lung hinuntergeflossen ist.«

Und plötzlich wurde der junge Novize Tam-The, der er vor vierzig Jahren gewesen war, wieder in ihm lebendig. Tränen stiegen ihm in die Augen. »Ja, ich hatte das Glück, ihm ein Becken mit warmem Wasser zum Waschen bringen zu dürfen, aber ich hatte nicht das Privileg, niederzuknien und seine stinkende Wunde zu waschen, wie es der heilige Kaniska tat.« Der Novize Tam-The fühlte, daß er nicht länger Patriarch eines großen Tempels sein wollte. Patriarch zu sein bedeutete, daß er keine Gelegenheit hatte, Gemüse anzubauen, Getreide anzupflanzen und Feuerholz zu hacken, und damit auch keine Gelegenheit, rechtzeitig zum Cuu Lung zu kommen. Wie weit war dieser Berg von seinem eigenen Tempel entfernt? Er erinnerte sich: ein halber Tagesmarsch. Und doch mußten erst vierzig Jahre vergehen, ehe er hierhergekommen war! »Zu spät, zu spät«, murmelte er. »Was ist jetzt noch hier, außer dem Murmeln des Baches?« Der Patriarch des Tempels Phap-Van, nein, der Novize Tam-The spitzte die Ohren und lauschte. Ja, er konnte das schwache Plätschern des Wassers hören, ein Plätschern, das schwächer und schwächer wurde, leiser und leiser.

Als Phap-Van einschlummerte, sah er zwei Kiefern in die Höhe ragen, riesige Kiefern, an der Flanke des Berges Cuu Lung, und er sah, daß ihre Wipfel in dichten Nebel gehüllt waren – zwei Kiefern, zwei große Kiefern, so hoch wie der Himmel selbst.

Der alte Baum

In einem tiefen Wald des Hochlandes stand ein uralter Baum. Niemand wußte, wie viele tausend Jahre er schon durchlebt hatte. Sein Stamm war so dick, daß achtzehn Menschen nicht ausreichten, um ihn mit ausgestreckten Armen zu umfassen. Riesige Wurzeln stießen durch das Erdreich nach oben und verzweigten sich in einem Umkreis von fast fünfzig Metern. Die Erde im Schatten des Baumes war ungewöhnlich kühl. Seine Rinde war steinhart; wenn man mit dem Fingernagel dagegendrückte, schoß der Schmerz bis in den Finger. Die Zweige des Baumes beherbergten Zehntausende von Nestern und gaben Hunderttausenden von großen und kleinen Vögeln Schutz.

Des Morgens, wenn die Sonne aufging, waren die ersten Lichtstrahlen wie der Stab eines Kapellmeisters, der eine mächtige Symphonie dirigiert. Eine Symphonie aus Tausenden von Vogelstimmen, eine Symphonie so majestätisch wie die Sonne, die sich hinter dem Berggipfel zum Aufgehen anschickte. Alle Geschöpfe des Berges und des Waldes erhoben sich dann auf ihren zwei oder vier Beinen, langsam, voll ehrfürchtigem Staunen.

Zwölf Meter über dem Erdboden gab es in dem großen Baum ein Loch von der Größe einer Bien-Hoa-Pampelmuse. In diesem Loch lag ein kleines braunes Ei. Niemand wußte zu sagen, ob ein Vogel dieses wunderschöne Ei in das Loch gelegt hatte. Einige glaubten, das Ei stamme gar nicht von einem lebenden Vogel, sondern sei aus der geheiligten Waldluft und der Lebensenergie des großen Baumes entstanden.

Dreißig Jahre verstrichen, das Ei blieb unversehrt. In manchen

Nächten geschah es wohl, daß Vögel von einer über dem Loch schwebenden Wolke und einem leuchtenden Lichtschein, der die ganze Umgebung des Baumes erleuchtete, aus dem Schlaf geschreckt wurden. Schließlich, eines Nachts, unter dem vollen Rund des Mondes, öffnete sich das Ei und ein seltsamer Vogel schlüpfte heraus. Es war ein sehr kleiner Vogel. In der kalten Nacht ließ er ein zartes Piepsen hören. Sehr hell war das Leuchten des Mondes, sehr hell funkelten die Sterne. Die ganze Nacht schrie der winzige Vogel. Sein Schrei war weder traurig noch mutig. Es war ein Schrei der Verwunderung und Befremdung. Er schrie, bis die Sonne sich zeigte. Die ersten Lichtstrahlen eröffneten die Symphonie, Tausende von Vogelstimmen erhoben sich. Von jenem Augenblick an schrie der winzige Vogel nicht mehr.
Er wuchs schnell heran. Muttervögel brachten ihm stets reichlich Nüsse und Körner. Bald schon wurde das Loch im Baum zu klein, und der Vogel mußte sich einen anderen, geräumigeren Platz zum Leben suchen. Er konnte jetzt fliegen, suchte sich sein Futter selbst und sammelte Strohhalme, um den Boden seines neuen Nestes damit zu bedecken. Seltsamerweise war der Vogel weiß wie Schnee, obwohl das Ei braun gewesen war. Im Flug breitete er seine Flügel weit aus und bewegte sich langsam und sehr ruhig. Oft flog er zu weit entfernten Orten, wo weißschäumende Wasserfälle Tag für Tag und Nacht für Nacht zur Erde stürzten, gleich dem majestätischen Atem von Erde und Himmel. Manchmal kehrte der Vogel tagelang nicht zurück. Wenn er dann wieder da war, lag er den ganzen Tag und die ganze Nacht in seinem Nest, nachdenklich und ruhig. Seine Augen leuchteten, und niemals verloren sie den Ausdruck der Verwunderung, den sie am Anfang hatten.

Im uralten Wald von Dai Lao lag an einem Abhang eine kleine Einsiedelei. Dort lebte ein Mönch seit fast fünfzig Jahren. Oft flog der Vogel über den Dai-Lao-Wald. Von Zeit zu Zeit erblickte er den Mönch, wie er mit einem Wasserkrug in den Händen langsam den Pfad zur Quelle hinunterging. Eines Tages schwebten zarte Rauchschleier über dem Dach der bescheidenen Hütte, und eine heimelige Atmosphäre lag über dem Hügel. Der Vogel sah zwei Mönche gemeinsam auf dem Pfad, der von der Quelle zur Hütte führte. Die beiden waren im Gehen in ein Gespräch vertieft. In jener Nacht blieb der Vogel im Dai-Lao-Wald. In den Zweigen eines Baumes verborgen beobachtete er die beiden Mönche, die die ganze Nacht hindurch beim Schein des Feuers, das in der Hütte flakkerte, miteinander sprachen.

Der Vogel flog hoch, hoch über dem uralten Wald. Mehrere Tage lang flog er am Himmel hin und her, ohne zu landen. Unter ihm stand der große Baum im uralten Wald. Unter ihm waren die Geschöpfe des Berges und des Waldes von Gras, Gebüsch und Bäumen verborgen. Seit dem Tag, an dem der Vogel dem Gespräch der beiden Mönche gelauscht hatte, war seine Verwirrung gewachsen. Woher komme ich und wo gehe ich hin? Wie viele tausend Jahre wird der große Baum stehen? Der Vogel hatte die Mönche über die Zeit sprechen hören. Was ist Zeit? Warum hat die Zeit uns hierhergebracht, und warum wird sie uns wieder von hier wegbringen? Die Nuß, die ein Vogel verspeist, hat ihre eigene, köstliche Natur. Wie kann ich die Natur der Zeit erkunden? Der Vogel wollte ein kleines Stück Zeit aufpicken und sich dann in sein Nest zurückziehen, um es in aller Ruhe auf seine Natur hin zu untersuchen. Und selbst wenn es Monate oder Jahre dauern würde, er war bereit.

Der Vogel flog hoch, hoch über dem alten Wald. Er war wie ein runder Ballon, der im Nichts schwebt. Der Vogel hatte das Gefühl, seine Natur sei so leer wie ein Luftballon. Die Leerheit seiner Natur war der Grund seiner Existenz, aber sie war auch

der Grund für seinen Schmerz. »Ach Zeit, könnte ich dich doch finden, dann könnte ich sicherlich auch mich selbst finden«, dachte der Vogel.
Nach mehreren Tagen und Nächten schließlich ließ sich der Vogel still in seinem Nest nieder. Er hatte eine winzige Erdkrume aus dem Dai-Lao-Wald mitgebracht. Tief in Gedanken nahm er die Erdkrume auf, um sie zu untersuchen. Der Mönch im Dai-Lao-Wald hatte zu seinem Freund gesagt: »Zeit kommt in der Ewigkeit zur Ruhe. Dort sind die Liebe und das Geliebte eins. Jeder Grashalm, jede Erdkrume, jedes Blatt, ist eins mit dieser Liebe.«

Immer noch gelang es dem Vogel nicht, die Zeit zu finden. Die winzige Erdkrume aus dem Dai-Lao-Wald enthüllte ihm nichts. Vielleicht hatte der Mönch seinen Freund belogen? Wenn Zeit in der Liebe ruht, wo ist dann die Liebe? Der Vogel erinnerte sich der rauschenden Wasserfälle, die im nordwestlichen Wald ohne Unterlaß in die Tiefe stürzten. Er erinnerte sich der Tage, an denen er von morgens bis abends dem Klang dieser Wasserfälle gelauscht hatte. Der Vogel hatte sich vorgestellt, er selbst rausche hinab wie das Wasser eines Wasserfalls. Er hatte mit dem Licht gespielt, das auf dem Wasser glitzerte, hatte mit dem Wasserfall die Kiesel und Steinbrokken im Strom liebkost. In jenen Augenblicken hatte der Vogel sich selbst als Wasserfall erlebt, hatte gefühlt, daß der Klang des endlos fallenden Wassers aus ihm selbst kam.
Eines Mittags, als er den Dai Lao Wald überflog, sah der Vogel die Hütte nicht mehr. Der ganze Wald war niedergebrannt. Nur ein Häufchen Asche war dort, wo die Hütte des Mönches gestanden hatte. In Panik flog der Vogel herum und suchte. Der Mönch war nicht mehr im Wald? Wohin war er gegangen? Leblose Tierkörper. Leblose Vogelkörper. Hatte das Feuer den Mönch verzehrt? Der Vogel war verwirrt. Zeit,

was bist du? Warum bringst du uns hierher und warum wirst du uns wieder fortnehmen? Der Mönch hatte gesagt: »Zeit kommt in der Ewigkeit zur Ruhe.« Wenn das so ist, vielleicht hatte die Liebe den Mönch sich selbst zurückgegeben.

Plötzlich ergriff den Vogel große Angst. Rasch flog er zurück zum uralten Wald. Schon von ferne hörte er die furchtsamen Schreie der Vögel. Explosionen. In der Ferne brannte der uralte Wald. Schneller, immer schneller flog der Vogel. Die Flammen leckten den Himmel. Das Feuer hatte sich bereits bis in die Nähe des großen Baumes ausgebreitet. Hunderttausende von Vögeln kreischten in schierem Entsetzen.

Das Feuer näherte sich dem großen Baum. Der Vogel fächelte dem Feuer mit seinen Flügeln Luft zu, in der Hoffnung, es dadurch zu löschen, aber nur noch stärker loderten die Flammen. Der Vogel eilte zur Quelle, senkte seine Flügel ins Wasser und hastete zurück, um das Wasser über dem Wald auszuschütteln. Die Tropfen fielen zischend in die Flammen. Es reichte nicht, es war einfach nicht genug. Der ganze Körper des Vogels in Wasser getränkt reichte nicht aus, um das Feuer zu löschen.

Schreie Hunderttausender von Vögeln. Schreie junger Vögel, die keine Federn zum Fliegen hatten. Das Feuer begann bereits, den großen Baum zu verzehren. Warum war kein Regen da? Warum stürzten die strömenden Regengüsse, die im nordwestlichen Wald ohne Unterlaß fielen, nicht herab wie ein Wasserfall? Der Vogel stieß einen durchdringenden Schrei aus. Voller Trauer und Verlangen war der Schrei und verwandelte sich plötzlich in den rauschenden Klang eines Wasserfalls. Und mit einem Mal fühlte der Vogel die ganze Fülle seiner Existenz. Einsamkeit und Leerheit verschwanden, Illusionen, die sie waren. Das Bild des Mönches. Das Bild der Sonne hinter dem Berggipfel. Das Bild des Wassers, wie es Tausende von Lebzeiten hindurch endlos herniederrauscht.

Jetzt war der Schrei des Vogels der volle Klang des Wasserfalls. Ohne Furcht stürzte sich der Vogel in die lodernden Flammen im Wald, gleich einem majestätischen Wasserfall.

Der nächste Morgen war still. Die herrlichen Strahlen der Sonne schienen, aber da war keine Symphonie, keine zehntausend Vogelstimmen. Ganze Teile des Waldes waren vollkommen niedergebrannt. Der große Baum stand noch, aber mehr als die Hälfte seiner Zweige und Blätter waren verkohlt. Leblose Körper großer Vögel, leblose Körper kleiner Vögel. Still lag der morgendliche Wald. Die noch lebenden Vögel riefen einander, Verwirrung in den Stimmen. Sie wußten nicht, durch welche Gnade plötzlich der Regen vom wolkenlosen Himmel gefallen war, der am Nachmittag zuvor das Feuer gelöscht hatte. Sie erinnerten sich, den Vogel gesehen zu haben, wie er Wasser aus seinen Flügeln schüttelte. Sie wußten, es war der weiße Vogel, der aus dem großen Baum gekommen war. Sie flogen durch den Wald auf der Suche nach dem toten Körper des weißen Vogels, aber sie fanden ihn nicht.

Vielleicht war der Vogel fortgeflogen, um in einem anderen Wald zu leben. Vielleicht war der Vogel in den Flammen umgekommen. Der große Baum, dessen Körper von Wunden bedeckt war, sagte kein Wort. Die Vögel reckten ihre Köpfe zum Himmel und begannen, im verwundeten Körper des großen Baumes neue Nester zu bauen. Und der große Baum? Vermißt er das Kind, das die geheiligte Bergluft und die Lebensenergie von viertausend Jahren geboren hatten? Vogel, wohin bist du gegangen? Hör, was der Mönch sagt: »Ich glaube, die Zeit hat den Vogel der Liebe zurückgegeben, die die Quelle aller Dinge ist.«

Spirituelle Entfaltung

(86070)

(86063)

(86157)

(86117)

(86155)

(86174)

Gesamtverzeichnis
bei Knaur, 81664 München

Knaur®